Von Bernard Clavel

Wo der Ahorn Früchte trägt

Bernard Clavel

Goldene Wildnis

Roman

Aus dem Französischen
von
Monika Blaich

Schneekluth

CIP-Titelaufnahme der Deutschen Bibliothek

Clavel, Bernard:
Goldene Wildnis: Roman / Bernard Clavel.
Aus d. Franz. von Monika Blaich. –
München: Schneekluth, 1990
ISBN 3-7951-1084-X

Die französische Originalausgabe erschien
unter dem Titel L'OR DE LA TERRE

ISBN 3-7951-1084-X

Satz: H. Mühlberger GmbH
Druck und Bindung: Ebner Ulm
Printed in Germany 1990

Der Ouanaka-See

1

Es war um die Mittagszeit eines dämmerig-trüben Tages. Vom Himmel, der lastend über den Wäldern hing, fiel eisiger Regen, in den sich hier und da weißlicher Graupel mischte. Rechts nach Südwesten und links zum Harricanastrom hin verlor sich das Ufer des Sees in stürmisch bewegtem Grau. Geradeaus schien die Silhouette einer länglichen Insel auf einem Dunststreifen dahinzutreiben. Im seltsam meergrünen Schimmer des von Wasser bedeckten Eises spiegelten sich die Zickzackbewegungen der Regenschauer. Heftige Böen fuhren zwischen den Resten von Schneewehen hindurch. Bäume reckten sich, sprengten die Eiskruste von ihren Wurzeln. Eine dunkle Schlammspur zeichnete sich im regennassen Schnee ab, dort, wo zwei Männer gerade eine schmächtige Rottanne gefällt und von ihren Ästen befreit hatten.

Reglos standen sie im Morast. Das Wasser tropfte aus ihren Fellmützen. Der Regen prasselte auf die Gummiumhänge über ihren Schultern. Stiefel und Kleidung waren bis obenhin schlammbespritzt.

Maxime Jordan stand am Ufer, unmittelbar am Rand des Eises. Er sah suchend zur schwankenden Silhouette der Insel hinüber, deren undurchdringliches Grau von Böen gepeitscht wurde. Manchmal schien es, als bewegte sie sich wellenförmig, wie eine gigantische Raupe. Jordans Blick schweifte über den See. Einen

Moment lang ruhte er auf den marmorartigen Adern, die das Eis smaragd- und jadegrün durchzogen.
Er drehte sich um, aufrecht und ohne auf den strömenden Regen zu achten. Zwanzig Schritte hinter ihm stand Germain Landry. Er hatte den Kopf tief in den Kragen seines Parkas eingezogen, der nur unzulänglich von einem Regenumhang bedeckt war. Mit seiner bis zu den Brauen herabgezogenen Wolfsfellmütze wirkte Germain ungeheuer stämmig und gedrungen. Die kurzen Arme hielt er ein wenig vom Körper abgewinkelt, was ihm das Aussehen eines schwerfälligen Tieres verlieh. Um seinen dicken Fausthandschuh hatte er das Ende eines etwa zwei Meter langen Seils geschlungen, dessen anderes Ende am Fuß des gerade gefällten Baumstammes befestigt war. Als Jordan ihn ansprach, wandte Landry den Kopf ein wenig, um besser hören zu können.
»Hast du verstanden? Es besteht überhaupt kein Risiko. Wenn das Eis unter mir bricht, legst du dich flach auf den Bauch und hältst gut fest, damit ich mich herausziehen kann.«
Der andere fügte sich mit einem kurzen Nicken. Einen Moment lang hüllte ihn der Dampf seines keuchenden Atems ein; seine grauen Augen verrieten Angst.
»Durch diesen Stamm verteilt sich die Belastung. Das geht wie von selbst«, wiederholte Jordan nachdrücklich.
Sein Blick glitt über die ungewöhnliche Konstruktion, die sie gebaut hatten. Auf dem Baumstamm hatten sie ihre beiden Schlitten in reichlichem Abstand voneinander mit kräftigen Riemen festgezurrt. Die Ladung be-

stand aus riesigen, mit Planen bedeckten Packen, die ebenfalls mit Gurten gesichert waren. Aus der Verschnürung des vorderen Packens ragten zwei Gewehre, die an die Fühler eines Insekts erinnerten. Vom ersten Schlitten hing ein Seil herunter, das Jordan nun ergriff und sich über die Schulter legte. Noch einmal sah er prüfend über die weite, schimmernde Fläche, die ihn von der Insel trennte, holte tief Luft und setzte den linken Schneeschuh auf das leicht abschüssige Eis. Knisternd brachen die herausragenden Schilfhalme und bohrten sich zwischen die Riemen des Schneeschuhs. Um das glattpolierte Holz der Rahmen hatten sie rauhes Hanfseil gewickelt, um auf dem Eis besser Halt zu finden. Jordan zog den anderen Fuß nach und atmete erleichtert auf.

»Es wird halten!«

Er wagte einen zweiten Schritt, dann einen dritten. Das Seil spannte sich. Die Schlitten und der Baumstamm bewegten sich vorwärts und gruben parallele Furchen in den weichen Schnee. Das Knistern des Schilfs wurde lauter. Schon hatte Jordan die ebene Eisfläche erreicht. Ohne sich umzudrehen, bewegte er sich mit langsam-gleitenden Schritten vorwärts und vermied jedes heftige Auftreten. Wie an einer Leine folgte Germain Landry mit angehaltenem Atem; er ging wie auf Eiern; über sein Gesicht liefen mehr Schweiß- als Regentropfen. Er hielt sich links vom zweiten Schlitten und half nach, wenn er glaubte, sein Kamerad schaffe es nicht allein. Sein Blick wanderte unablässig zwischen dem Ende seines Seils und dem Rücken des Mannes an der Spitze hin und her.

Nach dreißig Schritten war ein trockenes Knacken zu hören, begleitet von einem pfeifenden Geräusch. Landrys schwerer Körper erstarrte, um nicht vor Schreck aufzufahren. Am liebsten hätte er das Seil losgelassen und wäre ans Ufer geflohen. Er sah sich um. Der rötlichschwarze Wald und der Schnee, aus dem die Felsbrocken ragten, waren noch ganz nah. Geradeaus, weit vor Maximes Schultern und seinem pelzbedeckten Kopf, lag die Insel, verschwommen, wie ein auf dem Eisen hockendes graues Ungeheuer.

Wasser spülte über die Schneeschuhe, und die Kufen der Schlitten durchzogen es mit Furchen, die sich sogleich wieder schlossen. Ein Graupelschauer prasselte herab und hüllte für einen Moment alles ein. Nur schemenhaft konnte Landry unter seiner herabgezogenen Mütze die Umrisse seines Kameraden erkennen, der sich gleichmäßig, wie an einer Schnur gezogen, vorwärtsbewegte.

Vorgebeugt, das Seil über der Schulter, schritt Jordan mit angewinkelten Armen voran; der nasse Hanf schnitt in seine Handschuhe. Mit behutsamen Schritten setzte er auf das Eis auf. Ein Anhalten, ein Sturz, eine leichte Erschütterung konnten alles gefährden. Nicht einmal mit ihren umwickelten Holzrahmen taugten die Schneeschuhe fürs Eis. Aber sie verringerten das Risiko, da sie das Gewicht auf eine größere Fläche verteilten. Ab und zu sah Maxime auf seine Füße. Er fragte sich, wie lange die Schnur wohl halten würde. Auf den blanken Holzrahmen wäre ein Weiterkommen unmöglich.

Beim zweiten, dumpferen und anhaltenderen Knacken konnte Landry einen Aufschrei nicht unterdrücken.

»Hast du das gehört?«

»Schnauze!« schrie Jordan.
Sein langes, knochiges Gesicht hatte sich verhärtet. Er preßte die schmalen Lippen zusammen; sein düsterer Blick blieb an den vordersten Birken der Insel hängen. Plötzlich hatte der Wind die prasselnden Schwaden beiseite geblasen. Die Schauer setzten aus, und der Himmel atmete auf. Die Insel zeigte sich, verschwand aber sogleich wieder hinter der nächsten Schauerwand.
»Mist«, schrie Jordan wütend.
Aber hinter dem Fluch wurde Freude spürbar: Über die Hälfte des Weges war schon zurückgelegt. Das Eis antwortete mit einem gedehnten Seufzer.
Landrys Blick war starr auf die Insel gerichtet. Immer wenn der Wind sie freiblies, war sie ein Stück nähergekommen. Der dichte, dunkle Nadelwald, das feine Netz der Lärchen, die sich wiegenden, kahlen Schwarzerlen und Birken versuchten die Dunst- und Nebelschwaden zu durchdringen; schon zeichneten sich große, glänzende Felsblöcke ab.
Luftblasen im Eis sahen aus wie beutesuchende Augen. Schweiß tropfte von Landrys platter Nase. Er zwang sich, die Zähne zusammenzubeißen. Entsetzlich, dieser Wunsch, zu rennen, auf die Insel zuzustürzen und den Großen sich mit seinen Schlitten und seinem Baumstamm allein abmühen zu lassen.
Das Wasser stand ihnen nun fast bis zu den Knöcheln. Je näher sie der Insel kamen, desto tiefer wurde es. Das Eis stieg leicht an; es war unmöglich, weiterzukommen. Trotz der Kordel glitten die Schneeschuhe ab. Jordan blieb stehen.
»Beweg dich nicht!«

Landry blieb regungslos stehen. Da war das Ufer. Zehn Schritte von Jordan entfernt, zwanzig von ihm. Der Große bückt sich, löst die Riemen, richtet sich auf. Nacheinander wirft er beide Schneeschuhe auf die Uferböschung. Zweimal ein platschendes Geräusch im nassen Schnee. Er zieht eine zweite Kordel unter seinem Parka hervor und knotet sie fest an die erste.

»Zieh deine Schneeschuhe aus und behalt sie in der Hand; es ist zu weit zum Werfen.«

Landry gehorcht. Nun rollt Jordan seine Kordel ab und bewegt sich langsam auf die Uferböschung zu. Das Eis knackt laut und bildet sternförmige Sprünge. Ohne langsamer zu werden, geht Jordan weiter. Noch vier Schritte, zwei, einer. Geschafft. Er setzt seinen Fuß ans Ufer. Er sinkt bis zu den Knien im schmelzenden Schnee ein und sieht aus, als wäre er dort verwurzelt wie all die Bäume. Vorsichtig beginnt er, das Seil anzuziehen. Das Schlittengespann setzt sich wieder in Bewegung. Landry folgt, die Hände um sein Seilende verkrampft. Dort, wo das Eis schon gesprungen war, knackt es immer mehr.

»Keine Angst! Wir haben es geschafft!«

Das vordere Ende des ersten Schlittens berührt den Schnee. Jordan geht rückwärts stapfend weiter. Schließlich hat auch Landry festen Boden unter den Füßen. Sein breites Gesicht hellt sich auf. Er atmet tief durch, nimmt die Pelzmütze ab und schüttelt die kastanienbraune Mähne, deren Locken so naß sind, als käme er gerade aus dem Bad.

Jordans Gesicht ist ebenfalls schweißnaß, läßt jedoch keine Regung erkennen.

»Du siehst, so schlimm war es nun auch wieder nicht!«
»Großer Gott!« flüstert der andere. »Mitten auf einem See... Das konntest auch nur du dir ausdenken. Nur du!«
Und plötzlich wird er von einem wahnsinnigen Lachen geschüttelt, einem Lachen, so laut, daß es die Wolkenwand durchdringt.

2

Der Regen begleitete sie den ganzen Nachmittag lang. Sie sprachen kein Wort. Nach einem letzten Blick über das Eis, das sie gerade überquert hatten, zogen sie die Schneeschuhe wieder an und machten sich auf den Weg. Jeder zog einen Schlitten. Den Fichtenstamm hatten sie zwischen geknicktem Schilf und abgebrochenen Ästen von Zwergbirken liegen lassen.
Nachdem sie eine Weile durch das dichte Unterholz gegangen waren, erreichten sie eine größere Lichtung, eine Schneise im Wald, die sich zum Südufer des Sees hin öffnete. In dieser Schneise verlief ein breiter Pfad aus flachen, spärlich mit Moos und Flechten bedeckten Felsen. Am rechten Rand der Lichtung standen dichtgedrängt ein paar Nadelbäume, darunter wurde, auf etwa zwanzig kurze Pfähle gestützt, ein längliches Dach aus Zweigen und Riedgras sichtbar, das einem Rindenkanu zum Schutz diente.
Nachdem Jordan das Boot abgeklopft hatte, sagte er: »Ein wenig Pech in die Fugen, dann ist es in Ordnung.«

Auf einem flachen, von einer dichten Matte nordischer Kriechgewächse bedeckten Hügel am anderen Ende der Lichtung begannen sie das Zelt aufzubauen. Sie legten die Bodenplane auf die nachgiebige Unterlage, aus der bei jedem Schritt Wasser quoll, und befestigten die Ränder mit Druckknöpfen an den Seitenwänden.

Wie jeden Abend seit ihrem Aufbruch von Saint-Georges brachte Jordan, bevor er Feuer machte, das in rot-weiß-kariertes Wachstuch verpackte Dynamit und die Reservepatronen entgegen der Windrichtung in sichere Entfernung von ihrem Lagerplatz.

Als die Flammen zwischen den nässesprühenden Zweigen hervorzüngelten, trugen die Männer ihre drei Segeltuchsäcke ins Zelt. In dem einen befanden sich Kleidungsstücke, in den beiden anderen Mehl, Reis, Grieß, Dörrobst und getrocknetes Gemüse.

Die Nacht senkte sich früh aus dem bleiernen Himmel herab. Unablässig prasselte der Regen auf das Zelt. Die Männer hatten die Schuhe ausgezogen und saßen sich nun im Schneidersitz auf den Säcken gegenüber. Auf einem Blechkanister stand eine Laterne, hinter deren geschwärztem Glas eine Kerze brannte; ihr Lichtkegel umfaßte gerade die Hände und Füße der Männer und den Kochtopf voll dampfendem Reis mit dünnen Speckscheiben und Rosinen. Beide hielten in der einen Hand einen Löffel, in der anderen ein Stück Schiffszwieback. Auf dem Boden neben dem Kochtopf standen zwei Becher mit Tee.

Landry nahm sich einen Löffel Reis und pustete. Plötzlich erhellte sich sein Gesicht, und er sagte lä-

chelnd: »Wo man auch ist, die Essenszeit ist immer die schönste Zeit des Tages.«
Jordan trank einen Schluck Tee, bevor er antwortete: »Klar, daß du dich hier wohler fühlst als auf dem See.«
Landry zuckte mit den Schultern. »Du bringst mich manchmal ganz schön zum Staunen.«
»Du wirst noch ganz andere Sachen erleben.«
»Den Trick mit dem Baumstamm werde ich nicht vergessen.«
Man merkte, wie er sich freute, etwas lernen zu können. Sein eckiges Gesicht mit den wulstigen Lippen wurde ernst. Er runzelte die Stirn. Sein Kopf neigte sich ein wenig zur rechten Schulter, als hätte das Gewicht seiner Überlegungen ihn schwerer werden lassen. Landrys gedrungener, massiver Körper war das genaue Gegenteil zu der schlanken, hochgewachsenen Gestalt seines Gefährten. Landry war einundzwanzig, Jordan sechs Jahre älter.
»Im Hafen von Quebec hast du doch auch Eis erlebt«, sagte Jordan.
»Sicher habe ich das. Aber, Herrgott nochmal, ich habe mich nie draufgewagt!«
Eine Weile aßen sie schweigend weiter. Germain kaute schnell und mit weit offenem Mund. Ab und zu steckte er den Finger in den Mund, um einen Rosinenkern zu entfernen, der sich zwischen seinen Zähnen festgesetzt hatte. Dann wischte er ihn am Kord seiner beigefarbenen, immer noch nassen Hose ab. Der Schlamm auf ihren Kleidern trocknete allmählich und bildete weißliche Flecken.

Unvermittelt hielt Landry, der gerade den Löffel zum Mund führte, in der Bewegung inne und brach in schallendes Gelächter aus.
»Du hast mich ganz schön auf den Arm genommen mit deinem See! Ich hatte schon gedacht, du wolltest dich über mich lustig machen. In einem See graben, das geht doch nicht! Auf den Gedanken mit der Insel bin ich nicht gekommen.« Mit einem mißtrauischen Gesichtsausdruck unterbrach er sich. »Du hast wirklich niemandem etwas erzählt?«
Jordan schüttelte den Kopf. »Solange ein Claim nicht abgesteckt und beim zuständigen Beamten angemeldet ist, muß man den Mund halten, mein Freund.«
»Auch nicht dem Typ, der dir die Kohle geliehen hat?«
»Auch dem nicht.«
»Und er hat dir einfach so das Geld geliehen, ohne zu wissen wofür?«
»Er kennt mich. Versucht sein Glück. Wenn du spielst, weißt du auch nicht, ob du ein gutes Blatt ziehst.«
Jordan leckte seinen Löffel ab und legte ihn auf den Kanister neben die Lampe.
»Du kannst den Rest aufessen«, sagte er.
Landry ließ sich nicht zweimal bitten. Er zog einen schmutzigen Stoffetzen aus der Tasche, packte den noch heißen Topf und klemmte ihn zwischen die Knie. Hastig schlang er vier oder fünf Löffel hinunter.
»Wenn du losgehst, um die Analysen machen zu lassen, läßt du mich dann ganz allein hier?« fragte er mit vollem Mund.
Jordan lächelte ein wenig. In seinem länglichen Gesicht spiegelte sich Gelassenheit. Die Reflexe des Lichts in

seinen braunen Augen wirkten wie kleine lebhafte Tiere.
»Ich habe dich mitgenommen, weil du kräftig bist«, erklärte er, »aber auch, weil ich glaube, dir vertrauen zu können. Du bist zu schade zum Holzlöschen im Hafen.« Er beobachtete den Jungen und fügte hinzu: »Ich weiß selbst nicht, welches Blatt ich in der Hand habe. Ich verlasse mich auf meinen Instinkt. Ich bin schon oft auf einen ersten Eindruck hin losgezogen. Er hat mich nie getrogen ... Ich habe kein Geld, um mir einen Helfer zu leisten. Ich brauche einen Partner. Wir tragen das Risiko gemeinsam; wenn wir auf die Schnauze fallen, hast du umsonst geschuftet, wenn es gut ausgeht, teilen wir.«
Germain sagte nichts. Bei dem Wort ›Partner‹ erhellte sich sein Blick unter den borstigen Brauen.
Er aß immer noch. Da sein Hunger nun gestillt war, genoß er den Rest vom Reis wie ein Dessert. Sorgfältig kratzte er die Ränder und den Boden des Topfes ab. Ohne den Kopf zu heben, sagte er zu Jordan: »Justine hat gesagt: Ich bin sicher, daß es geht. Dieser Maxime macht mir den Eindruck, als wüßte er ganz genau, was er tut. Du wirst sehen, er wird es weit bringen.« Wieder hielt er mitten in einer Handbewegung inne und zog fragend die Augenbrauen hoch. Dann fügte er hinzu: »Ganz bestimmt. Das hat sie gesagt. Dabei kennt sie dich kaum.«
Da Jordan nicht reagierte, stellte Germain lachend fest: »Nun, schließlich sind wir ja auch schon ganz schön weit gekommen!«

3

Das Land trotzt dem Wasser.
Überall Quellen und Bäche. Sie glitzern offen oder verbergen sich unter dem Moos. Sie plätschern lebhaft oder fließen ruhig dahin. Riesige, geheimnisvolle Seen, deren Oberfläche nur den Himmel widerspiegelt. Seen, die zögernd nach Norden oder Süden abfließen. Der geschwungene Kamm, der unter der dichten Vegetation kaum auszumachen ist, erhebt sich gerade so weit, um dem Land ein leichtes Gefälle zu verleihen. Ein Teil der Bäche und Flüsse mündet in den Sankt-Lorenz-Strom, der andere in die eisigen Gewässer der Hudson-Bay.
Das Land trotzt dem Wasser und bietet dem Wind die Stirn. Seit Urzeiten zogen Menschen durch dieses Land, das nie besiedelt wurde.
Ein Land, das dem Wind die Stirn bietet und lange Zeit auch dem Eis. Viele Menschen hat es vorüberziehen sehen. Vor mehr als sechzigtausend Jahren kamen die ersten Wesen mit menschlichen Gesichtern über das Packeis der Beringstraße. Die ersten? Wer weiß!
Sie kamen von Norden. Diese schlitzäugigen Wanderer aus dem Unbekannten in das Unbekannte – ob sie wohl auf dem Bergkamm haltgemacht haben, um in den Süden hinabzuschauen? Hat ihr Blick diesen neuen Kontinent erforscht? Haben Erschöpfung oder Überreste von Gletschern sie gezwungen, auf diesem Boden

zu bleiben? Sie waren ohne Habe, nackter als Tiere, schwächer als der Bär, weniger schlau als der Fuchs, langsamer als der Elch, aber sie konnten Steine werfen. Haben sie ihre Wanderung fortgesetzt, der Sonne entgegen? Sind sie in den ewigen Winter zurückgekehrt? Wie viele Tote mag es nach ihnen gegeben haben, die keine Spuren hinterließen, wie viele verstreute Skelette, die in Regen und Wind zu Staub zerfielen? Sie besaßen nichts. Nichts zeugt heute von ihrer Wanderung außer ein paar behauenen Feuersteinen.

Jahrhunderte vergingen.

Im Jahr 1000 kommt Leif Erikson auf einem anderen Weg hierher. Mit seinen Wikingern ist er die grönländische Küste hinaufgesegelt und so nach Labrador gelangt. Dieser Sohn Erichs des Roten und seine Leute haben wohl die Täler Vinlands entdeckt, und sicher haben sie auch am Ufer eines dieser Seen ihre Zelte aufgeschlagen. Es gibt Feuerstellen, die möglicherweise auf diese Zeit zurückgehen. Unter der neuen Asche versinkt die Asche früherer Zeiten langsam in der Erde. Um diese grauen und schwarzen Kreise breitet der Wald seine Schatten. Milliarden vergangener Jahreszeiten liegen unter den zahllosen Schichten von Nadeln und Blättern, Larven und faulendem Moos. Und über sie hin ziehen ruhelos die Wanderer auf ihren Pfaden.

Auch das Klima zog über das Land, von Norden nach Süden und von Süden nach Norden. Ein unablässiges Kommen und Gehen, eine langsame Wellenbewegung. Wechsel zwischen Warm und Kalt, ein Vordringen und Zurückweichen von Fauna und Flora – die Ankunft des Sommers und sein Rückzug vor dem nächsten Winter sind nur noch ein schwacher Nachhall dieser unvorstellbaren Auseinandersetzungen in der Natur. Die wenigen Wochen des Frühlings, turbulentes Wechselspiel zwischen beißender Kälte und glühender Hitze, spielen neben dem Sommer kaum eine Rolle.

Die Spuren des Winters sind unübersehbar. Der Wald ist von ihnen gezeichnet. Bäume, die sich im Sturz in den Ästen anderer verfangen haben, entwurzelte und abgeknickte Stämme erinnern an schneidenden Nordostwind und lastende Schneemassen. Schneewehen häufen sich noch an Uferböschungen, an Sträuchern und Gestrüpp, wenn das Klagen der Meise über die tote Jahreszeit schon vom Zwitschern der Vorfreude auf das Licht abgelöst wird. Das ist ein Signal. Während sich die überwinternden Vögel bereits zur Paarung zurückziehen, kehren Millionen von Zugvögeln heim.

Der erste ist der Buchfink. Er ist überall der erste. Dieser Tag- und Nachtsänger ist schon vor Morgengrauen wach. Er begrüßt die aufgehende Sonne mit seinem Gesang, und er ist noch immer da, wenn die Abenddämmerung sich zwischen Schneeresten ausbreitet und den Tag durchdringt. Er hält Ausschau nach den ersten Insekten und scharrt bei seiner Suche nach ihnen so kräftig im Moos, daß er ganze Stücke davonwirbelt. Dann folgen Junco, Goldspecht, Elfenbeinschnabel und Weichschwanzspecht. Dies ist ein Vogel, der Fallen stellt. In den Spitzen der Birken klopft er die Rinde auf. Er bearbeitet sie wie der Steinmetz den Stein. Man könnte glauben, er ernähre sich vom süßen Saft der Bäume, der wie Sonnenperlen die

Stämme hinuntertropft. Aber der Specht sucht nach Fliegen und Mücken aller Art. Jedes Loch, das er schlägt, ist eine Falle, in der er am nächsten Tag reiche Beute an Insekten findet.

Überall erwacht Leben. Dem Heulen der Winterstürme folgt unmittelbar das Bersten des Eises. Es läßt den Wald noch in weiter Entfernung zittern. Erde und Felsen dampfen. Quellen entspringen zwischen Gräsern, durchbrechen die verkrustete Erde. Nässe rinnt über die Schneedecke. Wechsel zwischen Regen und Sonne, Tänze des Windes aus allen Himmelsrichtungen.

Dies ist der Rhythmus seit urdenklichen Zeiten. Stets derselbe Vogel, dieselbe Sonne, derselbe Wassertropfen und der Wanderer aus der Ferne auf der Suche nach dem Unbekannten.

Am ›seßhaftesten‹ ist der Indianer. Hat er einen Elch erlegt, ruft er seine Leute herbei. Die gesamte Sippe zieht mit. Die Zelte aus Häuten und Leinwand sind leichter zu transportieren als das erlegte Tier. Sie werden neben dem Kadaver aufgeschlagen und bleiben so lange stehen, bis nichts mehr von ihm übrig ist und ein anderes erlegtes Tier an anderer Stelle sie wieder aufbrechen läßt.

Ein Land, das keine Transportwege kennt, nur die Pfade der Abenteurer und Jäger. Was muß geschehen, damit Nomaden dort seßhaft werden? In dieser Landschaft der Unrast konnten nur Bäume Wurzeln fassen. Und auch die fallen an den Ufern häufig dem Hochwasser zum Opfer.

Selbst der Himmel scheint stets auf Wanderschaft. Nicht einmal wolkenlos wirkt er unbewegt über diesem Land der Seen und Gewässer. Er ist in Bewegung, scheint sich zu teilen, zu erweitern. Er fließt dahin zwischen den Wäldern und ist überall zugleich. Nur schwarze Nächte gönnen ihm ein wenig Ruhe, wenn auch seine Stimme nie ganz verstummt. Von einem Ozean zum anderen spannt er sich, um jenseits der Meerenge in ewiges Weiß einzutauchen.

4

Im eisigen Morgengrauen brachten sie das Feuer wieder in Gang. Seit Mitternacht heulte ein schneidender Wind von Norden. Er hatte den Regen vertrieben und den Himmel blankgefegt. Im Südwesten stieg ein rosa Schimmer hinter dem Ufer auf, wo die feingezackte Linie der Rottannen ein Schattenband zwischen den Himmel und den See spannte. Die kristallklare Stille wurde nur vom Knistern des Frostes durchbrochen.

»Heute morgen wird nicht viel passieren«, sagte Germain.

»In dieser Jahreszeit muß man immer mit Überraschungen rechnen. Wer sie voraussagen kann, ist gut dran.«

Nach dem Frühstück, Suppe mit Würstchen aus der Dose, öffneten die beiden Männer das Segeltuchpaket, das sie zur Feuerstelle gebracht hatten. Auf der einen Seite war die dicke Leinwand völlig durchnäßt, auf der anderen steif wie ein Stück Holz. Sie zogen zwei Äxte heraus, eine Kreuzhacke mit einem Blatt, das an der

einen Seite in einer Spitze auslief, an der anderen in einer Schneide, außerdem zwei Schaufeln, einen Vorschlaghammer und einen Drillbohrer. Jeder steckte sich eine Axt in den Gürtel und ergriff einen Teil der übrigen Werkzeuge. Die zunehmende Morgenröte im Rücken, gingen sie in den Wald. Schon die geringste Steigung war spiegelglatt. Sie trugen ihre Geräte über der linken Schulter, um sich beim Abrutschen mit der freien Hand an einem Zweig festhalten zu können.
Germain fluchte in regelmäßigen Abständen. »Wenn ich an die drei Tage denke, die wir durch den Schlamm gewatet sind!«
Maxime schwieg. Er ging voraus, suchte zwischen den Bäumen hindurch einen Weg. Er war geschickter und beweglicher als Germain, dessen Werkzeug ab und zu gegen einen Baumstamm schlug. Wenn der gefrorene Boden unter den Füßen brach, breitete sich das Krachen rundherum aus, schien bis zu den flackernden Sternen hinaufzusteigen, die der Tag noch nicht gelöscht hatte.
Eine gute Viertelstunde gingen sie so.
Als Jordan sein Werkzeug in den Schnee fallen ließ, war es heller Tag. Die Sonne, die über dem Wald hing, tauchte ihre Strahlen in die Baumspitzen und streute Perlen und Edelsteine auf den Boden. Auch Germain ließ seine Last zu Boden gleiten und blickte über den freien Platz. Sie befanden sich auf einer schneebedeckten Lichtung von etwa dreißig mal hundert Schritt, von der aus der See nicht zu sehen war.
»Und?« fragte Germain.
»Hier ist es.«

Etwa in der Mitte der Lichtung, neben einer Reihe flacher, gelblicher Sträucher, ragte ein schmaler, vielleicht sechs Meter langer Felsgrat aus der Schneedecke heraus. Jenseits der Sträucher hatte der Wind den Schnee zusammengetrieben; Eiszapfen hingen von den dünnen Zweigen.

»Zuerst einmal machen wir Feuer.«

Jordan drehte sich um und zeigte mit dem Stiel seiner Hacke auf ein paar Schwarztannen. Der Junge zog seinen Parka aus, warf ihn neben das Werkzeug, nahm die Axt und machte sich über die Bäume her. Er schlug mit weit ausholenden, nicht immer präzisen Bewegungen, die wegen ihrer Kraft dennoch wirkungsvoll waren. Jordan war zu dem schmalen Felsgrat gegangen. Er schnitt ein paar Büschel Gerbermyrte ab und brachte sie zu den Sträuchern, neben denen er die Feuerstelle vorbereiten wollte.

Als Germain die erste Tanne geschlagen hatte, zog er sie zu Jordan hinüber.

»Laß sie liegen«, sagte Jordan. »Schlag lieber noch mehr.«

Er hackte die Äste vom Stamm der Tanne und glättete ihn sorgfältig, bevor er ihn beiseite zog. Dann nahm er ein paar von den Ästen, legte sie auf die vorbereitete Feuerstelle und holte eine Schachtel Streichhölzer aus der Krempe seiner Mütze. Aus der Tasche zog er eine kleine Petroleumflasche und spritzte ein paar Tropfen auf die Zweige. Als er sie anzündete, entstand schwarzer Rauch, aus dem drei oder vier Flammen emporzüngelten und an den saftigen Blättern und Nadeln leckten. Dann zögerten sie einen Moment, verbargen sich unter den Zweigen, um sie dann mit verstärkter Kraft anzugreifen. Das duftende Harz der Myrte summte und knisterte, weißer Rauch stieg in kleinen Wirbeln auf.

Landry kam mit der nächsten Tanne.

»Noch drei oder vier, dann kannst du die Stämme etwas weiter wegbringen. Schichte sie auf, wir brauchen sie später.«

Nach einer halben Stunde verbreitete das Feuer eine so starke Hitze, daß der Schnee schmolz. Die Flammen hatten die Sträucher erfaßt und schufen viel Platz.

Als das Feuer fast niedergebrannt war, rief Jordan: »Bring die Schaufeln her!«

Sie fingen an, Glut und heiße Asche auf die weiter entfernten Stellen zu schaufeln, an denen noch Schnee lag. Als sie auf Stein stießen, machten sie es genau umgekehrt: Sie nahmen den Schnee auf ihre heißen Schaufeln und schleuderten ihn auf den noch heißen, rußigen Fels. Der Schnee schmolz mit einem langen Zischen; der aufsteigende Dampf roch nach nasser Erde und erloschenem Feuer.

»Hol jetzt den Drillbohrer und den Vorschlaghammer. Und die Kreuzhacke.«

Überall begann es zu tauen. Im Wald hörte man es tropfen und knacken. Die Eisschicht löste sich von Stämmen und Ästen. Klänge wie von splitterndem Glas legten sich über das Land.

Als Landry mit den Werkzeugen zurückkam, setzte sich Jordan mit gespreizten Beinen auf den Felsen, nahm den Drillbohrer in beide Hände und hielt ihn, die vierschneidige Spitze nach unten, gerade vor sich.

Das obere Ende des Bohrers überragte seine Mütze um wenige Zentimeter.
»Schlag zu, mein Freund«, sagte er. »Aber paß auf meine Birne auf.«
»Keine Angst, dir passiert nichts.«
Germain hob den Vorschlaghammer und schlug zu, vorsichtig, um die richtige Entfernung und seine Standfestigkeit auszuprobieren. Nach und nach wurden seine Schläge schwerer, und er fand seinen Rhythmus. Ohne sie aus der Senkrechten zu bewegen, begann Jordan, die Eisenstange zu drehen. Da die vorangehenden heftigen Temperaturwechsel den Stein brüchig gemacht hatten, ließ er sich leichter bearbeiten. Nach und nach entstand ein rundes Loch.
»Das reicht.«
Jordan zog den Bohrer heraus. Er kratzte das Loch mit den harten Nägeln seiner langen Finger aus und pustete dabei kräftig, um den Staub fortzublasen. Landry ging in die Hocke und sah ihm zu.
»Großer Gott«, sagte er, »das macht sich wirklich nicht von selbst.«
Das runde Loch war kaum drei Zentimeter tief.
»Hast du gesehen, wie ich es gemacht habe?«
»Ja.«
»Jetzt bist du dran.«
Germain setzte sich und griff mit seinen riesigen Fäusten nach dem Drillbohrer, den er um jeweils neunzig Grad drehte. Beim Aufschlag des Hammers auf den Bohrer gab es einen klingenden Ton. Jordans Schläge wirkten weniger schwer, weniger mächtig, aber präziser. Die Eisenstange sprang jedesmal ein Stück hoch.

Grauer Staub wirbelte in kleinen Wölkchen aus dem Loch auf, wie nach einer Explosion.
Bis zum Mittag waren sie damit beschäftigt, ein gutes Dutzend Löcher in zwei Reihen mit unterschiedlichen Abständen zu bohren; Maxime griff den Stein an Stellen an, wo Risse zu erkennen waren. Dann gingen sie zum Lager zurück. Landry fachte das Feuer wieder an, um einen Topf Grießsuppe zu kochen, während Jordan Pulver, Besatzpfropfen und Zündschnur in einen Wachstuchbeutel packte und zu ihrem Arbeitsplatz zurückging.
Als er schon fast zwischen den Bäumen verschwunden war, rief Germain ihm nach: »Ich würde gern zusehen!«
»Wenn deine Suppe fertig ist, stellst du sie einfach in die Asche und kommst her.«
Jordan ging allein zurück, verteilte Pulver in die Löcher und legte die Zündschnur. Germain kam dazu, als gerade noch vier Löcher zu präparieren waren.
»Du mußt mir zeigen, wie man das macht.«
»Am Anfang ist es reine Gefühlssache. Wenn du nicht genug Dynamit hineinfüllst, passiert gar nichts. Nimmst du zuviel, jagst du alles in die Luft, und es bleibt nichts übrig.«
Als er alle Löcher präpariert hatte, zündete Jordan eine Zündschnur nach der anderen an, sah nach, ob sie richtig brannten, und sagte dann seelenruhig: »Laß uns essen gehen.«
Germain lief sofort los, als wäre der Teufel hinter ihm her. Jordan folgte ihm langsam.
Sie hatten fast schon den Waldrand erreicht, als Jordan

stehenblieb und rief: »Wenn du etwas sehen willst, mußt du hinschauen.«
Der Junge drehte sich halb um. Sein blaues Hemd, das ihm ein wenig zu eng war, stand offen und ließ sein blondes, schweißnasses Brusthaar sehen. Er nahm die Mütze ab, und die Lockenmähne fiel ihm fast bis zu den Brauen in die Stirn. Man sah, wie er hin- und hergerissen war zwischen Angst und Neugier. Die Arme halb angewinkelt, die Fäuste fest geballt und den Kopf zwischen die Schultern gezogen, schien er bereit, jeden Augenblick die Flucht zu ergreifen.
Dann war eine Reihe dumpfer, unterschiedlich heftiger Explosionen zu hören. Ein wenig grauer Rauch stieg auf. Beißender Geruch zog vorüber.
»Das war's«, sagte Jordan. »Jetzt wollen wir mal sehen, ob es deine Küche mit der meinen aufnehmen kann.«
Germain lachte. »Du sprichst hier von Küche?«
Am Nachmittag bearbeiteten sie den Stein, der rund um die Löcher aufgebrochen war, mit Hacke und Schaufel. Mit einer kleinen Lupe, die Jordan um den Hals trug, untersuchte er die Brocken in der Sonne. Er drehte sie hin und her, befeuchtete manche mit Spukke, wusch andere mit einer Handvoll Schnee.
»Wenn du etwas findest«, sagte sein Helfer, »zeig es mir.«
»Auf jeden Fall ist es Quarz. Ich glaube, er ist von derselben Qualität wie der, den ich auf der anderen Seite gefunden habe.«
»Das ist gut, oder?« fragte der Junge mit ernstem Gesicht.
»Das sage ich dir, wenn ich aus Quebec zurück bin.«

Die Proben, die er behalten wollte, steckte er in kleine Beutel aus wasserdichtem Stoff. Er zog ein Heft aus der Tasche, und bevor er einen Beutel zuband, schrieb er eine Zahl auf ein Blatt, riß es heraus und steckte es zu der Probe. Von Zeit zu Zeit nahm er einen der Brocken ganz fest in die Hand und sah einen Moment lang unbeweglich und mit verlorenem Blick zum Wald hinüber, in dem schon die Dämmerung aufstieg. Seine Kiefer- und Halsmuskeln spannten sich wie bei einer übermenschlichen Anstrengung. Den kalten Wind, der wieder aufgekommen war, spürte er nicht.

5

In einer Woche hatte sich das Land völlig verändert. Winzige Blumen blühten jetzt zwischen den Schneeresten, die Espen erwachten zu neuem Leben und überzogen den Wald hier und da mit einem zartgrünen Schleier. Weite Sumpfgebiete, in denen Wasser und Erde sich mischten, wimmelten von Insektenlarven, und noch bevor die letzten Spuren des Winters verschwunden waren, schlüpften schon Fliegen und Mücken.
In der Nähe des Zeltes und rund um ihren Arbeitsplatz hatten Jordan und sein Helfer zahlreiche Feuer angezündet und feuchte Blätter hineingeworfen, deren beißender Qualm sie selbst zum Husten brachte, das Ungeziefer jedoch kaum fernhielt.
Sie hatten angefangen, den Fels in langen Abschnitten Schicht für Schicht freizulegen.

Als das Wasser des Sees und des Harricana das Eis besiegt hatte, beschloß Jordan, abzufahren. In einem halben Tag hatte er das Kanu in Ordnung gebracht und seine Sachen gepackt. Er nahm nicht viel mit: eine Decke, ein Stück Wachstuch, Kochgeschirr, vor allem aber die Gesteinsproben, die er alle zusammen in einer Art Rucksack verstaut hatte.

Zur gleichen Zeit war Germain Landry weiter mit Hacke und Schaufel an der Arbeit. Als sie am Abend zwischen ihrem Zelt und dem Feuer saßen und aßen, wiederholte Jordan das, was er schon drei- oder viermal gesagt hatte: »Hast du verstanden? Du legst den Fels weiter an den Stellen frei, die ich markiert habe. Du versuchst nicht, an den Fels selbst zu gehen, du legst ihn einfach nur frei. Dynamit und Pulver rührst du nicht an. Lebensmittel hast du noch für zehn Tage. Aber ich bin schon früher zurück.«

Germain nickte und hörte ein paarmal auf zu kauen, um besser zuhören zu können.

»Wenn irgendwelche Leute kommen, nennst du meinen Namen und sagst, daß du mein Partner bist. Wenn man dich nach der Konzession fragt, sagst du, ich hätte sie und käme bald zurück.«

Er schwieg eine Weile und beobachtete seinen Freund, dessen lockige Mähne und Bart kräftig gewachsen waren und der ihn ein wenig blauäugig anstarrte, als erwartete er von ihm die Offenbarung eines großen Geheimnisses.

»Hast du das alles kapiert? Auch wenn jemand kommt und ich gerade erst eine Stunde weg bin, sagst du, daß du mich jeden Moment erwartest.«

Sie hatten am selben Morgen Brot gebacken, flache, harte Fladen, die sie in zwei Töpfen in die Glut gestellt hatten. Germain aß eine dicke Scheibe davon mit dunkler Schokolade zum Nachtisch.
»Vergiß die Hefe nicht«, sagte er. »Dieses Zeug hier ist wirklich verdammt hart.«
»Um so besser, dann kommst du nicht in Versuchung, alles auf einmal zu essen. Iß auf keinen Fall die ganze Schokolade auf einmal. Du bekämst eine Verstopfung, die dich umbringen könnte. Du mußt Fisch essen, verstehst du? Fast jeden Tag. Das stopft am wenigsten.«
»Und ich kann Vögel schießen.«
»Fisch ist besser. Wir essen fast nur getrocknete Sachen, und das ist ungesund. Fisch ist gut für die Verdauung. Und mach den Tee nicht zu stark.«
Der Junge hörte für einen Augenblick auf, an seinem steinharten Brot zu nagen. Er beobachtete Jordan, zögerte und fragte schließlich: »Könntest du etwas für mich erledigen?«
»Aber sicher.«
»Gibst du mir dein Heft, damit ich meiner Süßen ein paar Zeilen schreiben kann? Und ...« Er zögerte wieder.
Jordan kam ihm zu Hilfe: »Sprich ruhig weiter. Ich werde tun, was du mir sagst. Ich gebe ihr sogar einen Kuß von dir.«
»Du Witzbold.«
»Ich habe nicht genug Zeit, um ... Also, was willst du?«
Germain beugte sich zur Seite und suchte etwas in der rechten Tasche seiner verschmutzten Hose.

»Ich habe auch Proben«, sagte er und hielt einen Stein in der gewölbten Hand. Als Jordan zögerte, fügte er hinzu: »Gibst du ihr den? Sag ihr, daß ich ihn losgebrochen habe. Vielleicht ist Gold drin... Sie wird fest daran glauben, daß welches drin ist, und dann wird es auch so sein.«

Jordan nahm den Stein mit ernstem Gesicht.

»In Ordnung. Ich sage ihr... Ich sage ihr das, versprochen.«

Am nächsten Tag bei Morgengrauen setzte sich Jordan in sein Rindenkanu, in dem sie schon den Sack mit den Steinen verstaut hatten.

Germain fragte mit einem Lächeln, das seine Angst nur schlecht verbarg: »Und wenn du nicht zurückkommst? Ich wäre dumm dran auf dieser Insel ohne Boot.«

»Du wartest einfach auf den nächsten Winter.«

»Mach keine Witze.«

»Wenn ich nicht wiederkomme, heißt das, daß ich tot bin.«

»Beschrei es nicht.«

»Mach dir keine Sorgen, in ein paar Tagen kommt bestimmt jemand hier vorbei. Und wenn nicht, mußt du dir eben ein Floß bauen und dich bis Saint-Georges den Harricana hinuntertreiben lassen. Auch wenn du einen nassen Hintern bekommst, krepieren wirst du nicht daran.« Nach einem Moment fuhr er fort: »Auf jeden Fall lasse ich das Kanu hinter dem Lagerhaus. Die Leute dort sind zuverlässig. Ich werde ihnen sagen, wo du bist. Wenn ich nach zwei Wochen nicht zurück bin, schicken sie jemanden her.«

Jordan stieß sich mit dem Paddel an einem Felsen ab

und steuerte das Boot zwischen Eisschollen hindurch ins offene Wasser. Im Morgenlicht schimmerte das Eis jadegrün.
Germain stand hoch aufgerichtet am Ufer und folgte Jordan mit dem Blick, bis das Kanu hinter einem Felsvorsprung verschwunden war, auf dem die schon belaubten Birken ebenso schwankten wie ihre Spiegelbilder im Wasser. Denk an meinen Brief! wollte er rufen, wagte es aber nicht.
Noch lange stand er da, den Blick auf die Steine gerichtet, die das Wasser abgeschliffen hatte. Er betrachtete sie so eindringlich, als wollte er ihr Geheimnis ergründen.

6

Germain ging zum Lager zurück, nahm sein Gewehr und eine Schachtel Patronen und machte sich auf zur Schürfstelle. Sofort ging er an die Arbeit. Zuerst riß er mit der Hacke Sträucher heraus, die er zu einer der Feuerstellen zog. Nachdem er so fünf oder sechs Meter gerodet hatte, fing er an, den Fels freizulegen. An manchen Stellen war er nur von einer Moosschicht oder spärlichen Steppengräsern bedeckt, deren feine Wurzeln sich an die kleinste Unebenheit klammerten. An anderen Stellen war die Erdschicht dicker und von Wurzelgeflecht oder von Knollen und Zwiebeln durchsetzt. Wenn die Hacke sie traf, wurde ihr weißes oder gelbliches Inneres sichtbar. Schwärme aggressiver In-

sekten stiegen aus diesem zerstörten Universum auf. Jordan hatte seinem Helfer eine dicke Pfeife und Tabak zurückgelassen, doch dem Jungen war das Rauchen unangenehmer als die Mücken und Fliegen. Außerdem hatte er festgestellt, daß der Tabakgeruch diese Tiere nicht im geringsten abschreckte.
Ab und zu unterbrach Germain seine Arbeit, um auf Enten zu schießen, die nach Norden zogen. Da er jedoch noch nie gejagt hatte, verschwendete er Munition für Vögel, die sein Gewehr nie erreichen konnte. Nach vier vergeblichen Versuchen gab er auf und warf lieber die Leine aus, an einer Stelle, wo er schon mit Erfolg geangelt hatte. Nach kurzer Zeit hatte er zwei fette Goldbarben gefangen, die er auf der Stelle putzte und briet. Die eine schnitt er in drei Stücke und legte sie in einen großen Kochtopf mit Deckel, die andere aß er auf und trank eine ganze Kanne Tee dazu.
So ging es drei Tage lang unter einer Sonne, die schon brannte, als sie morgens über der weiß bereiften Erde aufging. Germain tat seine Arbeit ruhig und gleichmäßig. Er hetzte nicht, gönnte sich aber auch nur Pausen zum Angeln, zur Zubereitung seiner Mahlzeiten und zum Essen.
Der Morgen des vierten Tages war grau, und es fing an zu regnen, schon bevor Germain die Schürfstelle erreicht hatte. Dennoch ließ er sich nicht abhalten, sondern zog eine Segeltuchjacke an und setzte einen breitkrempigen Hut auf.
Er ging leicht gebeugt, den Blick auf den Boden gerichtet. Als er zu seinem Graben kam, hielt er plötzlich an. Sein Atem stockte. Einen Augenblick lang stand er wie

erstarrt da. Dann bückte er sich und murmelte: »Allmächtiger!«
Der vom Regen reingewaschene Felsen glänzte und spiegelte den Himmel wider. In fein gepunkteten Wellenlinien glitzerten goldene Äderchen.
Germain nahm den Hut ab und kniete sich hin, um besser sehen zu können. Mit den Händen stützte er sich auf den Boden.
»Jordan ist zu früh losgefahren!«
Er stand auf und rannte, um seine Hacke zu holen. Mit der Spitze löste er ein paar Quarzstücke heraus. Als er eine gute Handvoll hatte, lief er zum Lager zurück, legte sie in ein flaches Sieb, um sie noch gründlicher zu waschen als vorher schon der Regen. Auf dem Boden des Gefäßes blieben winzige Plättchen zurück.
»Sicher, Eisenpyrit glänzt auch... aber es ist nicht so gelb. Lieber Gott, ich weiß es, er hat es mir gezeigt...«
Er war außer sich vor Freude, stellte sein Sieb ab und fing an, auf der Stelle zu tanzen, wobei er immer wieder sagte: »Das muß es sein. Es muß einfach!«
Aus einem Aberglauben heraus traute er sich nicht, das Wort auszusprechen. Dann blieb er stehen, dachte einen Moment nach und murmelte: »Wenn es gleich an der Oberfläche zu sehen ist, enthält es oft weniger, als wenn es etwas tiefer liegt. Verstanden habe ich das nicht... Immerhin, wenn etwas zu sehen ist, bedeutet das, daß auch etwas da ist!«
Germain rechnete nach. Jordan war vor drei Tagen abgefahren. Er hatte gesagt, er bliebe allerhöchstens zehn Tage fort. Aber auch nicht weniger als sechs.

Germain mußte einfach bis zur Nordspitze der Insel gehen, von der aus man die Flußmündung sehen konnte!
Er brauchte mehr als eine Dreiviertelstunde dorthin. Nachdem er im Regen eine Weile über den See mit den verschwimmenden Ufern des Festlands geschaut hatte, kehrte er fluchend um. Er vergeudete Zeit.
Er hatte die Steine in sein Taschentuch gewickelt und hielt sie fest in der Hand, die er nicht mehr aus der Tasche nahm.
»Das hier hätte ich meiner Süßen schicken sollen«, knurrte er vor sich hin.
An diesem Tag fiel es ihm schwer, bei der Arbeit zu bleiben. Er hackte und kratzte an dem Stein herum, hielt häufig inne, um ihn sich genau anzusehen, und pinkelte darauf, um ihn schneller abzuwaschen als der Regen. Immer wieder glaubte er, Stimmen vom Lager her zu hören.
Dreimal lief er zu der Stelle des Ufers, die seinem Arbeitsplatz am nächsten lag. Nichts. Nur das Plätschern des Regens auf der grauen, windgepeitschten Wasserfläche.
Am Nachmittag hielt Germain es nicht mehr aus. Er ging zum Lager zurück. Im Zelt leerte er eine Kiste, in der er Kekse, Dörrobst und Kartoffeln aufbewahrt hatte, und trug sie zu seiner Fundstelle. Er fing an, Quarzbrocken abzuschlagen, die er mit der Lupe untersuchte und dann in die Kiste legte. Er folgte der Ader und kam bald ans Ende des Grabens. Hier hätte er einen Schräggraben ziehen müssen, den Maxime nicht vorgesehen hatte.

Als sich der Abend senkte und seine Kiste voll war, legte er das Werkzeug nieder und kehrte zum Lager zurück. Die Kiste war zu schwer, als daß er sie zurücktragen konnte.
»In der Nacht wird schon keiner kommen, und am Tag ist sie an der Schürfstelle besser aufgehoben als im Zelt.«
Er sicherte alles, so gut es ging. Dennoch machte er auf halbem Weg kehrt und nahm das Gewehr, das er an einem Riemen über der Schulter getragen hatte, unter den Arm.
Ein letzter Lichtschein lag über dem regennassen Wald. Ein vorüberfliegender Nachtvogel ließ Germain vor Schreck in die Höhe springen. Er blieb stehen und horchte. Nichts, nur das gleichmäßige Tropfen des Regens. Er ging zu seiner Kiste, legte das Gewehr ab und deckte sie mit Buschwerk zu, das er mit der Spitzhacke ausgerissen hatte. Nachdem er sich vergewissert hatte, daß von der Kiste nichts mehr zu erkennen war, ging er zum Lager zurück.
Germain fachte das Feuer an, kochte sich Tee, ging dann ins Zelt und legte das Gewehr in Reichweite nieder. Noch bevor er den kalten Fisch und den Schiffszwieback aß, kniete er sich neben die Lampe und breitete sein Taschentuch vor sich aus. Eine Weile betrachtete er andächtig die Steine, in denen winzige Sterne funkelten.
Wie immer war er schnell eingeschlafen. Aber nach etwa zwei Stunden wachte er plötzlich auf. Er richtete sich im Dunkeln auf und griff nach seinem Gewehr. Lange blieb er reglos mit angehaltenem Atem sitzen

und horchte in die Nacht. Eulen und Käuzchen riefen einander von einem Ufer des Sees zum anderen zu, von der Insel zum Festland. Germain wischte sich mit dem Handrücken den Schweiß von der Stirn. Vorsichtig stand er auf, vermied jedes Geräusch. Er schob die Zeltplane am Eingang beiseite. Die Vogelrufe waren fast beängstigend in ihrer Vielfalt und Lautstärke. Das Gewehr fest umklammert, trat Germain aus dem Zelt. Er zuckte zusammen. Dicht neben ihm hatte ein Uhu sein Huh-buh ausgestoßen, das beinahe wie ein menschlicher Laut klang. Der Junge mußte sich gegen tausend Schreckensbilder wehren, die in ihm aufstiegen.

Er ging zur Schürfstelle. Immer wieder glitt seine linke Hand in die Tasche und tastete nach den Steinen. Bevor er auf die Lichtung hinaustrat, blieb er einen Moment stehen und sah sich um. Ein leichter Wind hatte sich erhoben und spielte nervös in Bäumen und Sträuchern.

Nachdem er sich vergewissert hatte, daß das Gestrüpp noch an Ort und Stelle lag, ging er zum Ufer. Dort kauerte er sich ins Schilf und beobachtete lange das andere Ufer, suchte mit den Augen den Wald ab, blickte fragend über die riesige Wasserfläche und hinauf zum Mond, der leuchtend seine Bahn zog.

Endlich ging er zum Zelt zurück und legte sich wieder hin. Doch ein Fieber hatte ihn befallen und störte seinen Schlaf.

7

Woher nahmen Cartier und seine Begleiter die feste Überzeugung, daß das Land, das sie entdeckt hatten, als sie dem Sankt Lorenz stromaufwärts gefolgt waren, zum Land des Goldes gehörte? Das Fieber hatte sie gepackt. Seit der ersten Begegnung mit den Hochelaga-Indianern hatte es sie nicht mehr losgelassen.

Von dem Hügel, den er Mont-Royal genannt hat, blickt Jacques Cartier in die endlose Weite. Sein Seefahrerblick ist es gewohnt, über die Weiten des Meeres zu streifen. Jetzt wandert er über einen Ozean von Wäldern, der unendlicher ist als das Meer, das sie von der Alten Welt hierher durchfahren haben. Sein Blick folgt dem Outaouais flußaufwärts. Gestenreich erklärt ihm der Stammesälteste, daß dieses in der Ferne glitzernde Gewässer im sagenhaften Reich des Saguenay entspringe, dem Land unermeßlichen Reichtums. Wie Kolumbus, wie der Engländer Frobisher macht sich auch Cartier auf die Suche. Sie kommen zurück mit ihren dickbäuchigen Schiffen voll glitzernder Gesteinsbrocken. Auf der langen Rückreise singen die Seeleute, trunken vor Hoffnung. Dann erklären ihnen die Gelehrten, daß ihre Steine wertlos sind. London und Paris lacht über die Männer, die Unmengen von Steinen über das Meer geschafft haben, die gerade zum Straßenpflastern gut sind.

Aber weder den Spöttern noch denen, die Armut predigen, gelingt es, den Glauben der Goldsüchtigen zu erschüttern. Generationen von Goldsuchern machen sich auf den Weg. Wieder und wieder kommen sie an, betreten dieselben Pfade, stets im Glauben, die ersten zu sein, das richtige Gespür zu haben. Der Norden zieht sie an. Der Westen fasziniert sie. Überall suchen sie nach dem sagenhaften Schatz, von dem die Indianer berichten.

Um das Jahr 1600 entdeckten sie Blei am Temiscaming-See. So weit waren sie unter größten Strapazen vorgedrungen. Häufig mußten sie ihre Boote über Land transportieren. Das graue Metall ist hier in großen Mengen im Tagebau zugänglich. Also beluden die Männer ihre Kanus mit dem Erz und fuhren zum Sankt-Lorenz-Becken zurück. Doch die Rindenkanus waren zu schwer geworden. Stromschnellen wurden ihnen zum Verhängnis. Der Fluß holte sich das Blei zurück.

Jahrhunderte vergehen. An den Ufern der Seen wird Holz geschlagen, der Boden wird urbar gemacht. In aller Ruhe nimmt das Leben seinen Lauf. Als man schon lange aufgehört hat, prüfend das Gestein zu betrachten, als die Goldsucher von ihren Hoffnungen längst anderswohin getrieben worden sind, gräbt ein Schmied einen Graben, um Wasser zu seinem Haus zu leiten. Mit der Hacke spaltet er einen Stein mit kleinen silbernen Einschlüssen. Rätselhafte Bodenschätze. Und wieder breitet sich das Fieber in der ganzen Gegend aus.

Noch immer lebt der erschöpfte, resignierte Goldsucher in den vergebens durchstreiften Wäldern. Morgen will er den Heimweg antreten. Nie wieder wird er nach Gold suchen. In der festen Absicht, ein neues Leben zu beginnen, wirft er zornig die Hacke fort, als wollte er den Stahl zersprengen. Mit hellem Klang trifft sie ein Stück Felsen. Ein Stein rollt dem Mann vor die Füße, ein Stein, in dem eine Ader glänzt.

Es werden auch Geschichten aus weiter Ferne erzählt. Das faszinierende Abenteuer vom Sacramento. Der lange Marsch in das Gebiet, das Mexiko für ein Butterbrot an die Vereinigten Staaten verkauft hatte. Dörfer, die nur aus einer Handvoll Häuser bestanden hatten, wuchsen in wenigen Monaten zu Städten. Die ganze Welt geriet aus den Fugen, das gesamte Wirtschaftsgefüge wandelte sich. Noch nie hatte sich eine Nachricht in so kurzer Zeit um den ganzen Erdball verbreitet. Am Pazifik verließen ganze Schiffsbesatzungen, allen voran der Kapitän, ihre Schiffe, um ein Land zu erobern, das reicher war als das Meer. Die Boote ließen sie einfach in den Häfen oder an den Stränden liegen, wo ihr Holz eines Tages dem Bau von Unterkünften für Neuankömmlinge diente. Schiffe mit Tausenden von Chinesen legten an.

Weder das Meer noch Berge konnten diesen Ansturm auf Kalifornien aufhalten, und nichts konnte auch diejenigen hindern, die sich zu den Weiten des Nordens aufgemacht hatten.

Keiner weiß, welcher Wind all die Geschichten herbeiträgt, die alle Entfernungen, Grenzen und Sprachen überwinden, Geschichten von Wundern, die die Welt erfüllen. Man verändert sie, schmückt sie aus und formt sie nach eigenen Wünschen und Vorstellungen.

Begegnungen im Lager, die Flasche wird herumgereicht, das Feuer und die Freundschaft lassen die Einsamkeit vergessen – begieriges Zuhören, der Rausch des Erzählens. Nächte voller Träume von sagenhaften Erlebnissen.

Unermüdliche Sucher durchstreifen planlos das Land. Sie vertrauen ihrem guten Stern und lauschen dem Wind, der ihnen vom Glück der anderen erzählt. Auf dem Rücken tragen sie riesige Lasten an Lebensmitteln und Werkzeug. Oft sind sie zu zweit – zu viele Einzelgänger sind schon verschollen. Sie wissen nicht, was sie erwartet. Sie wissen nur, daß sie drei Pfund Trockennahrung pro Tag brauchen, hundert Pfund im Monat. Ihr Gewehr versorgt sie dazu mit frischem Fleisch. Nichts kann sie zurückhalten. Die Gewißheit, daß am Ende des Weges der Reichtum liegt, läßt ihre Kräfte wachsen.

Aus Büros, Schulen, Fabriken, Werkstätten und Läden kommen sie flußaufwärts und tauchen in die Wälder ein. Immer in Richtung Westen und Norden, denn diese Richtung hatten die ersten Entdecker eingeschlagen. Sie folgen einem Trieb, der so alt ist wie die Bahnen der Gestirne. Aus Bauerndörfern und rauchigen Städten kommen sie zum kanadischen Schild, der zu den ältesten Felsgebieten der Erde zählt. Die Neue Welt ist älter als der Alte Kontinent. Das muß man begreifen. Der Schild, geologische Spalten, ausströmendes Magma, Quarz, Diorite: alles Begriffe, die den meisten nichts sagen und die dennoch einen Klang haben. Sie erinnern an die Geschichten der Hoffnung, die ihnen der Wind zugetragen hat. An ihnen halten die

Menschen fest, sie haben die Farbe des reinsten aller Metalle.
Diese Leidenschaft, das Goldfieber, ist fast so alt wie die Menschheit. Sie kommt über ein Land wie die Pest über ein Volk.

8

Maxime Jordan kehrte am Abend des neunten Tages zurück. Er pfiff.
»He! Landry! Wenn du Hunger hast, komm her.«
Er hatte gerade angelegt. Ein zweites Kanu näherte sich dem Ufer. Es war schon fast dunkel. Violette Wolken lasteten am Westufer des Sees über dem Wald. Ein Streifen von fahlem Gelb durchzog sie und warf einen länglichen Lichtschein auf das Wasser. Birkenstämme zeichneten sich scharf vor diesem Licht ab. Maxime drehte sich zum Wasser und machte Zeichen mit den Armen.
»Komm her und leg an. Du brauchst keine Angst zu haben. Der Boden ist zu weich, aber hier ist ein schöner glatter Fels, auf den du dein Boot ziehen kannst.«
Das Kanu glitt langsam vorwärts gegen das von Jordan. Beide waren schwer beladen. Sie ragten kaum eine Handbreit aus dem Wasser. Die Gesichter der beiden Männer waren schweißnaß.
Kaum hatten sie den Fuß an Land gesetzt, da kam ihnen Landry schwerfällig durch das Brombeergestrüpp entgegengestolpert. Er rief: »Zum Teufel, ich hab es gefunden! Ja, ich hab es gefunden.«

»Hat der Typ da eine Meise?«

Der Mann aus dem zweiten Boot stand verwundert neben Jordan. Er war knochig und kleiner als Jordan, ging ein wenig gebeugt. Sein zurückgeschobener Hut ließ im letzten Lichtschein einen kahlen, glänzenden Schädel erkennen.

Germain war etwa zwanzig Schritte von ihnen entfernt im Gestrüpp stehengeblieben, das ihm bis zur Taille reichte. Er beugte sich ein wenig vor und fragte mit unsicherer Stimme: »Bist du es?«

»Ja, ich bin es. Keine Sorge.«

Landry kam langsam näher. »Ich habe zwei Männer gesehen, da habe ich mich gefragt...«

»Was hast du da gerufen?«

Germain sah mißtrauisch zu dem Neuankömmling hinüber.

»Das ist Taphorin«, sagte Jordan. Dominique Taphorin. »Er bleibt bei uns.«

Germain schüttelte die Hand des Mannes, dann drehte er sich zu Maxime um und flüsterte ihm ebenso leise zu, wie er zuvor laut geschrien hatte: »Ich habe es gefunden, bei Gott! Echtes...«

Die beiden anderen sahen sich an. Die Nacht brach jetzt sehr schnell herein, still und violett mit ein paar verschwommenen, flüchtigen Lichtreflexen auf dem Wasser.

»Was erzählst du da?« fragte Jordan. »Ich hab dir doch gesagt, daß du nicht weitergraben sollst.«

»Ich hab gewußt, daß du meckern wirst. Aber ich hab gar nicht danach gesucht, es war einfach da, oben auf dem Fels.«

»Wir müssen ausladen«, befahl Jordan knurrig. »Die Sachen können nicht über Nacht hierbleiben.«
Germain hatte sein Taschentuch hervorgezogen. Vorsichtig breitete er es aus. Seine Steine kamen zum Vorschein.
»Man kann nichts mehr erkennen«, brummte Jordan. »Wir verschwenden nur unsere Zeit.« Doch seine Stimme verriet Neugier.
Taphorin war zu seinem Kanu hinuntergestiegen und suchte nach etwas. Dann kehrte er mit einer großen Reflektorlaterne zurück, die er gleich anzündete. Die Kerze flackerte. Als die seitliche Tür geschlossen war, kam sie vor dem kleinen Parabolspiegel zur Ruhe. Das Strahlenbündel irrte einen Moment umher und richtete sich dann auf das erdige Taschentuch in Germains Hand. Die drei Köpfe neigten sich vor, ihre Hüte berührten sich.
Mit der Spitze seines Zeigefingers drehte Jordan einen der Steine um. In einem schmalen Riß zeigte die graue Masse eine verschwommene Linie aus gelbglänzenden Punkten. Jordan runzelte die Augenbrauen und kniff die Lippen zusammen. Er nahm den kleinen Stein in die Hand und tauchte ihn ins Wasser. Dann öffnete er sein Hemd, um die kupfergefaßte Lupe herauszuziehen, die er an einem geflochtenen Lederband um den Hals trug.
Dicht neben der Laterne untersuchte er den Stein. Die beiden anderen machten ihm Platz. Ein vorüberfliegender Wasservogel ließ sie aufschrecken.
Schließlich stand Jordan auf und sah die beiden mit undurchdringlichem Blick an. Ruhig sagte er: »Es ist

genau dasselbe, was ich gefunden hatte, als ich 1911 diese Insel zum ersten Mal betrat.«

Germain schien völlig aus der Fassung. Zögernd fragte er: »Ist es nun welches oder nicht?«

»Sicher ist es welches!« Jordans Gesicht hatte sich aufgehellt. »In den Proben, die ich mitgenommen hatte, ist auch Gold. Und nicht einmal wenig. Bei den augenblicklichen Preisen macht das sechzig Dollar die Tonne.«

»Ist das viel?« fragte Germain.

»Das kann man wohl sagen«, antwortete Taphorin lachend. »Wäre es weniger, wäre ich nicht hier.«

»Wir laden jetzt aus«, sagte Jordan, »und nachher zeigst du uns, wo es ist.«

Während er Säcke und Kisten am Ufer in sicherer Entfernung vom Wasser stapelte, erzählte Germain, wo und wie er seinen Fund gemacht hatte. Er war verrückt vor Freude. Mehrmals sagte Jordan: »Übertreib nicht. Wir werden es uns ansehen.«

Dennoch wiederholte Germain seine Geschichte noch mehrere Male und erwähnte dabei jedes kleinste Detail. Nachdem sie den Stapel an Vorräten und Werkzeug mit einer dichten Plane abgedeckt und diese mit einer Kordel festgezurrt hatten, gingen sie zum Feuer hinauf. Taphorin trug die Laterne. Seine lederne Umhängetasche hatte Germain ihm abgenommen. Sie wog gut und gern ihre sechzig Pfund. Jordan trug die beiden Gewehre. Sie packten alles ins Zelt, legten neues Reisig in die Glut und machten sich auf den Weg zur Schürfstelle. Maxime ging voraus und leuchtete den beiden anderen mit der Laterne.

»Sie ist verdammt gut, diese Lampe«, sagte er.
»Es ist eine Wagenlaterne. Ich habe die Halterung, die unten dran war, abgesägt und oben einen Griff angelötet. Es ist die hellste Laterne, die ich kenne. So etwas können nur die Amerikaner herstellen.«
Taphorins Stimme war ein wenig heiser. Er sprach langsam, als würde er seine Worte abzählen. Er ging hinter Jordan. Germain folgte den beiden und mußte den scharfen Rauch ihrer Pfeifen einatmen, der die Stechmücken dennoch nicht hinderte, in dichten Schwärmen über die Männer herzufallen. Es schien, als machte sich Jordan ein boshaftes Vergnügen, indem er langsamer ging als gewöhnlich. Germain betrachtete die schwankende Silhouette, die der Lichtschein auf den gewundenen Weg, die Birkenstämme und die dichten Hartriegelsträucher warf, deren lange Ruten mit Büscheln kleiner weißer Blüten besetzt waren. An manchen Stellen hing ihr milder Duft zwischen den Sträuchern.
Als sie an der Lichtung angekommen waren, ging Germain schneller, um Jordan einzuholen.
»Da drüben ist es.«
Er bog nach links ab, stieg in einen der Gräben hinab und folgte diesem bis zu einem undurchdringlichen Brombeergestrüpp. Im Vorbeigehen hatte er seine Hacke ergriffen. Er kletterte auf den Rand des Grabens und zog mit der Hacke das Gestrüpp beiseite.
»Was hast du denn da gemacht?«
»Ich wollte meine Kiste verstecken.«
Die beiden anderen lachten und beugten sich vor, um hineinzusehen. Die Steine waren trocken geworden.

»Hast du Wasser da?«
»Nein.«
Germain legte die Hacke weg, öffnete in aller Ruhe seine Hose und feuchtete die Steine an. Der Urin dampfte in der Kühle, die sich herabsenkte. Fliegen und Mücken zogen in Schwärmen durch den Lichtstrahl. Die drei hockten sich nieder und beugten sich über den scharfen Geruch. Der Schein der Lampe tanzte durch die Dunkelheit.
»Laß mal sehen«, sagte Jordan.
Taphorin hielt die Laterne hoch. Jordan untersuchte ein paar der Steine eingehend mit seiner Lupe.
»Ja, das ist es«, sagte Jordan und richtete sich auf. »Wir werden sofort weitere Analysen machen lassen.«
»Du gehst wieder weg?«
»Nein. Ich habe mich erkundigt. Es reicht, wenn wir die Proben nach Saint-Georges bringen. Von dort aus kann man sie mit der Bahn schicken. Die Antwort kann man sich dann im Bahnhofsbüro abholen.«
Die drei standen regungslos um die Kiste mit den glänzenden, noch immer leicht dampfenden Steinen. Die Männer wirkten unbeholfen. Dann konnte Germain nicht mehr an sich halten.
»Schließlich bin ich direkt mit der Nase darauf gestoßen!«
»Ich habe von Anfang an gewußt, daß man auf dieser verdammten Insel etwas findet. Seit sieben Jahren weiß ich es! Aber wegen dieses blöden Krieges konnte man ja nichts unternehmen. Gold hat keinen Menschen interessiert. Nur Kupfer haben sie gesucht. Strategie nannten sie das!«

»Und ich bin direkt mit der Nase darauf gestoßen«, wiederholte Germain.

»Wir hätten es so oder so entdeckt. Ich habe dich ja nicht umsonst gerade hier die Erdschicht abtragen lassen. Ich wußte, daß das eine gute Stelle ist.«

»Wir müssen die ganze Ader freilegen«, sagte Taphorin. »Mal sehen, wie weit sie geht. So weit wie möglich werden wir sie von der Oberfläche angehen und erst später ein Loch bohren.«

»Dafür bist du ja hier«, sagte Jordan lachend. Er drehte sich zu Germain um und fügte hinzu: »Er hat schon in Goldminen gearbeitet, in Ontario. Er kennt sich aus.«

Taphorin hatte seine Laterne wieder aufgenommen und schwenkte sie mit ausgestrecktem Arm, um die ausgehobenen Gräben und die mit Moos und Gräsern durchsetzten Erdhügel anzuleuchten. Drei Feuerstellen beleuchteten andere Ausschnitte der verwüsteten Lichtung. Rauch zog schwerfällig auf halber Höhe zwischen den Bäumen hindurch.

»Also, mein Lieber«, sagte er, »hier habt ihr ja ganz schön gewühlt. Man fühlt sich beinahe nach Flandern versetzt – nach der großen Offensive.«

Sie machten sich auf den Weg zurück zum Lager. Durchdringende Feuchtigkeit stieg vom unsichtbaren See auf. Nachtvögel unterhielten sich von Baum zu Baum. Zur Rechten schimmerte noch immer ein schwacher Lichtschein durch die Zweige, als wollte er neugierig die Ankunft der Nacht betrachten.

9

Germain ließ sich gern vom Krieg erzählen. Er war zu jung, um selbst dabeigewesen zu sein, doch das Geheimnisvolle, der Hauch von Abenteuer, der damit verbunden schien, faszinierten ihn. Die drei saßen ums Feuer. Ein Stück Rindfleisch, das Jordan aus Saint-Georges mitgebracht hatte, briet vor ihnen über der Glut.
Plötzlich fragte Germain Taphorin: »Bist du in Flandern und so gewesen? Hast du gekämpft?«
»Sicher, mein Junge ...«
Mit harter Stimme fiel ihm Jordan ins Wort: »Ist schon gut! Es lohnt nicht, von diesem Mist zu reden. Er wird sich früh genug wiederholen.«
Er zündete seine Pfeife an, machte drei tiefe Züge und starrte auf das Fleisch, das er gerade über der Glut gewendet hatte. Er wandte sich an den Neuankömmling und fuhr fort: »Du hast in der Mine gearbeitet. Das ist es, was mich interessiert. Erzähl mir, wie du es anfangen würdest.«
Taphorins Gesicht war von scharfen Falten gezeichnet, die sich im Schein des Feuers noch vertieften. Er schob den Hut zurück. Mit dem schwarz behaarten Handrükken strich er sich über die breite Stirn. Er dachte kurz mit angespanntem Gesicht nach, blies den Pfeifenrauch aus und begann:
»Man muß sich die Stelle genau ansehen. In der Dunkelheit kann ich nichts erkennen ... Wenn wir den Claim

abgesteckt haben, müssen wir soviel wie möglich freilegen und Proben von der Oberfläche nehmen. Das ist einfacher, als in der Tiefe zu schürfen. Man braucht kein Pulver, und außerdem kann man, wenn das Gold schon so weit oben liegt, von einem hohen Gehalt ausgehen.«

»An der Oberfläche ist es wegen der Erosion oft leichter«, stellte Jordan fest.

»Ganz genau. Wenn man Leute für die Finanzierung gewinnen will, muß man zunächst davon reden.«

Landry hatte aufmerksam zugehört. Als Taphorin schwieg, ergriff er die Gelegenheit, Jordan zu fragen: »Die Konzession hast du doch jetzt mitgebracht?«

Über seinem schwarz-rot-karierten Hemd trug Maxime eine lange, selbstgemachte Lederweste mit großen Pattentaschen. Er öffnete die Knöpfe der rechten und zog ein gedrucktes Formular heraus, das er auseinanderfaltete und Germain hinhielt.

»Hier! Überzeug dich!«

Germain griff andächtig nach dem Papier und kniete sich neben die umgedrehte Kiste, auf der Taphorins Laterne stand. Insekten umschwirrten seinen Kopf, als er zu lesen begann. Seine Hände zitterten, langsam bewegte er die Lippen. Er stolperte über jedes Wort und mußte sich häufig wiederholen.

»Ministerium für Bodenschätze. Lagekarte für Mineralien Nr. 32C4–15. Besitzer: Jordan Mining Syndicate.« Er holte tief Luft und hob den Kopf. »Wer ist das, dieses Syndikat?«

»Das bin ich. Und du und er. Zusammen mit ein paar Leuten, die du nicht kennst und die sich beteiligen. Sie werden noch mehr Geld geben, wenn die nächsten Analysen da sind.«

Jordan öffnete noch einmal seine Tasche und zog ein schwarzes Notizbuch mit abgegriffenen Ecken heraus. Er schlug es auf und hielt Germain eine lose Seite daraus hin.

»Wir haben zweihundertfünfzig Anteile ausgegeben«, erklärte er. »Ich habe sechzig und ihr jeder zwanzig. Mersch, der sich um das Kommerzielle in Quebec kümmert, hat dreißig. Die anderen je zehn... Germain, du bist der einzige, der noch nicht unterschrieben hat.«

Jordan nahm das Fleisch von der Glut und legte es auf einen flachen Stein neben dem Feuer. Er öffnete sein Taschenmesser und schnitt das Fleisch in drei Scheiben. Die kleinste legte er in seine Emailleschüssel, spießte einen Bissen des roten Fleisches auf, aus dem noch das Blut tropfte, und brach sich ein großes Stück des lockeren Weißbrots ab, das Taphorin aus seiner Tasche gezogen hatte. Sie kauten schweigend. Die Geräusche des Feuers und der Insekten vermischten sich. Nachtvögel riefen. In sanftem Flug glitten sie ab und zu tief über die Männer hinweg.

Nach einer Weile fuhr Jordan fort: »Die Anteile kann man jederzeit kaufen oder verkaufen. Man kann neue auflegen. Wenn die Leute Geld investieren wollen, sollen sie. Wir werden sehen.«

»Ich habe doch gar kein Geld eingebracht«, sagte Germain.

»Das habe ich dir doch erklärt: Du bezahlst deine Anteile mit deiner Arbeit.«

»Wie ich«, sagte der ehemalige Bergmann. »Ich arbeite ein Jahr lang für meinen Anteil.«
»Ihr bekommt euer Essen«, fügte Jordan hinzu, »und sobald es geht, wird ausgezahlt.«
»Mitten in diesem verdammten See ist die Versuchung, Geld auszugeben, nicht gerade groß«, meinte Taphorin lachend.
Germain hatte sein Fleisch schnell aufgegessen. Er stellte seine Schüssel zwischen die schweren, erdverkrusteten Schuhe, deren Schnürbänder er gelockert hatte, und saß nun mit herabhängenden Händen da, die Ellbogen auf die Knie gestützt. Jordan hielt ihm das karierte Blatt hin, und er begann zu lesen.
Als Jordan sah, wie angestrengt der Junge das Gesicht verzog, sagte er ungeduldig: »Brauchst nicht alle Namen zu lesen, ich sag dir doch, du kennst sie nicht. Es sind alles Leute aus Montreal.«
Mißtrauisch fragte Germain: »Warum hast du das nicht in Quebec gemacht?«
»Mersch kennt da niemanden. Er hat die Leute aufgetrieben. Das ist gar nicht so einfach, wie du glaubst.«
Plötzlich verspannte sich Germains Gesicht. Er riß die Augen auf, als hätte er ein Natternnest entdeckt.
»Verdammt nochmal«, rief er aus. »Das kann doch nicht stimmen!«
»Was?«
»Zweitausendfünfhundert Dollar! Ich soll Anteile für zweihundert bekommen! Verdammt nochmal! Im Hafen mußte ich über ein halbes Jahr dafür arbeiten. Wo gibt's denn das?«
Mit einem gelangweilten Seufzer versuchte Jordan, es

ihm zu erklären: »Zehn Dollar pro Anteil ist der Nominalwert. In Wirklichkeit hat der Anteil einen Wert von einem Dollar. Mersch könnte dir das besser erklären als ich. Er hat die ganze Sache ausgetüftelt, auf ihn kannst du dich verlassen. Was Geld betrifft, kennt er sich aus.«

»Er macht wirklich den Eindruck«, bestätigte Taphorin.

»Ich hatte nie irgendwelche Geschichten«, fügte Germain mit einem Rest Angst in der Stimme hinzu. »Ich will auch nicht ...«

Jordan unterbrach ihn: »Hör zu, Germain. Ich habe in jeder Beziehung Vertrauen zu dir, also vertrau du mir auch. Wir lassen die Dinge so laufen. Wenn nicht, läuft überhaupt nichts mehr. Ich bringe hundertzwanzig nagelneue Scheine ein, und du ziehst ein langes Gesicht. So kommen wir nicht weiter. Ich schwöre dir, es war gar nicht so leicht, die Typen in Montreal dazu zu bringen, etwas auszuspucken.«

Er ließ einen Moment verstreichen, verscheuchte ein paar besonders hartnäckige Mücken, griff nach dem Papier auf dem untereinander die Namen, daneben die Zahl der Anteile und schließlich die Unterschriften der Anteilseigner standen und sagte: »Du mußt nur noch unterschreiben.«

Er drehte seine Schüssel um, die er zuvor mit einem Stück Brot ausgewischt hatte, legte sie umgekehrt auf sein Knie und das Blatt aus dem Notizbuch darauf. Aus seiner Tasche zog er einen kleinen Kopierstift, feuchtete die Mine mit etwas Speichel an und hielt alles zusammen Germain hin, der sich vor ihm auf den Boden gehockt hatte. Konzentriert, die Zunge zwischen den Lippen, schrieb Germain sein *Landry G.* und unterstrich es mit einer festen Linie.

»Zerreiß das Papier nicht«, sagte Jordan. »Du schreibst so, wie du mit der Hacke umgehst.«

»Die Schrift ist doch egal«, sagte Germain und ging zu seinem Platz zurück.

Sein Gesicht spiegelte seine Gefühle wider. Schweißperlen standen ihm auf der Stirn. Er sah fragend von einem zum anderen. Schließlich sagte er mit einem Seufzer: »Immerhin besser als gar nichts!«

Taphorin betrachtete ihn. Er wunderte sich über die Ängstlichkeit des Jungen und sagte: »Natürlich ist es besser als gar nichts. Du kannst doch noch Anteile dazukaufen. Wenn du dich gut machst, mein Lieber, kannst du in ein paar Jahren Besitzer der Mine sein.«

Sie lachten alle drei. Taphorin fügte hinzu: »Ich habe jedenfalls erlebt, was das für eine Plackerei in einer Mine ist. Es ist ganz schön mühsam. Ich wollte einen eigenen Anteil, wollte Risiko und Chance zugleich. Aber dann ist es mir lieber, ausgezahlt zu werden. Gewinnanteile, da weiß man nie!«

»Du bekommst deinen Lohn«, sagte Jordan. »Von der Gesellschaft. Von uns und von den anderen.«

Taphorin schob seinen Hut zurück, der ihm immer wieder in die Stirn rutschte, und schloß: »Also zahle ich mir selbst den Lohn aus. So weiß ich wenigstens, an wen ich mich für eine Lohnerhöhung wenden muß.«

Er stand auf, nahm die rauchgeschwärzte Emaillekanne aus der Glut und goß Tee in die drei Becher, die auf

dem flachen Stein standen. Seine Bewegungen waren präzise. Die knochigen Hände verrieten Geschicklichkeit. Dann ging er zu seinem Platz zurück und rieb sich die Hände. Ein Gefühl der Freude stieg in ihm auf. Sein Gesicht schien auf einmal weniger kantig, fast weich vor Glück. Laut sagte er zu Jordan: »Das war eine verdammt gute Idee von dir, uns hier zusammenzubringen.« Er drehte sich zu Germain um. »Der Junge da macht einen ehrlichen Eindruck. Ich bring ihm das Handwerk bei. Wir werden schnell und tüchtig arbeiten. Du kannst sicher sein, wenn du den Riecher für einen guten Claim hattest, wird der Stein alles hergeben müssen. Deine Teufelsinsel. Wir werden sie auspressen wie eine Zitrone!«
Jordan hielt noch immer sein Notizbuch mit der Gründungsakte in der Hand, die sie am Tisch einer Kneipe aufgesetzt hatten.
»Zeig mal, ich will es mir nochmal ansehen«, bat Taphorin.
Germain rutschte ein Stück näher, um auch noch einmal mitzulesen. Neben einem der Namen hatte ein Analphabet mit einem Kreuz unterschrieben. Auch die Konzessionsurkunde, die bereits voller Fettflecken war, nahmen sie sich noch einmal vor: Drei Claims von 40 Morgen, insgesamt 120 Morgen, einzige auf der Insel im Ouanaka-See erteilte Konzession, lasen sie.
»Irgendwie komisch«, meinte Germain.
Da saßen sie nun inmitten eines Schwarms unermüdlicher Insekten und schüttelten ungläubig über ihr Glück die Köpfe.
Jordan streckte die Hand aus, und Taphorin gab ihm

die beiden Blätter zurück. Jordan schwenkte die Konzession mit dem Stempel des Ministeriums und der Unterschrift des Beamten in der Luft und sagte: »Als ich sie beim Verlassen des Regierungsbüros in die Tasche gesteckt habe, habe ich richtig aufgeatmet!«
»Du hättest sie schon vorher haben können«, meinte Taphorin.
»Einen Claim anmelden und sich nicht gleich an die Arbeit machen – da muß man ja dämlich sein! Sie können ihn dir wieder abnehmen. Und wenn nicht, kommen massenhaft Typen daher, die es ebenfalls für eine gute Ecke halten. Hätte ich gleich nach meiner Entdekkung angemeldet, wären heute schon zwanzig Claims rund um den See abgesteckt«, erwiderte Jordan.
»Ich beklage mich nicht, schließlich habe ich dich auf diese Weise kennengelernt«, meinte Taphorin. »Trotzdem, mit dem Warten bist du ein wahnsinniges Risiko eingegangen.«
»Dich hätte ich sehen wollen! Während dieses verdammten Krieges in Europa hättest du nicht einen einzigen Menschen gefunden, der auch nur einen Hosenknopf in so ein Projekt gesteckt hätte. Anmelden ist schön und gut, aber du mußt auch abstecken, und wie willst du das machen ohne einen Sou? Und nach dem Abstecken mußt du auf deinem Claim arbeiten, sonst verlierst du die Schürfrechte!«
Die beiden anderen sahen ihn schweigend an. Er atmete tief durch und ballte die Fäuste. Dann fuhr er, fast wie zu sich selbst, fort: »Sicher, in diesen drei Jahren bin ich jede Nacht aus dem Schlaf hochgefahren. Ich habe irgendwelche Typen hier gesehen. Auf der In-

sel... Manchmal sah ich auch ein riesiges Bergwerk. Immer waren es Unbekannte, die hier arbeiteten. Und mir blieb nichts übrig, als anderswo zu suchen.«
Nachdenklich zündete er seine Pfeife wieder an. Nach einiger Zeit sprach er weiter: »Immer wenn ich mir ein paar Tage freinehmen konnte, bin ich hergekommen. Ich habe mich versteckt, mich vergewissert, daß niemand mir folgte. Letzten Herbst habe ich gewagt, hier etwas zu roden. Ich habe gewartet, bis das Eis fest genug war, damit ich zu Fuß zurück konnte. Das Kanu habe ich hiergelassen.«
»Wir bräuchten«, meinte Taphorin, als Jordan seine beiden wichtigen Dokumente wieder zusammengefaltet und eingesteckt hatte, »wir bräuchten einen Mann, der in der Lage ist, eine wirklich große Schürfstelle einzurichten.«
»Bist du verrückt?« schleuderte ihm Jordan entgegen. »Ich habe dir doch gesagt, ich will nicht denselben Fehler machen wie so viele andere, die an einem guten Claim waren. Sie haben sich fast zu Tode geschunden, bis alles lief, um sich dann ausbooten zu lassen, sobald die Mine anfing, sich zu rentieren. Dafür muß man wirklich verrückt sein.«
Sie diskutierten noch lange weiter. Maxime wollte selbst schürfen. Sich alle Möglichkeiten offenlassen, so lange wie möglich das große Geld zu machen.
Germain fragte in ein kurzes Schweigen hinein: »Meinen Brief, hast du ihr den gegeben?«
»Ja, natürlich, beinahe hätten wir deine Justine vergessen! Ich muß schon sagen, sie denkt wirklich an dich. Bring das Geschenk her, Taphorin.«

Taphorin ging zum Zelt und kramte in seiner Tasche. Dann kam er mit einem in fleckiges Zeitungspapier gewickelten Paket zurück. Er gab es Germain, der es behutsam auf seinen zusammengepreßten Knien auspackte. Ein großer, goldfarbener Teekuchen kam zum Vorschein, der mit kandierten Früchten belegt war.
»Na, mein Junge?«
Germain strahlte. Er ging zum Feuer und legte den Kuchen auf den Stein, auf dem Jordan zuvor das Fleisch zerteilt hatte, und schnitt drei dicke Scheiben ab.
Der Neue nahm seine Scheibe in die Hand und betrachtete sie, als traute er sich nicht zu kosten. Dann hob er den Kopf und sagte: »Was sie dir da geschickt hat, ist wie die Erde.«
Die anderen verstanden nicht. Taphorin lächelte, ließ sie ein wenig warten, bevor er die Scheibe ins Licht der Laterne hielt und erklärte: »Na ja, das ist die Erde, ein riesiger Kuchen, durchsetzt mit Rosinen. Das Goldgestein. Du bohrst ein Loch. Wenn du zwischen den Rosinen landest, hast du die Ader verfehlt.«
Germain lachte. Der Große nickte. Taphorin freute sich über seinen Erfolg, biß ein Stück Kuchen ab und fügte hinzu: »Wenn du unter Tage einen Stollen gräbst, ist es dasselbe. Du siehst nicht, was rechts oder links ist, und nicht, was oben oder unter deinen Füßen. Manchmal verfehlst du die Ader um Haaresbreite und erfährst es nie.«
Er zog eine gerade Linie in sein Kuchenstück, und sein kräftiger Finger fuhr zwischen den glänzenden Rosinen hindurch, aus denen ein wenig süßer Saft quoll.

10

Taphorin bückte sich; auf allen vieren besah er sich den Fels. Er nahm seine Lupe und betrachtete ihn eingehend. Dann richtete er sich wieder auf.

»Also, du hast den richtigen Riecher gehabt. Quarz, wohin man sieht. Das wundert mich nicht. Wir befinden uns genau in der Verlängerung des geologischen Grabens.«

Er rieb sich die Hände – es klang, als ob jemand über ein Reibeisen fuhr – stellte sich neben Jordan und senkte die Stimme, als befürchtete er, jemand könnte ihn in dieser Einsamkeit belauschen.

»Wenn du mitten ins Schwarze getroffen hättest, würde mich das auch nicht wundern. Glaubt man den Wissenschaftlern, dann hat es hier immense Lavaausbrüche gegeben.«

Sie gingen weiter. Germain fuhr mit dem Roden fort, während die beiden anderen den nördlichen Teil der Insel vermaßen, um genau festzulegen, wo sie mit dem Abstecken beginnen wollten.

Über den See, der glänzend in der Sonne lag, strich ein leichter Ostwind. An der kühlen Schattenseite der Büsche hing noch weißer Reif. Jedesmal wenn die beiden Männer in Ufernähe kamen, meinte der ehemalige Bergmann aus Ontario: »Es gibt nichts Besseres als eine Insel, wenn man seine Ruhe haben will. Besonders, wenn man sie ganz für sich hat.«

»Der Typ von der Regierung hat es mir garantiert. Du hast ja gesehen, es steht auf der Urkunde«, erwiderte Jordan. Ihre Freude stand im Einklang mit dem strahlenden Morgen und dem sanften Rauschen des Wassers. Taphorin war munter wie ein Fisch. Jordan ließ sich seine Freude weniger anmerken, aber auch seine Augen leuchteten.

Wenn sie stehenblieben und das Gestrüpp nicht mehr raschelte, waren Landrys Axtschläge zu hören und das Knacken der geschlagenen Bäume. Als sie zu ihm zurückkamen, hatte er bereits Holz für einige hundert Pfosten geschlagen und die Stämme von den Ästen befreit. Ordentlich aufgeschichtet lagen sie neben ihm. Nachdem er einen langen Zug aus seiner Feldflasche genommen hatte, fuhr er mit der Arbeit fort.

Jordan und der Bergmann fingen an, die Pfähle zu behauen. Das untere Ende mußte angespitzt werden, und oben sollten an den vier Seiten Kennzeichnungen Platz finden. Als sie zehn Pfosten fertig hatten, machten sie sich mit ihnen sowie dem Vorschlaghammer, zwei Äxten und einem Stück Kette zur Nordspitze der Insel auf.

»Bring uns noch mehr«, sagte Jordan zu Germain.

Die beiden Männer zogen eine Linie, vermaßen sie mit der Kette und schlugen Zweige und Sträucher ab, die ihnen im Weg waren. Von der nordöstlichen Ecke ausgehend, setzten sie Pfosten um Pfosten in südlicher Richtung, dann in westlicher und teilten so ihr Gebiet in quadratische Flächen ein. Von der Lichtung aus liefen die Probegräben hin zum Ufer. Hier markierten sie Linien, nachdem sie die Schritte ausgezählt und die

Richtung mit dem Kompaß nachgeprüft hatten. Von Zeit zu Zeit maßen sie die Abstände mit der Meßkette nach.

Die Vegetation, die einen großen Teil der Insel überwucherte, war so dicht, daß sie drei Tage lang schwer arbeiten mußten, bis alles korrekt abgesteckt war. Anschließend begannen die beiden an verschiedenen Stellen Proben zu entnehmen, die Germain gleich an Ort und Stelle wusch. Diese Arbeit dauerte sieben Tage. Sieben Tage des Fiebers – mit Unterbrechungen, Zweifeln, Begeisterungsschreien und einem Arbeitseifer, den die Hoffnung immer wieder antrieb.

Und dann fuhr Jordan mit den vorbereiteten und beschrifteten Beuteln und den in dickes Papier eingerollten Plänen nach Saint-Georges-d'Harricana. Mit ängstlichem Unbehagen vertraute er das Ganze der Eisenbahn an. In Quebec würde Mersch die Eintragung der abgesteckten Gebiete veranlassen und ihnen in etwa zehn Tagen das Ergebnis der Analysen mitteilen.

Als Jordan den Harricana wieder hinauffuhr, fühlte er sich plötzlich ganz nackt in seinem Kanu, ohne seine kostbaren grauen Beutel, ohne seine Pläne. Ihn packte das heftige Verlangen, kehrtzumachen, um sich sein Eigentum auf schnellstem Wege zurückzuholen und es selbst nach Quebec zu bringen.

Es war noch keine Woche vergangen. Als die drei eines warmen Nachmittags – die Insekten umschwirrten sie in dichten Schwärmen – an einem Probegraben arbeiteten, wurden sie von einem fernen Pfeifen unterbrochen.

»Großer Gott, wir waren wohl nicht leise genug!«
Sie hielten inne und horchten angespannt.
Rufe drangen zu ihnen herüber: »Hallo! Hallo, Jordan!«
Sie sprangen auf und liefen auf kürzestem Wege an einer ihrer Absteckliniien entlang zum Ufer. Zwei große Kanus umfuhren gerade ein kleines Kap, das sie wegen seines bemoosten und oft nassen Felsens, in dessen dünne Humusschicht sich ein paar Erlen klammerten, *Pointe noire* genannt hatten.
Im ersten Boot erhob sich ein Mann, zog mit großartiger, theatralischer Geste den Hut und ruderte wild mit den Armen. Noch vier weitere Personen waren dabei und eine Menge Gepäck.
»Das ist Mersch«, verkündete Jordan. »Edouard Mersch!«
Der Mann glich einer langen Vogelscheuche, die in zwei Teile zu zerbrechen und ins Wasser zu stürzen drohte. Er rief etwas, das der Wind davontrug. Das zweite Kanu folgte wenige Ruderschläge später. Es war größer und hatte sechs Mann an Bord sowie nagelneue Kisten und ein paar längliche Pakete. Die Männer am Ruder mußten sich anstrengen.
»Sie bringen einen mechanischen Bohrer«, sagte Taphorin. »Was anderes kann das gar nicht sein.«
Jordan machte ihnen ein Zeichen, daß sie noch nicht auf das Ufer zuhalten, sondern ein zweites Kap umfahren und weiter vorne an ihrer gewohnten Stelle anlegen sollten. Aber die Männer hatten die Kanus bereits entdeckt und die Stelle angesteuert, bevor die drei sie erreichten.

Mersch kam ihnen entgegen. Er sah aus, als würde sein schwankendes Gerippe jeden Moment auseinanderfallen. Er hielt noch immer den breitkrempigen Hut in der Hand, der zuvor das schüttere, schwarze, von silbernen Strähnen durchzogene Haar bedeckt hatte. Sein Gesicht aus faltiger Haut und Knochen verzog sich zu einer lebkuchenfarbenen Grimasse. Aus ihr glänzten zwei winzige schwarze Augen mit einem harten, stechenden Ausdruck.

Noch bevor er bei den Männern angekommen war, zog er ein paar Papiere aus der Tasche, schwenkte sie durch die Luft und rief: »Bis zu hundert Dollar die Tonne! Ich bringe dir ein paar gute Leute und Werkzeug!«

Er faßte Jordan an den Schultern und schüttelte ihn. Doch der schob ihn zurück, griff nach den Analysen und las sie aufmerksam durch. Germain und Dominique Taphorin kamen heran, um sie sich ebenfalls anzusehen. Zahlenreihen über Gewichte und Gehaltsprozente.

»Das liegt so zwischen fünfzig und hundert«, sagte Jordan und drehte sich zu Taphorin um. »Wir werden Probebohrungen machen.«

Das zappelnde, lange Gerippe überfiel sie mit einer Redeflut, der sie entnahmen, daß alle Anteilseigner sich entschlossen hatten, ihre Investition zu verdreifachen. Mersch sprach von einem Kurbelbohrer und der Anschaffung eines Dampfkessels für den Antrieb der Maschinen. Hörte man ihm zu, konnte man glauben, die Mine würde im nächsten Augenblick in Betrieb genommen und sofort ungeheuren Gewinn abwerfen.

Die anderen hatten mit gespitzten Ohren einen Kreis um sie gebildet. Edouard Mersch machte eine ausladende Armbewegung, als wollte er sie zu einem Bündel zusammenfassen.

»Das sind Polen, richtige Bergleute«, sagte er. »Nur drei von ihnen sprechen englisch und einer ein bißchen französisch. – Ihr da, ladet das Zeug aus!« rief er ihnen zu.

Einer der Männer, er war klein und gedrungen, fragte mit starkem Akzent: »Wohin?«

Jordan antwortete ihm: »Ins Lager. Wir gehen vor.«

Sie gingen auf das Zelt zu. Mersch ließ ein paar Minuten verstreichen, dann stellte er sich ihnen mit verschränkten Armen in den Weg.

»Und das Tollste«, sagte er, »ja, das Tollste, das errätst du nie, Jordan.«

»Was? Etwa eine Gesellschaft, die das Ganze kaufen will?«

Der andere richtete sich zu voller Größe auf; er überragte Jordan um mindestens zwei Köpfe. Seine fahrigen Bewegungen schienen auf einen Schlag blockiert.

»Was du immer denkst.«

Das Gerippe geriet wieder in Bewegung und schien erst jetzt Jordans zwei Kameraden zu bemerken.

»Wer sind die beiden da?«

»Das ist Taphorin. Ich habe ihn neulich mitgebracht. Der Zwerg da ist Landry.«

»Wie?«

»Himmel noch eins! Du hörst nie richtig zu. Ich habe euch bei der Versammlung von ihnen erzählt. Ihre Namen stehen auch auf der Liste.«

»Kann sein. Mein Namensgedächtnis ...«
»Und die Leute, die du da mitgebracht hast?«
»Das Labor hat sie empfohlen. Die Amerikaner stinken vor Geld. Du hättest ihren Delegierten sehen sollen. Auto und so weiter. Zigarre im Mund, und ein Typ, der alles mitschrieb, was gesagt wurde. Er will kaufen. Rat mal, für wieviel.«
»Ist mir egal.«
»Fünfzehntausend.«
Jordan zog die Schultern hoch.
Mit einem Lachen, das an das Splittern von trockenem Holz erinnerte, fügte Mersch hinzu: »Weißt du, was ich ihm geantwortet habe? ›Leck mich ...!‹«
Diesmal tat Jordan, als hätte er es nicht gehört.
»Das hat ihn nicht überrascht«, fuhr Mersch fort. »Er hat nicht mit der Wimper gezuckt. Sieht mich an und sagt: ›Zwanzigtausend!‹ Ich sage: ›Leck mich noch einmal!‹ Also, mein Alter ...«
Jordan unterbrach ihn gereizt: »Laß mich mit deinem Blödsinn in Ruhe. Komm her, wir müssen über die Erhöhung der Anteile reden.«
»Mach dir keine Sorgen, ist alles schon geregelt. Ihr zahlt mit eurer Arbeit. Eure Anteile haben sich schon verdoppelt.«
Sie gingen weiter auf das Lager zu. Mersch schimpfte eine Weile unverständlich vor sich hin. Dann stieß er hervor: »Dich kann aber auch gar nichts vom Stuhl hauen!«
Ohne sich umzudrehen, ging Jordan weiter. Er ließ sich wirklich durch nichts aus der Ruhe bringen. Die Vogelscheuche war für ihn nicht mehr als die sirren-

den, stechenden Insektenschwärme, die unablässig über sie herfielen. Einmal blieb er stehen, aber nur, um seine Pfeife wieder anzuzünden. Er stieß eine dichte Rauchwolke aus und ging weiter.
Kurz bevor sie das Zelt erreichten, wartete er auf Mersch und sagte: »Deine Polen kommen gerade recht. Es ist schon für uns allein lästig genug, in diesem miesen Zelt zu kampieren. Als erstes werden sie Hütten bauen müssen.«
»Sie tun alles, was du ihnen sagst. Diese Männer können wirklich arbeiten.«
Ohne Mersch Gelegenheit zu geben, sich über Arbeit und Polen auszulassen, was ihm sicher schon auf der Zunge lag, sagte Jordan mit düsterem Blick und einer Stimme, in der eine gewisse Angst mitschwang: »Wissen die anderen von dem Amerikaner?«
»Machst du Witze? Das erzähle ich ihnen doch nicht. Nur der alte Huneau weiß es. Das ließ sich nicht vermeiden, schließlich hat mir der Typ in seiner Kneipe aufgelauert.«
Jordan schien erleichtert. Er dachte einen Moment nach. Dann packte er Mersch an der Jacke und schüttelte ihn, so daß sich der Lange zu ihm hinunterbeugen mußte.
»Hör mir genau zu, Edouard«, knurrte er. »Du verkehrst mit Leuten, die überall ihre Spitzel haben. Sie werden sich sämtlichen Anteilseignern an die Fersen heften. Nicht ein einziger Anteil darf an diese Leute verkauft werden! Hast du das kapiert?«
»Verlaß dich auf mich.«
Jordan hielt ihn noch immer fest und fuhr fort: »Ich

will nicht, daß ohne mein Wissen Anteile ausgegeben werden. Ist das klar? Nicht der kleinste Anteil. Du bist der zuständige Vertreter. Von hier aus kann ich nichts unternehmen. Sollte jemals irgendwer einen Anteil verkaufen, bist du verantwortlich!«
Er ließ den Stoff los, der sich langsam wieder glättete. Mersch richtete sich auf und strich mit dem Zeigefinger über die faltige Haut seines mageren Halses. Jordans Hand hatte ihn zwar freigegeben, sein Blick aber hielt ihn weiter fest. Mit düsterer Stimme hämmerte ihm Jordan drohend ein: »Du kennst mich nicht gut genug. Ich warne dich, Edouard: Ich kann sehr unangenehm werden. Ich habe jahrelang geschuftet, bis ich diese Mine gefunden habe. Seit 1911 habe ich sie im Auge. Euch gehört sie nur zu einem kleinen Teil. Sollte mich jemand übers Ohr hauen wollen, hätte ich nichts mehr zu verlieren. Ich weiß nicht, ob du begreifst, was das heißt!«
Sein jetzt sanfter Ton verstärkte die Drohung nur. Unter Aufbietung der gesamten Kraft seines fleischlosen Körpers brachte Mersch schließlich ein klägliches Lächeln zustande, das nur schlecht seine Angst verbarg.

11

Mersch hatte die Erhöhung der Anteile schnell geregelt. Er schrieb die Namen und den neuen Betrag auf drei Blätter aus einem dicken Heft, das er aus seiner

Tasche gezogen hatte. Mit nervösen Fingern unterzeichnete er.
Jordan zeichnete gegen und meinte dann: »Ich unterschreibe auch mein Exemplar, aber das hat nichts zu bedeuten.«
»Ist egal.«
Landry und Taphorin sahen sich ihren Beleg nur kurz an, bevor sie ihn einsteckten. Dieses Stück Papier bedeutete, daß sie eine Menge Geld besaßen, von dem sie allerdings nichts zu Gesicht bekamen.
Nachdem die Formalitäten erledigt waren, erhob sich Mersch von dem Baumstumpf, auf dem er sich zum Schreiben niedergelassen hatte.
»Wer bringt mich nach Saint-Georges hinunter?«
Jordan tat, als hätte er nicht verstanden. Er fragte: »Und wo sollen deine Polen pennen?«
»Na da«, antwortete Mersch und deutete auf den Boden rund um die Feuerstelle.
»Womit sollen sie sich zudecken?«
»Mit einer Decke.«
»Mit einer Decke?«
»Na ja, jeder mit einer.«
Jordan stieß ein Hohngelächter aus. »Ich hoffe allerdings, daß du nicht an eine Decke für alle dachtest! Und du glaubst wirklich, daß sie das durchhalten, bis sie ein Camp aufgebaut haben?«
»Am Feuer friert man nicht.«
»Hast du Erfahrung?«
Mersch zuckte mit den Schultern. »Das ist nicht mein Job.«
»Deren Job auch nicht.«

Mersch zögerte. Er warf einen beunruhigten Blick zu den Kanus hinunter. Unsicher fragte er: »Worauf willst du hinaus?«

»Was sollen sie machen, wenn es regnet?«

Ärgerlich erwiderte Mersch: »Ist mir doch egal. Sollen sie sehen, wie sie klarkommen! Also los, ich muß zurück. Wer bringt mich?«

Unbeeindruckt gab Jordan zurück: »Dein Zug geht morgen nachmittag. Heute abend kannst du in Saint-Georges sowieso nichts mehr ausrichten. Wenn du hier übernachtest, ersparst du der Gesellschaft zwanzig Sous.«

Der andere gab sich plötzlich liebenswürdig und bat fast flehend: »Mach keinen Blödsinn, Maxime. Ich muß wirklich weg. Ich habe nur diesen Anzug bei mir. Wenn ich darin schlafe, ist er hin.«

»Du bringst mich immer wieder zum Lachen.«

Als Mersch sich zum Anlegeplatz in Bewegung setzen wollte, sagte Jordan mit ruhiger, aber eiskalter Stimme: »Solltest du eines der Kanus auch nur anrühren, verpasse ich dir eine Ladung!«

»Großer Gott, was habe ich dir denn getan? Was hast du gegen mich?«

»Ich mag es nicht, wenn man Menschen wie Vieh behandelt. Du hast sie eingestellt, und du wirst mit ihnen im Freien schlafen, bis ihr Camp fertig ist. Du hättest daran denken sollen, Zelte für sie mitzunehmen, mein Lieber... Wenn dir daran gelegen ist, daß die Hütten bald fertig werden, hilfst du am besten mit.«

Mersch brach in Lachen aus. »Ganz bestimmt geht

es dann schneller. Ich habe noch nie Werkzeug in der Hand gehabt.«
»Gute Gelegenheit, damit anzufangen.«
Jordan wandte sich ab, um zu den Polen zu gehen, aber Mersch hielt ihn am Arm fest.
»Wenn die Aktien an eine Gesellschaft verkauft werden, während ich nicht in Montreal bin, darfst du nicht ankommen und . . .«
»Du bist wirklich hinterhältig . . . Heute nacht schlafen wir beide im Freien. Ich leihe dir eine Decke. Bei diesen Einwanderern ist einer, der könnte mein Vater sein. Der schläft an meiner Stelle im Zelt. Ich kann nicht zulassen, daß er im Freien übernachtet.«
Mersch ließ ihn los und setzte sich mit dem Rücken zum Zelteingang auf eine Kiste. Bevor auch Taphorin fortging, fragte er: »Du bist hergekommen und willst dir nicht einmal die Schürfstelle ansehen? Interessiert dich das denn nicht?«
Der andere schüttelte den knochigen Schädel auf seinem Hühnerhals.
»Mich interessiert nicht die Mine«, knurrte er, »sondern das, was man aus ihr rausholen kann.«
Obwohl das Camp natürlich noch nicht fertig war, ließ Jordan Mersch am nächsten Tag gehen. Als dieser ins Kanu stieg, das Landry rudern sollte, sagte Jordan nur noch: »Und denk an alles. Denk vor allem daran, daß ich der Boß bin. Hämmere es dir ein für allemal in deinen Schädel ein. Sonst passiert dir noch etwas ganz anderes, als morgens reifbedeckt aufzuwachen.«
»Ich habe wie ein Murmeltier geschlafen. Ich sagte doch, wenn man schläft, spürt man die Kälte nicht.«

»Na, wenn du meinst ...«
Jordan machte eine einladende Armbewegung, die die endlose Weite um sie umfassen sollte. Sie lachten, und Landry stieß das Boot ins offene Wasser hinaus.

In drei Tagen hatten die Polen eine Blockhütte errichtet. Die Männer arbeiteten schweigend, mit dem Gesichtsausdruck hartnäckig entschlossener Kämpfer. Ihre Arbeit unterbrachen sie nur zum Essen und zum Schlafen. Die erste Hütte richteten sie mit zwei Reihen Stockbetten und einem stabilen Tisch dazwischen ein. In der zweiten Blockhütte befanden sich nur vier Schlafplätze, für Jordan, Landry, Taphorin und für Mersch, wenn er auf der Insel war. An der Hinterwand und einer Seitenwand wurden Lebensmittel und Werkzeug gestapelt. Einer der Polen, der ausgezeichnet mit Holz umgehen konnte, bastelte aus Kisten einen Schreibtisch, auf dem man Pläne ausbreiten, zeichnen oder schreiben konnte. Der Pole zeigte ihn Jordan und sagte lachend: »Boß. Boß.«
Zur gleichen Zeit hatten zwei andere Bergleute dreihundert Schritt entfernt eine Art Schuppen für Sprengstoff und Munition gebaut. Er war mit einer dicken Rundholztür und einem stabilen Vorhängeschloß gesichert. Dynamit und Pulver waren teuer, und die Goldsucher, die in einem Umkreis von mehreren Meilen durch den Wald streiften, hätten in Versuchung kommen können.
Der alte Pole, dem Jordan in den ersten Nächten seinen Platz im Zelt fast hatte aufdrängen müssen, war ein kleiner, friedfertiger Mann namens Wladek Boreski.

Jordan hatte ihn Wladki getauft, und nun nannten ihn alle so. Er sprach nur polnisch. Der Übersetzer erzählte, der Arme habe seine ganze Familie verloren, könne aber nicht erklären, wie die Tragödie sich ereignet habe.
»Sag ihm, ich würde ihm leichtere Arbeit geben als die in der Mine, sobald er ein wenig französisch spricht«, meinte Jordan.
Der Mann übersetzte und antwortete dann: »Das geht nicht. Er sagt, er will nur in der Mine arbeiten. Alles andere ist ihm zu schwierig. Die Mine, das ist es, was er möchte.«
Die Polen verstanden ihre Arbeit hervorragend. Sie waren unermüdlich.
Die Insel veränderte ihr Aussehen rasch. Über dem vorbereiteten Bohrloch war ein Fördergerüst von fünffacher Mannshöhe errichtet worden. Es bestand aus drei Lärchenstämmen, die man mit kräftigen, harten Rottannenbalken verstrebt hatte. Daneben stand die Winde, und in der Spitze des Gerüsts hing eine Seilscheibe. Das war noch nicht viel, aber man konnte schon sehen, daß hier eine Mine entstand. Der Klang der Sperrklinke am Zahnrad, das Quietschen der Kurbel und das Knirschen der Achsen erinnerte die Männer an ein richtiges Bergwerk.
Je weiter die Arbeit fortschritt, desto mehr lichtete sich der Wald. Immer größere Feuerstellen verbreiteten ihren Rauch. An manchen Tagen stieg er kerzengerade zum transparenten Himmel auf und breitete seinen Schatten über die Schürfstelle und die in der drückenden Luft schwitzenden Männer. Meistens aber zog der

nach Harz riechende Rauch nach Osten oder Westen ab, legte sich in Schwaden über den See und blieb an den Ufern des Festlands hängen.

Ähnlich wie diese Rauchschwaden verbreitete sich auch das Fieber und ergriff das ganze Land. Die Zahl der Boote auf dem See und dem Harricana nahm ständig zu. Jordan fuhr häufig mit dem Kanu den Fluß hinunter, um Proben und Post fortzubringen, vor allem aber, um Materialbestellungen aufzugeben. Das Material kam mit der Eisenbahn und wurde von den Männern den Harricana heraufgebracht. Einmal mußten sie für den Transport der schwersten Teile einer neuen Seilwinde ein Floß bauen. Es dauerte drei Tage, bis sie die Insel erreichten. Diese Geschäftigkeit zog die weniger erfolgreichen Goldsucher an. Neidvoll sahen sie den Männern zu, die bereits unter Tage schürften.

Da die eingesandten Gesteinsproben sich als vielversprechend erwiesen, machte sich der lange Mersch auf die Suche nach weiteren Geldgebern. Im ersten Monat kam er noch zweimal auf die Insel. Einer der Aktionäre wollte seine Anteile verkaufen. Anteile, die am Anfang zehn Dollar wert gewesen waren, kosteten jetzt zweihundertfünfzig, weil sich zwei oder drei große Gesellschaften, die an dieser Mine interessiert waren, ständig gegenseitig überboten.

Als Jordan den Namen des Verkäufers hörte, ballte er die Fäuste und brummte: »Verdammt nochmal, wenn ich hier nicht durch die Arbeit angenagelt wäre, würde ich runterfahren und mir dieses Schwein vornehmen!« Mißtrauisch fügte er hinzu: »Du bist zwar mit allen Wassern gewaschen, Edouard, aber du bist nicht däm-

lich genug, jemanden zu so etwas zu veranlassen. Dieser Mistkerl soll es nur wagen, mir wegen seiner hundertfünfzig Kröten unter die Augen zu kommen!«
»Was spielst du dich denn auf?« gab Mersch zurück. »Deine Anteile sind schließlich auch gestiegen.«
»Dein Gerede ist mir scheißegal.«
»Ich habe noch nie jemanden erlebt, der sich so wild aufführt, nur weil er dabei ist, reich zu werden.«
»Reich auf dem Papier, das interessiert mich nicht.«
»Du weißt nicht, was du willst...«
»Ich will meine Mine betreiben, ohne mich von den großen Gesellschaften auffressen zu lassen. Das ist alles. Selbst für das Zehnfache würde ich meine Anteile nicht hergeben.«
Jordan wurde nervös. Er wollte vorankommen. Er spürte, wie ihm das Erz unter den Füßen brannte. Er schloß mit Mersch einen Zusatzvertrag zum Gründungsakt des Syndikats: Immer wenn ein Aktionär verkaufen wollte, würde sich Mersch bemühen, die Anteile zu gleichen Teilen mit Jordan zu übernehmen. Zahlen würde dieser mit den Mühen und Risiken, die er auf der Insel auf sich nahm. Geld brauchte er hier ohnehin nicht.
Als sie den Vertrag unterschrieben hatten, packte Jordan den mageren Arm seines Partners, drückte ihn mit seiner schwieligen Hand bis zur Schmerzgrenze und sagte: »Nun gehören wir zusammen, Edouard. Wir sitzen in einem Boot. Was dem einen passiert, passiert auch dem anderen. Es gibt kein Entrinnen.«
Mersch nickte zustimmend. Nach kurzem Zögern glommen seine winzigen schwarzen Augen auf wie ein

Stück Glut im Wind. »Am Ende wird die Mine nur uns beiden gehören. Du schürfst, und ich kümmere mich um den Rest.«

Das Goldfieber nahm im gleichen Maße zu, wie die Aktien stiegen. Immer mehr Boote liefen die Insel an. Männer bewarben sich um Arbeit, andere wollten Kapital in das Unternehmen stecken. Jordan ließ sie alle abweisen. Er selbst hatte lange genug nach Lagerstätten gesucht. Deshalb mißtraute er jetzt allen, die in der Nähe herumlungerten, als wären sie entsprungene Sträflinge.

Aus den Wäldern der Umgebung stieg Rauch auf. Die Zahl der Lager hatte sich vervielfacht. Jedes Unterholz wurde durchkämmt, jeder Fels abgeklopft. Man sondierte, flämmte den Boden ab, fällte Bäume, siebte Sand vom See- und Flußufer. Manche steckten Claims ab. Andere ließen die Preise für Pulver in die Höhe schnellen.

Landry beobachtete das alles mit gerunzelter Stirn und besorgtem Blick.

»Glaubst du, sie finden etwas?« fragte er.

Jordan brummte: »Keine Spur! In dem Gebiet da drüben habe ich das Unterste zuoberst gekehrt.«

»Schließlich würde es uns auch nichts ausmachen, wenn da drüben jemand eine zweite Mine aufmacht«, meinte Taphorin eines Tages. »Vielleicht könnte das die Regierung dazu bringen, eine Straße zu bauen.«

Jordan seufzte. Sein Blick erhellte sich für einen Moment, verdüsterte sich aber sogleich wieder.

»Trotzdem, es ginge mir ganz schön an die Nieren, wenn ich mir dort so lange die Augen aus dem Kopf

geguckt hätte und doch am verborgenen Schatz vorbeigelaufen wäre!«
Man mußte jetzt die Augen offenhalten. Die Zeit der ruhigen Einsamkeit war vorüber. Es hatte sich sehr schnell herumgesprochen, daß Maxime Jordan reines Gold und sehr gehaltvolles Erz gefunden hatte. Sein Name wurde bekannt unter den Goldsuchern. Alle wollten es sehen, berühren. Nur einen kurzen Augenblick lang, um selbst vielleicht etwas zu entdecken, neuen Mut zu fassen und wieder zu der Gewißheit zurückzufinden, daß dort draußen in den Wäldern das Gold auf sie wartete. Sie wollten wissen, wie Gold aussah, damit sie es auch erkannten, wenn sie zufällig darüber stolperten. Manche wollten Jordan aufsuchen und ihm einen Kiesel zeigen. Als ob er ein ganzes Labor im Kopf herumtrüge. Doch die meiste Zeit verbrachte Jordan mit Hacken. Er wollte niemanden sehen. Er hatte keine Zeit zu vergeuden.
In aller Eile mußte ein Wachsystem organisiert, mußten Pfähle mit Verbotsschildern aufgestellt werden. Der Sprengstoff mußte bewacht werden.
Im gesamten Abitibi-Gebiet bis zum Ende des Temiscaming-Sees, ja selbst in Ontario sprach man von der Jordan-Insel, als wäre ihr Besitzer bereits zu großem Reichtum gelangt. Dabei hatte er nichts als eine Schürfstelle, auf der gerade ein Bohrloch in die Erde getrieben wurde. Doch für die, die mit ihren Kanus die Insel umrundeten, die das Bohrgerüst sahen, das Klikken der Zahnräder und das Geräusch des Drillbohrers hörten, war es eine gewaltige Sache.
Dank der Sachkunde und des Arbeitseifers der Polen

machte die Arbeit gute Fortschritte. Sie wußten, wie man das Maximum aus einer Charge herausholte und wie ein Schacht zu pölzen war, wenn die Bodenbeschaffenheit es erforderte. Unermüdlich stieg der Boß mit ihnen hinunter. Obgleich er noch Anfänger auf diesem Gebiet war, übernahm er die Führung einer Gruppe. Stets aufmerksam, geschickt und mit natürlicher Erfindungsgabe lernte er schnell von diesen viel erfahreneren Männern. Er ließ sie so arbeiten, wie sie es gewohnt waren, ließ sie aber zugleich fühlen, daß er es war, der sie leitete. Er war Meister in dieser Strategie.

Jordan hatte die zweite Gruppe unter die Leitung des alten Wladki gestellt. Die dritte, von Taphorin angeführte, kümmerte sich um die Oberflächenerkundung und zog die Parallelgräben.

Landry überwachte die Rodungsarbeiten. In Wirklichkeit aber bewachte er hauptsächlich die Insel. Um Neugierige zu entmutigen, genügte es meistens schon, wenn er ihnen mit der Hacke in den riesigen, behaarten Pranken, dem harten Blick unter dem Rand seines verbeulten Hutes und dem weit offenen Hemd über der Gorillabrust entgegentrat.

Unter Tage wurden Erkundungsstollen vorgetrieben. Hier mußten die Männer häufig im Liegen arbeiten. Sie folgten Adern von wenigen Zentimetern Stärke in Stollen, die gerade Körperbreite hatten. Jordan hatte gelernt, in der schwarzen Dunkelheit tastend seine Karbidlampe aufzufüllen. Die eigentliche Angst hatte er bald überwunden, aber eine leichte Beklemmung ließ sein Herz in solchen Momenten dennoch ein wenig schneller schlagen. Dann war das Rauschen seines Blutes das einzige Geräusch in dieser Tiefe. Aber bald liebte er diese Momente schwarzer Stille, in denen er sich eins fühlte mit der Erde. Fiel dann das fahle Licht der kleinen Flamme wieder über die oft von Nässe glänzenden Wände, war Jordan glücklich, seine Orientierungsschnur und die weiße Ader im braunen oder grünlichen Gestein wiederzusehen. Mit den Polen verständigte er sich durch Gesten und mit ein paar Worten, die alle kannten. »Gut... nicht gut... weitermachen... pölzen...« Dennoch war die Sprache dieser Mine nicht Französisch. Die Leute aus Mitteleuropa hatten eine eigene Terminologie entwickelt. Aus ihrer Zeit als Bergarbeiter in Ontario hatten sie sich Begriffe eingeprägt, die sie beibehielten. Für sie war eine Explosion ein *blast*, ein Stollen ein *drift*, ein Gehilfe ein *helper*, morsches Gestein *lousse*. Sie besaßen eine Witterung für den Gehalt des Bodens wie Wild, das durchs Unterholz streift. Keiner von ihnen hatte jemals ein Buch über Bergbau in der Hand gehabt; ihr Wissen war Intuition. Nach und nach machte auch Jordan sie sich zu eigen. Er fühlte, daß sie ihn durchdrang wie eine Kraft, die aus der Erde kam.

12

Die großen Wunder der Tiefe macht bereits ein Scharren an der Oberfläche sichtbar. Schon das erste ausgerissene Grasbüschel legt sie frei. Das Wurzelgeflecht unter den Rhizomen birgt eine Mischung aus dem heutigen Leben und dem vergangener Jahrtausende. Lehm mischt sich mit Sand und Gletschergeröll. In brüchigem Mergel und Torf zeichnen sich noch die Adern vermodernder Blätter oder Larven und Insekten ab. Jedes Zeitalter findet sich hier. Mit einer Handvoll Erde hält man ein Universum in seinen sämtlichen Entwicklungsstadien in der Hand.

Hacke und Spaten brechen in dieses Leben ein, vermengen die gewachsenen Schichten, in denen sich die lange Geschichte geologischer Zeitalter abzeichnet. Einen kurzen Augenblick folgen die Geräte des Menschen dem Verlauf der Wurzeln. Tierhöhlen öffnen sich; winzige Tunnels, Stollen und unterirdische Nester von Dachs und Waldmaus, Maulwurf und Wurm werden sichtbar – und werden zerstört. Dann der Felsen. Wurzeln umschließen ihn, dringen in seine Spalten ein, besonders die der zahllosen fadenförmigen Gräser. Baumwurzeln verzweigen sich in dunkler Tiefe. Sie suchen nach frischerem oder weniger eisigem Wasser. Sie kämpfen unermüdlich für ihr durch Sonne und Wind ausdörrendes Laub.

Weiter unten findet man nur noch Zeichen ferner Vergangenheit, eingegraben in Granit und Sedimentgestein. Dort tragen die Felsen Spuren der Auffaltungen und Einbrüche der Erdoberfläche aus einer Zeit, in der noch die Meere die Erde beherrschten. Viele Kilometer von jeder Küste, jedem Ufer entfernt, ruhen in der Tiefe fossile Zeugen dieser Verwerfungen. Hier findet man seltsame, vor Jahrtausenden zu Stein gewordene Meeresbewohner. Spätere Gesteinsschichten schieben sich zu Falten zusammen.

Das Gedächtnis der Erde ist unfehlbar. Sie erinnert sich an die geringste Erschütterung. Manchmal plaudert sie mit der klaren Stimme einer Quelle, manchmal bleibt das, was sie erzählt, verschwommen wie die Dämmerung des Sumpfwaldes.
Und der Mensch zerhackt die Erde. Überall gräbt er, nähert sich dem lebendigen Zentrum des Erdballs, eines Erdballs in ewiger Bewegung. Sachte bewegen sich die Kontinente. Annäherung und Entfernung. Ozeane vertiefen sich, ziehen sich zurück, um sich eines Tages wieder auszuweiten. Landstriche tauchen unter, andere entstehen. Tiere und Menschen leben dahin, ohne etwas von dieser langsamen Bewegung zu merken.
Das Feuer, von dem alles ausgeht, brennt weiter, läßt Gestein schmelzen wie ein Sonnenstrahl das Eis. Und manchmal treibt es diese glühende Lava, die an eine Blume ohne Duft erinnert, an die Oberfläche.

13

Mit der Regelmäßigkeit eines Uhrwerks erschien der lange Mersch alle vierzehn Tage mit den Lohngeldern. Seit Ende Juli mußte er nicht mehr am Bahnhof abgeholt werden. Ein Mann aus Saint-Georges hatte ein Boot mit flachem Boden konstruiert und es mit einem Automotor ausgestattet. Darin hatten fünf bis sechs Passagiere Platz, dazu einige Lasten. Man nannte es das ›Wassertaxi‹. Es verkehrte auf dem Fluß und dem See und transportierte Goldsucher und ihre Geräte.

Am fünfzehnten August blieb Mersch aus. Einen Tag später fragte der Übersetzer, warum das Geld nicht gekommen sei. Jordan sagte, er wüßte es nicht. Sicher sei die Entfernung schuld an der Verzögerung. Die Männer akzeptierten diese Erklärung und machten sich wieder an die Arbeit.

Zwischen Jordan und seiner Gruppe änderte sich nichts. Unter Tage gab die Arbeit den Ton an, Gesten und Worte blieben die gleichen. Die eigentliche Sprache bestand hier aus Hacken, Vorschlaghammern, Schaufeln und schweren, steinbeladenen Körben. Wenn alle oben waren, dröhnte der Boden vom Donner der Sprengladungen.

Jeden Abend fragte der Übersetzer Jordan, und jeden Abend wiederholte Jordan, daß er nichts wisse und daß er vom Bahnhof von Saint-Georges aus telefonieren würde, wenn es noch lange dauerte.

Nach vier Tagen kam Mersch endlich. Als Landry ihn entdeckte, stürzte er auf die beiden Arbeiter zu, die die Handwinde betätigten, und machte ihnen mit Gesten und Worten klar, daß sie schneller kurbeln sollten. Die Sperrklinke klang schärfer, das dicke, erdige Seil rollte sich quietschend um die Holztrommel, und das eisenverstrebte Lärchengerüst fing an zu vibrieren. Als der Korb auftauchte, zog Landry ihn an den Schachtrand auf eine Plattform aus Rundhölzern und rief in den Schacht hinunter: »Den Boß! Den Boß!«

Der Mann, der unten die Körbe füllte, rief in den Stollen hinein. Bald darauf tauchte ein schwankender Lichtschimmer aus der Dunkelheit auf, und Jordans Stimme fragte: »Was willst du?«

»Mersch ist da!«
Schon ließ Landry das Seil durch seine Hände gleiten.
»Aufwärts!« schrie Jordan.
Germain half mit, die Kurbel zu drehen. Die Männer an der Winde lachten, als Jordan mit schmutzigem Gesicht auftauchte, die erdverkrusteten Hände um das Seil gekrampft und einen Fuß in einem riesigen Stahlhaken.
»Großer Gott, ihr habt wohl Feuer unter dem Hintern!« rief er.
In der stickigen Hitze lief Jordan der Schweiß übers Gesicht. Schwarze Fliegen fielen über ihn her.
»Wo ist er?«
Germain zeigte auf die Hütten.
»Kann wohl nicht bis hierher kommen, dieser faule Hund!«
Plötzlich ließ eine heftige Explosion die Luft erzittern. Im Westen, nicht weit vom Ufer entfernt, stieg eine schwarze Wolke aus dem Wald auf. Hier waren kürzlich neue Zelte errichtet worden.
»Diese Narren werden noch alles in die Luft jagen!«
Jordan ging zu der Hütte hinüber, die er mit Taphorin und Landry bewohnte.
Mersch hatte sich mit hochgezogenen Schultern auf einer Kekskiste niedergelassen und versuchte wild gestikulierend die Fliegen abzuwehren. Als Jordan eintrat, warf Mersch ihm den Blick eines zum Tode Verurteilten zu. Kurzes Schweigen.
Dann, als schlüge ein Blitz ein, schleuderte ihm Jordan mit eisiger Stimme entgegen: »Du hast den Kies nicht!«
Mersch schüttelte nicht einmal den Kopf, er machte

nur eine hilflose Bewegung. Er ließ seine knochigen Hände auf die spitzen Knie sinken und flüsterte: »Verdammt, ist das heiß!«

»Erklär mir das!«

»Was soll ich dir sagen? Zwei weitere wollen verkaufen. Ich kann nichts dafür. Die anderen wollen nicht mehr investieren.

Er sah Jordan mit seinen winzigen schwarzen Augen an, die noch näher an die Hakennase gerückt schienen. Jordan war einem Wutausbruch nahe, hielt sich aber zurück.

»Ich will dich ja nicht umbringen«, sagte er. »Aber eines kannst du mir bei Gott glauben: Wir müssen eine Lösung finden! Den Jungs da draußen mußt du das selbst erzählen. Für sie geht es nicht nur um den Lohn. Ich werde dich zwingen, in den Schacht hinunterzusteigen! Wir sind bei etwa fünfzig Fuß. Das ist sechsmal deine Länge, alte Vogelscheuche. Und alles von Hand. Ohne Belüftung. Ich will, daß du in die Stollen kriechst. Mit der Schaufel werde ich dich hineintreiben.«

Jordan hatte nicht einmal die Stimme erhoben. Er hatte sich ganz und gar unter Kontrolle.

Der andere nutzte ein kurzes Schweigen, um ihn zu erinnern: »Die letzten beiden Sendungen waren nicht so gut. Die Leute haben Angst, alles zu verlieren. Sie wollen verkaufen, bevor jeder weiß, daß eure Proben keinen so hohen Gehalt mehr haben wie am Anfang...«

Jordan unterbrach ihn. »Du weißt ganz genau...«

»Ja, ja, ich weiß. Das ist nicht in Ordnung. Ich mache

ja weiter. Nur die anderen, über die kann ich nicht bestimmen.« Er schwieg einen Moment, betrachtete seinen Partner und fuhr dann in düsterem Ton fort: »Jordan, es hat keinen Zweck mehr, in Montreal oder Quebec zu versuchen, Geld aufzutreiben. Das muß man hier tun. Hier, vor Ort. Hier setzen alle auf die Mine. Wenn du nicht mit einer großen Gesellschaft arbeiten willst, müssen wir versuchen, hier an Geld zu kommen.

14

Gerüchte über Bodenschätze überfluten ein Land, noch bevor man diese wirklich gefunden hat. Niemand weiß etwas Genaues, dennoch kommen schon Scharen von Glückssuchern ins Land. Ganze Landstriche leben von einem Boden, der seine Kraft aus unerforschten Tiefen zieht. Noch bevor er den ersten Ertrag bringt, verschlingt er unendliche Summen. Dennoch ergießt sich ein Geldstrom über das Land.

Jahrhundertelang war der Norden ein begehrtes, aber unerreichbares Ziel gewesen. Und seit Jahrzehnten blickten die Finanzstarken des Südens in diese Richtung. Niemand zweifelte mehr am Reichtum dieser endlosen Weiten. Aber niemand riskierte auch nur einen einzigen Dollar für dieses unwegsame Land.

Die Eisenbahnlinie ließ Entfernungen schrumpfen und durchbrach die Isolation. Kaum hatte sie den Kontinent durchquert, da begann auf der anderen Seite des

Atlantiks der Krieg. Alle Blicke waren auf ihn gerichtet, und bald zog er auch das Kapital an. Wieder mußte man warten.

Jetzt erinnerte man sich von neuem der alten, verlassenen Claims. Der Geruch von edlem Metall zieht Kapital selbst über große Entfernung an. Entlang der Eisenbahnstrecke entstanden Dörfer und Städte, die zum Mittelpunkt eines komplizierten Netzes von Wegen durch die Wälder wurden.

Saint-Georges-d'Harricana war durch die Eisenbahnbrücke über den Fluß entstanden. Unmittelbar nach der Einweihung des Bahnhofs war das Dorf abgebrannt. Mit Hilfe der Regierung und der Eisenbahngesellschaft war es den Siedlern gelungen, es in weniger als einem Jahr wieder aufzubauen. Die Kirche war größer als die erste und der Bahnhof schöner. Ein Lagerhaus aus gestrichenen Bohlen hatte die barackenähnlichen Blockhütten ersetzt. Die Wäscherei stand nun auf einem Ziegelboden, und Gehsteige aus Holz erlaubten es, von einem Haus zum anderen zu gelangen, ohne im Straßenschlamm zu versinken. Am Fluß waren zwei große Sägewerke entstanden; in beiden war die Kraft des Schaufelrades durch die der Dampfmaschine ergänzt worden. Ihre riesigen Schornsteine spien grauen Rauch aus. Im Sommer kam das Langholz den Fluß hinunter. Wenn der Winter die Wege fest werden ließ, wurde mit Ochsen- oder Pferdegespannen gearbeitet, und nach dem Krieg kamen riesige Raupenschlepper dazu. Das bearbeitete Holz wurde per Bahn nach Osten oder Westen transportiert.

Fünf Jahre lang hatte man sich in Saint-Georges ganz

auf die Forstarbeit konzentriert. Mit der Ankunft der ersten Goldsucher änderte sich das.

Clarmont, der Koch der ehemaligen Brückenbautruppe, hatte ein kleines Restaurant aufgemacht. Nun baute er schnell an. Er fügte dem Gastzimmer einen Raum hinzu, dessen Einrichtung aus einem riesigen Ofen, ein paar Strohsäcken und einem Tisch mit drei Waschschüsseln und einem Wasserkrug bestand. Für zwanzig Cents konnte man hier übernachten. Das Holz zum Heizen mußten sich die Gäste selbst zurechtsägen.

Am Bahnhof wurde eine Schenke eröffnet, dann eine zweite und eine dritte. Kleine, fensterlose Blockhütten, in denen Tag und Nacht beim Schein von Petroleumlampen getrunken, geraucht und gespielt wurde. Die Goldsucher, die mit der Bahn kamen, machten hier erst einmal halt. Hier traf man sich, schloß sich zu Gruppen zusammen, tauschte Hoffnungen und Träume aus. Diejenigen, die genug Geld hatten, heuerten indianische Führer an und tauchten mit diesen unermüdlichen Läufern in die Wälder ein. Die Indianer waren berühmt für ihren sagenhaften Orientierungssinn und den scharfen Blick, der auf dreißig Schritt ein Schwefelkristall in einem Fels entdeckte.

Saint-Georges lebte von seinen Sägewerken, aber mehr noch von diesen Neuankömmlingen, die herumstreiften, den Boden aufhackten und siebten und eine Unmenge von Gerätschaften in Taschen und Kisten aller Art mit sich herumtrugen. Diese Leute kamen von überall, sprachen die verschiedensten Sprachen und gaben ihr Geld aus, ohne zu wissen, ob sie am nächsten Tag noch etwas besitzen würden. Diese fiebrigen

Goldsucher warteten in den Schenken auf die Ankunft der Züge, mit denen die Ergebnisse der Analysen kommen sollten, die sie zu Millionären machen würden. Waren die Briefe endlich angekommen, öffnete man sie im Verborgenen und hielt das Ergebnis meist geheim.

Es war ein ständiges Kommen und Gehen. Jeder Zug entlud Gruppen von Männern, angelockt von Weite und Abenteuer. Ihren Platz in den Waggons nahmen anschließend die Enttäuschten und Erschöpften ein, die der Wald zurückgewiesen hatte. Sie besaßen keinen Cent mehr.

Die einzigen, die stets vom Geld der vom Goldrausch Getriebenen profitierten, waren die Schenkenwirte, der Restaurantbesitzer und die Robillards, die zu den ersten Siedlern gehörten und einen Gemischtwarenladen eröffnet hatten, in dem sich alle mit Vorräten eindeckten.

Mit Schwarzpulver in Tongefäßen, riesigen Vorschlaghämmern, gußeisernen Mörsern, Schubkarren, alten, verbeulten Kisten und armseligen, kreischenden Winden arbeiteten die Goldsucher auf den Lichtungen neben ihren geflickten Zelten. In Sonne und Regen bearbeiteten sie vor Ort das Gestein auf der Suche nach kleinsten Hinweisen.

In Quebec bekam man für zehn Dollar eine Schürfberechtigung, inklusive kostenloser Probeanalyse. Das Goldfieber hatte sogar die Regierung erfaßt. Ein Minister war nach Saint-Georges gereist. Er hatte sich mit Plakaten und großem Getöse ankündigen lassen. Von einem Tisch im Restaurant Clarmont

herunter rief er den Goldsuchern zu: »Wenn ihr Gold findet, werde ich euch Straßen zu euren Minen bauen lassen!«
Unermüdlich hatten die Männer ihre Suche immer wieder aufgenommen. Ein langer Marsch, der nur ein Ziel hatte: Erde, Fels und Sand zu erforschen. Sie schlugen Pfähle ein, vermaßen mit Meßketten, zogen Markierungslinien und setzten Grenzpfosten. Sie notierten Bezugspunkte: Sumpfgelände, Quellen, Felsgebiete.
Wer kein Geld für Pulver hatte, trieb trockene Holzkeile in Felsspalten und befeuchtete sie am Abend. Das aufquellende Holz sprengte im Laufe der Nacht das Gestein.
Es gab Gesellschaften, die eigene Schürfer schickten. Diese waren bestens ausgerüstet, hatten Saisonverträge und verdienten bis zu sechzig Dollar im Monat.
Im Wald und im freien Gelände entstanden Schürfgräben bis zu einer Tiefe von acht bis zehn Fuß. Manche Goldsucher hatten sich geheimnisvolle, komplizierte Geräte konstruiert, die sie eifersüchtig hüteten. Sie holten sie nur hervor, wenn sie ganz sicher waren, nicht beobachtet zu werden. Kleine Pendel und Magnete, modifizierte Kompasse, besonders gestaltete Bohrstäbe, magische Meßketten. Fast jeder besaß ein Wunderwerkzeug, das ihm ermöglichen sollte, die Erdschicht zu durchdringen, unter der das Ziel seines Traumes schlummerte.
Saint-Georges-d'Harricana entwickelte sich zu einer Stadt. Neben dem Gemischtwarenladen hatte eine Bank ihre kleine Niederlassung eröffnet. Ein Stück-

chen weiter befanden sich die Schule und das Haus des Arztes und der Krankenschwester. In regelmäßigen Abständen kamen Agenten irgendwelcher Gesellschaften. Man kannte sie schon. Auf unsichtbaren Wegen verbreitete sich die Nachricht von ihrer Ankunft überall in den Wäldern. Die Goldsucher trafen sie in den Tavernen, erzählten von ihren Funden, zeigten Analyseberichte vor und verhandelten über Preise. Es gab Schürfer, die nicht mit diesen anonymen Giganten teilen wollten, deren Kopf sich irgendwo in New York, Montreal oder Toronto befand. Doch auch sie kamen in die verrauchten Tavernen, um miteinander zu plaudern. Hier trafen sie auf Männer, die ebenso arm waren wie sie selbst. Auf einer Ecke des Tisches, auf dem Flaschen Ringe und Zigarrenkippen Brandstellen hinterlassen hatten, breiteten sie ein fleckiges Stück Papier aus und strichen es glatt. Mit dem Stummel eines Kopierstiftes, den sie in ihrem Bierglas angefeuchtet hatten, setzten sie einen Vertrag auf, der eigentlich gar nichts besagte, und unterschrieben. Aber so ein Papierfetzen – oft sogar ohne Datum – konnte zur Geburtsurkunde einer Gesellschaft, vielleicht sogar eines künftigen Imperiums werden.

15

An jenem Abend sprach Jordan zu den zehn Bergleuten, die sich vor ihrer Hütte versammelt hatten. Der Dolmetscher übersetzte Satz für Satz. Jordan sagte ihnen die Wahrheit. Dann teilte er ihnen mit, daß er am nächsten Tag nach Saint-Georges fahren würde, um Geld zu besorgen. Die Leute murrten. Sie besprachen sich eine Weile, dann sagte der Dolmetscher: »Sie wollen wissen, von wem.«

»Von Freunden«, antwortete Mersch.

»Um ehrlich zu sein«, gab Jordan zu, »ich weiß nicht, von wem. Aber ich weiß, daß ich Geld auftreiben werde.«

Die Arbeiter, deren Gesichter von Staub und Schweiß gezeichnet waren, wurden weder laut, noch nahmen sie auf andere Weise eine bedrohliche Haltung ein. Der alte Wladki ergriff das Wort. Er ging von einem zum anderen, faßte diesen oder jenen bei der Schulter und nahm ihn einen Moment beiseite. Jordan wurde klar, daß er sie am Fortgehen zu hindern versuchte. Es bildeten sich zwei Gruppen. Vier Männer blieben draußen: der Dolmetscher, der alte Wladki und zwei Schachtarbeiter. Die anderen sechs gingen langsam in die Hütte.

»Wir bleiben«, sagte der Dolmetscher. »Die anderen gehen.«

»Wohin gehen sie?«

»Wahrscheinlich nach Ontario.«

»Aber wir können sie nicht bezahlen.«

»Es ist ihnen lieber, das aufzugeben, was du ihnen schuldest, als einen noch größeren Verlust zu riskieren.«

Jordan holte tief Luft. Er wußte, er konnte nichts tun, um sie zurückzuhalten. Dennoch schlug er vor: »Ich nehme sie morgen früh mit nach Saint-Georges. Der

Zug geht am Nachmittag. Vor der Abfahrt komme ich zum Bahnhof. Wenn ich Geld aufgetrieben habe, können sie ja mit mir zurückkommen.«

Am nächsten Tag bei Morgengrauen brachen sie in zwei Kanus auf: Jordan, Mersch, die sechs Männer mit ihren Säcken und der Dolmetscher. Lange Schwaden von blaßlila Dunst zogen über den See und die Wälder und verschmolzen dort mit dem Rauch der Feuer, die auf den anderen Claims die Morgensuppe wärmten. Es waren schon mehrere Kanus unterwegs. Das Wasser spiegelte die verwischten Konturen des Himmels und der Bäume wider. Auf einer Leine trocknete Wäsche.

»Noch vor drei Monaten«, brummte Jordan, »war hier alles unbewohnt.«

»Und in weiteren drei Monaten wird kaum noch jemand hier sein«, antwortete Mersch.

Sie vertäuten ihre Boote oberhalb der Brücke an einem Teil, der dem Feuer zwar widerstanden hatte, aber doch rußgeschwärzt war. Jordan und Mersch ließen die Bergleute allein und gingen zum Bahnhof, um ein paar Beutel mit Proben aufzugeben.

Berry, der Bahnhofsvorsteher, war ein rundlicher Mann in den Vierzigern. Sein rosiges Gesicht mit den leicht vorstehenden Augen und den kurzen, hohen Brauen hatte stets einen erstaunten Ausdruck. Wahrscheinlich war er schon mit einem Lächeln zur Welt gekommen, und er würde es wohl auch mit ins Grab nehmen.

Während er die Beutel registrierte, meinte Mersch: »Wir sind doch verdammt gute Kunden für deine Gesellschaft.«

»Sicher!«
»Und je weiter wir vorankommen, desto mehr Arbeit wirst du bekommen.«
»Dafür bin ich hier.«
Er setzte drei Stempel auf das Formular, unterschrieb es, riß mit seinen kurzen Wurstfingern den Einlieferungsbeleg ab und hielt ihn Mersch hin.
»Und wenn wir dir nun vorschlügen, mit uns zusammen das große Geld zu machen?«
Der Vollmond schien sich noch mehr zu runden. Das Lächeln vertiefte sich, und die Bogen der Brauen kletterten auf der glatten Stirn noch ein Stückchen höher.
»Ich und die Mine!«
Sie lachten alle drei.
»Dafür bist du zu dick«, meinte Mersch. »Du würdest in irgendeinem Loch steckenbleiben. Wir wollen dir eine Beteiligung vorschlagen. Du steckst ein paar Dollar in den Laden, und in ein oder zwei Jahren kannst du der Eisenbahn den Rücken kehren.«
Der Dicke hörte schweigend zu, als Mersch ihm das System der Anteile und Erträge erklärte, die sie mit Sicherheit erzielen würden.
»Was soll ich sagen«, meinte der Eisenbahner. »Es reizt mich, auch wenn es einiges kostet. Habt ihr viele Leute hier aus der Gegend in eurer Gesellschaft?«
»Nein. Aber wir haben uns gesagt, es wäre dumm, nicht die profitieren zu lassen, die ...«
Er sprach nicht zu Ende. Zwei Männer waren hereingekommen, die dieselben grauen, dichtgewebten Beutel bei sich hatten, wie sie von allen Schürfern für die Einsendung ihrer Proben benutzt wurden.

Der ältere von beiden fragte: »Seid ihr von der Insel?«
»Ja.«
»Ist wohl ganz gut bei euch?«
»Nicht übel«, meinte Jordan.
»Braucht ihr keine Leute?«
»Wofür?«
»Mein Junge und ich, wir sind Zimmerleute. Wir sind seit zwei Monaten hier und haben nichts Ordentliches gefunden. Aber wir wollen nicht mit eingezogenem Schwanz nach Montreal zurück.«
»Wir werden sicher bald wieder Leute brauchen«, sagte Jordan. »Gib mir deinen Namen. Komm ab und zu hier vorbei. Ich werde dir eine Nachricht hinterlassen.«
»Und?« Mersch drehte sich zum Bahnhofsvorsteher um.
»Warst du schon bei den Leuten im Gemischtwarenladen?«
»Noch nicht.«
»Geh rüber und erzähl mir dann, wie es gelaufen ist.«
Mersch folgte Jordan, der schon zur Tür gegangen war.
»Ihr müßt nicht den Hinkenden überzeugen, sondern die Frau«, rief ihnen das Mondgesicht nach.
»Ich weiß«, sagte Jordan. »Ich kaufe schon lange bei ihnen. Sie hat die Hosen an.«
Sie gingen auf das große, orangefarben gestrichene Gebäude zu. Über der Tür hing ein weißes Schild, auf dem in blauen Buchstaben stand: ›Warenhaus Robillard.‹ Etwas weiter verkündete ein Schild über einer anderen Tür in kleinerer Schrift: ›Robillard. Schuhma-

cherei, Wäscherei, Korbflechterei.‹ Beide Türen standen offen. Drinnen hämmerte jemand.

»Komm«, sagte Jordan, »wir gehen beim Schuster vorbei. Ich mag den Mann.«

»Trotzdem wird nicht er dir das Geld geben.«

Sie traten ein. Alban Robillard saß hinter einer Werkbank am Fenster, umgeben von Regalen voller Werkzeug und Schuhe. Er wandte sich zu ihnen um und lächelte.

»Salut!«

»Salut!«

»Wie gehts?« fragte Jordan.

Alban griff nach zwei Krücken, stützte sich auf und erhob sich.

»Seit wir einen Arzt hier haben, geht es besser. Ich bin nicht mehr so steif.«

Er ging auf die beiden zu. Mit dem rechten Fuß trat er auf, das linke Bein hielt er leicht angewinkelt.

»Es sieht aus, als wäre dein linkes Bein nicht mehr so verkrampft.«

»Nicht mehr ganz so sehr. Ich soll mich möglichst viel bewegen. Früher haben alle gesagt, ich soll mich überhaupt nicht bewegen.« Ein Lächeln ging über sein mageres Gesicht. »Ich bin faul geworden.«

Er fragte, was sie wollten.

»Vor allem wollen wir uns mit dir unterhalten ... Und mit deiner Frau.«

Robillard schien überrascht. Er zögerte einen Augenblick, dann ging er zum Lagerraum hinüber.

»Catherine! Kannst du mal herkommen?« rief er.

Aus dem Lager hörte man Stimmen und das Scharren

von Kisten. Die Stimmen verstummten. Eine große, blonde, nicht mehr junge, aber noch immer gutaussehende Frau erschien.

Als Mersch anfing, von der Mine zu sprechen, warf sie ein: »Mein Bruder hat sich damit schon ins Unglück gestürzt. Vor drei Monaten ist er mit einem Freund nach Norden aufgebrochen. Seitdem hat man nichts mehr von ihnen gehört.«

»Der Norden ist nicht unser Gebiet«, sagte Jordan. »Ich glaube nicht, daß da etwas zu finden ist. Aber wir müssen nicht mehr suchen, wir haben es bereits gefunden.«

»Das sagen alle.«

Er zog ein Bündel Papiere aus der Tasche und zeigte es ihnen.

»Analysen sind kein leeres Geschwätz«, erwiderte er.

Eine Kundin kam herein. Catherine drehte sich um und rief: »Steph! Kannst du bedienen?«

»Hinten könnten wir uns besser unterhalten«, meinte Mersch.

Schweigend ging die blonde Frau, deren Gesicht sich verfinstert hatte, zum hinteren Teil des Ladens. Die anderen folgten ihr zwischen Regalen voll duftender Waren. Sie betraten einen großen Raum, dessen Fenster auf einen Hof gingen. Überall lagen leere Kisten herum. In einem Hackklotz steckte eine Axt.

Zwischen den beiden Fenstern stand ein Ofen, der zugleich als Herd diente. An der Wand hing glänzendes Kupfergeschirr. Der ganze Raum strömte Ordnung und Sauberkeit aus.

Sie setzten sich an einen langen, blankgescheuerten Tisch.

»Also, worum geht es?«

Catherine beobachtete sie mit einem etwas harten Gesichtsausdruck. Ihr Tonfall sagte: Ich habe keine Zeit zu vergeuden.

»Gut«, sagte Jordan. »Ihr kennt mich. Wir haben schon eine Menge Geschäfte miteinander gemacht. Mersch und ich, wir haben uns gesagt, daß es ganz schön dumm ist, wenn nur Fremde von unserer Mine profitieren. Das Land wird sich entwickeln, also sollen auch die, die zuerst da waren, die ersten sein, die etwas davon haben.«

»Verstehe ich euch richtig, daß ihr uns ein Geschenk machen wollt?« fragte Catherine.

»So ungefähr«, warf Mersch ein. »Ohne Spaß, es ist wirklich so!«

Alle vier fingen an zu lachen. Dann zeichnete Mersch mit seinem langen, mageren Zeigefinger einen Lageplan auf den Tisch, schrieb Zahlenreihen in die Luft und addierte sie zu märchenhaften Summen.

Als er schließlich außer Atem schwieg und ihm keine weiteren Argumente mehr einfielen, wartete die Frau des Schusters einen Augenblick und fragte dann ironisch: »Ist das alles?«

Mersch nickte und strich sich das Haar zurück.

Catherine sagte ernsthaft zu ihrem Mann: »Alban, wir machen den Laden zu und leben von unseren Erträgen... Ich frage mich nur, warum es immer noch Schwachköpfe gibt, die arbeiten.«

Plötzlich redeten alle durcheinander. Als wieder Ruhe eingekehrt war, meinte die Ladenbesitzerin: »Nun gut, ihr kauft eure Lebensmittel hier ein, Werkzeug und

vieles mehr. Angenommen, eure Mine entwickelt sich so, wie ihr glaubt. Dann wird eure Insel doch sicher auch bebaut werden.«
»Bestimmt.«
»Warum sollte man dort nicht auch einen Laden bauen?«
Jordan wollte antworten, aber Mersch kam ihm zuvor: »Daran habe ich auch schon gedacht. Aber es geschieht nichts ohne unsere Zustimmung. Wenn ihr euch der Gesellschaft anschließt, können wir euch eine Option garantieren.«
»Was bedeutet das«, fragte der Schuster.
»Wir sagen euch zu, daß nur ihr ein Warenhaus auf unserer Insel eröffnen dürft...«
Robillard schlug die Hände über dem Kopf zusammen.
»Du lieber Himmel, wir wollen doch nicht noch einmal fortziehen...«
»Sei ruhig und warte ab«, unterbrach ihn seine Frau. »Man sollte darüber nachdenken.«
Eine Weile diskutierten sie über Formen der Option und über Zahlen. Dann sagte Catherine: »Wenn ich nun dort einen Laden aufmache, braucht ihr doch noch lange nicht bei mir einzukaufen.«
»Wir werden wohl kaum woanders hingehen«, warf Jordan ein, den die Unnachgiebigkeit der Frau langsam ärgerte.
»Laß gut sein«, meinte Mersch. »Madame Robillard hat mich auf eine Idee gebracht. Wir werden sicher Interessenten unter den Lieferanten finden.«
Schon legte er die Hände auf den Tisch, wippte mit

seinem langen Körper vor und zurück, um aufzustehen. Catherine hielt ihn fest.

»Man kann ja trotzdem darüber reden. Ihr müßt euch in unsere Lage versetzen. Angenommen, wir machen auf eurer Insel eine Filiale auf. Das ist eine große Investition. Ich sage ja nicht, daß wir keine Einnahmen haben werden, aber zunächst einmal muß Kapital investiert werden. Ich will nichts anderes als eine Garantie. Ihr verpflichtet euch, in derselben Höhe wie bisher und in gleicher Qualität Waren bei uns einzukaufen.«

Noch einmal wurde kurz diskutiert, dann zog Mersch seinen Tintenstift heraus und setzte auf einem Block, den Catherine aus dem Laden geholt hatte, die Verträge auf.

»Wer macht sonst noch mit?« fragte sie.

»Von hier ist es der Bahnhofsvorsteher, allerdings nur mit einem kleinen Betrag.«

»Er ist ein braver Kerl«, meinte Alban.

»Ja«, gab Mersch zurück, »und er hat ein Mondgesicht, in das ich am liebsten hineinschlüge.«

»Ihr solltet Octave Natel von der Sägemühle fragen. Sein Geschäft geht gut.«

»Der von nebenan?«

»Nein, das ist ein Schleicher. Zu dem habe ich nie Vertrauen gehabt. Natel ist drüben am anderen Ufer. Ihr könnt ihm sagen, daß wir Anteile gezeichnet und euch zu ihm geschickt haben.«

Trotz der schüchternen Einwände ihres Mannes nahm Catherine fünfzig Anteile zum Preis von fünfzig Dollar pro Stück. Sie zahlte 1250 Dollar, also die Hälfte, in bar. Die andere Hälfte würde sie in Waren bezahlen, die sie bei ihr kauften.

Als alles unterschrieben war, stellte Jordan fest: »Wer euch übers Ohr hauen will, muß verdammt früh aufstehen!«

Catherine sah ihn an. Ihr Gesicht zeigte leichtes Mißfallen und zugleich eine gewisse wilde Freude.

»Wir waren die ersten hier«, sagte sie. »Wir haben viel durchgemacht. Ein Sohn ist gestorben, mein Mann behindert, all unsere Habe verbrannt; ich bin niemandem etwas schuldig! Mir ist nichts geschenkt worden!«

»Ich will auch nichts geschenkt«, entgegnete Jordan.

Mersch stand auf und sagte abschließend: »Ihr beide versteht euch wirklich gut.«

Die blonde Frau warf ihm einen wütenden Blick zu und erwiderte: »Wären Sie Halsabschneider allein gekommen, hätte ich überhaupt nichts unterschrieben. Sie machen zu viele Worte, um über eine Menge Arbeit hinwegzutäuschen. Mit der Mine ist es wie mit allem anderen auch: Es macht sich nicht von selbst.«

Als sie schon an der Schwelle standen, rief Catherine sie zurück.

»Mir fällt da jemand ein, den die Sache interessieren könnte. Ich glaube, er hat ein dickes Portemonnaie.«

»Ist er von hier?«

»Ja und nein. Er kommt oft hier vorbei. Man nennt ihn Père Samuel. Er kauft alles, und er verkauft alles. Meinem Bruder kauft er die Felle ab, und uns verkauft er die verschiedensten Dinge. Er heißt Fewerbergen. Der Name ist der reinste Zungenbrecher.«

Sie buchstabierte ihn und suchte die Adresse aus einem

äußerst ordentlich geführten, dicken schwarzen Heft. Sie meinte, man müsse vorsichtig mit ihm sein. »Ich kann gut mit ihm, aber ich hätte euch seinen Namen nicht genannt, bevor unser Vertrag unterzeichnet war. Er hätte mir wahrscheinlich die Konzession für den Laden vor der Nase weggeschnappt.«

»Er mag ja recht schlau sein«, meinte Jordan, »aber Sie sind auch ein harter Brocken.«

Als sie das Haus verlassen hatten, sagte Jordan: »Ich hätte nie gedacht, daß diese Sache zustande kommt!«

»Müssen ein gutes Geschäft machen mit ihrem Laden. Hier ist alles doppelt so teuer wie in Montreal, und der Transport allein macht den Preisunterschied nicht aus.«

»Immerhin, die Leute haben sich ganz schön abrackern müssen!« Ein paar Schritte weiter fügte Jordan hinzu: »Jetzt können wir wenigstens die Männer bezahlen. Vielleicht bleiben sie dann.«

Mersch blieb stehen.

»Du willst Leute bezahlen, die gehen wollen?«

»Sie haben doch gearbeitet, oder?«

Sie standen auf einem hölzernen Gehsteig, der das Warenhaus mit dem Restaurant verband. Jordan sah sich um, dann sagte er mit gesenkter Stimme in sehr scharfem Ton: »Hör mir gut zu, Mersch! Das sind meine Männer. (Er klopfte auf seine Tasche.) Das Geld ist für die Mine, und in der Mine mache ich, was ich will. Sieh du zu, was du hier noch auftreiben kannst. Ich gehe zurück. Und wenn du die Wahrheit wissen willst: Bei meinen Polacken auf dem Grund meines Bohrlochs fühle ich mich wohler als in deiner Nähe.«

Jordan machte sich allein auf den Weg zum Bahnhof. Die Polen saßen nebeneinander mit dem Rücken an der Holzwand des Bahnhofsgebäudes und warteten teilnahmslos. Den Blick in die Ferne gerichtet, taten sie, als sähen sie den zurückkehrenden Jordan nicht.
Ein paar Schritte vor dem hölzernen Gehsteig, auf dem sie saßen, blieb er stehen. Nun sahen ihn alle an. Aber in ihrem Blick lag keine Frage. Die einen rauchten dünne Zigaretten, die anderen ließen die Hände auf den Knien ruhen.
Ein großer Blonder, der seine Kameraden schon oft mit ein paar Scherzen in ihrer Muttersprache aufgeheitert hatte, sprach ein paar Worte. Diesmal lachte niemand, und der Dolmetscher übersetzte: »Bogdan fragt, ob du die bezahlen kannst, die mit dir zurück wollen.«
»Ich kann euch alle bezahlen«, antwortete Jordan. »Die, die gehen, und die, die bleiben.«
Der Dolmetscher übersetzte. Die Blicke erhellten sich. Die Männer standen auf und sprachen miteinander, während Jordan das Geld verteilte. Als er fertig war, verkündete der Dolmetscher: »Sie wollen alle mit zurück.«
»Das ist gut.«
»Sie sagen, du seist ehrlich. Wenn du das nächste Mal Ärger hast, wollen sie bleiben. Sie bitten dich, ihnen nicht böse zu sein.«
»Ich werde keinen solchen Ärger mehr bekommen«, versicherte Jordan.
Als der Dolmetscher alles übersetzt hatte, warf Bogdan ein paar Worte in die Runde, und nun brachen alle in Gelächter aus.

»Was hat er gesagt?«
Der Dolmetscher zögerte. Dann tauschte er einen Blick mit dem großen Blonden und übersetzte: »Er meint, du würdest immer Ärger mit dem Geld haben, weil du zu ehrlich bist, um das große Geschäft zu machen.«
Wieder lachten alle und folgten Jordan zum Fluß hinunter.

16

Zehn Tage lang herrschte eine Gluthitze. Selbst die heftigen Gewitter, die immer wieder niedergingen, brachten keine Abkühlung. Im Laufe des Sommers waren Stechmücken und Schnaken nach und nach verschwunden, nur die schwarzen Fliegen setzten den Männern noch zu. Die Tage vergingen mit verbissener Arbeit, neuen Bohrungen und Probeentnahmen.
Eines Morgens um sieben hörte Germain das Knattern des Taxibootes. Er baute gerade mit zwei Polen an einem stabileren Landesteg. In der Nacht hatte es geregnet, und die Morgendämmerung hing über dem See wie dichte rosa Watte. Auf der glatten Wasseroberfläche, in der sich der Dunst spiegelte, zogen die Bugwellen ihre Linien. Beim Herannahen des Bootes flogen ein paar Vögel aus dem Schilf auf. Die Wellen klatschten gegen das Ufer. Bald überdeckte das Motorengeräusch alles andere. Germain versuchte, mit den Augen den Dunst zu durchdringen. Als sich die Umrisse des

Bootes abzeichneten, erkannte Germain auch schon Merschs lange Silhouette am Bug. Er trug ein Cape und eine Melone. Hinter ihm saß ein Unbekannter, der sich langsam aufrichtete, als der Bootsführer den Motor abgeschaltet hatte. Das Boot lief aus, und Germain ergriff es an der Spitze, um zu vermeiden, daß es gegen den neuen Steg stieß. Er wollte dem Bootsmann gerade zurufen, daß er dabei sei, einen richtigen Hafen zu bauen, als sein Blick den des alten Mannes hinter Mersch traf. Dessen Augen blickten noch durchdringender als die von Mersch. Dieser Blick aus stechenden kleinen Augen in einem durchtriebenen Gesicht mit Adlernase konnte jeden zum Schweigen bringen. Der Greis hatte den Kragen hochgestellt, und auf dem fast kahlen Schädel saß ein schwarzes Käppchen. Als er sich vorbeugte, schlug sein Mantel auf und ließ unter der faltigen Haut seines Halses einen strahlendweißen, hohen Kragen sehen. Ohne auf die Hilfestellung zu achten, die ihm der Bootsmann bot, sprang er auf die Bohlen des Steges, drehte sich um und kläffte mit seltsamer Fistelstimme: »Meine Tasche!«
Mersch hielt ihm eine abgegriffene und an vielen Stellen ausgebesserte Reisetasche hin, deren praller, spekkiger Bauch von einem Riemen zusammengehalten wurde. Der Alte ergriff sie, dann sah er Germain an und sagte: »Du bist sicher Landry.«
Dieser nickte überrascht. Der Alte reichte ihm die Tasche. »Hier, nimm sie. Du bist für sie verantwortlich. Du folgst mir überallhin damit.«
Germain wollte schon sagen, daß er seine Arbeit nicht im Stich lassen könne, doch die Autorität, die dieser

Fremde ausstrahlte, duldete keinen Widerspruch. Germain drehte sich zu den beiden Arbeitern um, die nicht besonders verwirrt schienen, und machte eine Armbewegung. Einer der Polen zeigte auf das angefangene Gerüst und sagte: »Verstanden. Gerade ... Ganz gerade.«

Der Alte stieg den Weg hinauf, gefolgt von Mersch, dessen merkwürdiges Cape sich aufblähte und aussah wie die Flügel einer Krähe.

Landry klemmte sich die Tasche unter den Arm und rannte hinter den beiden her. Als sie sich den Hütten näherten, kläffte der Alte: »Sehr schön. Eine richtige Stadt ... Und du wolltest nicht hier übernachten, du Idiot! ... Verlorene Zeit ... Dummkopf!«

Ab und zu schmückte er seine Rede mit einem unbekannten Wort in einer rauhen Sprache. Germain hatte begriffen, daß es sich bei dem Fremden um Samuel Fewerbergen handeln mußte und daß auch Jordan das sofort wissen würde.

Der alte Mann war ständig in Bewegung. Er hatte seinen Mantel aufgeknöpft. Aus den Westentaschen hingen zwei gewaltige Goldketten. Mit der Rechten zog er eine mächtige Uhr hervor, deren Deckel mit einem wohltönenden Klicken aufsprang. Dann sagte er mit seiner krähenden Stimme: »Wir wollen keine Zeit verlieren. Wir sind nicht zum Herumtrödeln hergekommen.«

Er wollte sich alles ansehen, genau untersuchen und ausführlich erklärt haben. Ab und zu warf er Germain und seiner Tasche einen Blick zu, der halb lächelnd, halb drohend zu sagen schien: Und du, verlier das nur nicht, sonst ...! Mit Jordan, Mersch und Landry stets auf den Fersen, lief er emsig wie ein Wiesel kreuz und quer über die Insel und blieb stehen, wenn er Genaueres wissen wollte. Er fragte nach Abmessungen, genauen Bezugspunkten und unzähligen Details, die Jordan ihm nicht immer nennen konnte. Dann warf der Alte die Arme in die Luft und rief: »Na, na, wo sind wir denn?«

Mersch war hinter ihm ins Schwitzen geraten. Schon längst hatte er sein Cape ausgezogen. Darunter trug er einen neuen Anzug mit schwarzer Jacke und graugestreifter Hose. Jordan betrachtete ihn von Kopf bis Fuß und machte Landry ein Zeichen, das ausdrückte, daß die Vogelscheuche wohl nicht alle Tassen im Schrank habe.

Als sie wieder vor dem Einstieg des Bohrlochs standen, erklärte der Greis: »Bliebe nur noch die Hauptsache zu besichtigen.«

»Sie wollen da runter?« fragte Jordan erstaunt.

Vater Samuel plusterte sich auf wie ein Huhn und musterte ihn von oben bis unten.

»Für wie alt hältst du mich eigentlich? Ich bin zweiundsiebzig. Ich bin doch kein Greis. Auf geht's! Zeig mir den Weg!«

Jordan ließ den halbvollen Korb heraufziehen und hakte ihn aus. Dann setzte er den Fuß in den Haken und ließ sich abseilen.

»Seltsames Patent«, höhnte der Alte. »Es wird Zeit, daß das alles richtig organisiert wird.« Zu Mersch gewandt rief er: »Und du, alte Bohnenstange, kommst du nicht runter? Aber nein, das brächte ja deine Staffage durcheinander.«

»Da unten ist nicht viel Platz«, antwortete Mersch und log: »Ich kenne mich da aus.«
Als der Haken oben war, stieß Samuel den Mann, der die Winde bediente und ihm helfen wollte, zurück.
»Kümmere du dich um deine Technik!«
Da der Mann zögerte, sprach er polnisch mit ihm. Dann griff er so unerwartet flink nach dem Seil, als täte er das jeden Tag, trat in den Haken und befahl: »Los!«
Unten ergriff er die Lampe, die Maxime ihm hinhielt, und betrachtete prüfend den höhlenartigen Raum, den sie abgestützt hatten und der dazu diente, das Material aufzunehmen, das gefördert werden sollte. Der Bergmann, der die Körbe belud, hatte sich flach an die Wand gepreßt.
»Alles in allem gar nicht schlecht«, meinte der Alte. »Ideen muß man haben.«
Zusammengeklappt wie die Taschenmesser krochen sie den leicht abschüssigen Gang entlang, der sich bald in zwei noch niedrigere und noch engere Gänge gabelte. Ein Seilsystem bewegte eine Kiste auf Rädern, mit der Abraum und Erz abtransportiert wurden.
»Gar nicht dumm«, bemerkte der Alte. »Aber das verbessern wir noch.«
»Wollen Sie bis zum Ende?« fragte Jordan.
Vater Samuel zögerte. »Das nächste Mal«, meinte er. »Dann bringe ich einen alten Anzug mit. Ich will diesen nicht verderben.«
Er preßte sich an die Wand, um die Kiste auf Rädern vorbeizulassen, die einer der Männer nach unten zog. Dann richtete er den Lichtkegel seiner Karbidlampe auf Jordans Gesicht und sagte: »Also, was brauchst du,

um unter guten Bedingungen weiterarbeiten zu können?«

»Wir gehen nach oben. Dort kann ich es Ihnen auf einem Blatt Papier aufschreiben.«

»Ziehst du ein Blatt Papier der Wirklichkeit vor?«

»In diesem Fall erleichtert es die Sache.«

»Wie du meinst. Du bist der Fachmann.«

In der Hütte setzten sie sich an Jordans Arbeitstisch und besprachen alles. Es war nicht leicht, da der Alte unentwegt Fragen stellte. Selbst die kleinsten Kleinigkeiten interessierten ihn.

Nach einer Stunde kratzte er sich am Kopf und verkündete: »Ich bin zwar nicht vom Fach, aber das erste, was du brauchst, ist ein Bergbauingenieur.«

Jordan wollte aufbrausen, doch der Alte unterbrach ihn. »Nein, nein, reg dich nicht auf. Du hast gute Arbeit geleistet, aber du bist zu intelligent, um glauben zu können, daß du ganz allein eine richtige Mine leiten könntest. Du willst der Chef bleiben. Das verstehe ich. Aber bei dem Tempo, mit dem du jetzt vorankommst, würdest du noch zehn Jahre brauchen, bis das erste Geld hereinkommt. Deine Aktionäre würden die Hoffnung aufgeben.«

»Das bleibt abzuwarten«, entgegnete Jordan ohne große Überzeugung.

Mersch hatte sich mit dem Rücken an eine Schlafkoje gelehnt. Germain hatte sich etwas abseits gesetzt. Er hielt die Arme über der Tasche gekreuzt, als berge sie den Keim ihres Erfolges, den es auszubrüten galt. Der Alte saß jetzt rittlings auf einer Bank und hatte die Ellbogen auf den Tisch gestützt.

»Soll ich dir etwas sagen?« fuhr er fort. »So oder so wird dich spätestens in drei Jahren eine der großen Gesellschaften geschluckt haben. Es sind schon viel Gerissenere in die Pfanne gehauen worden!«
Jordan wollte etwas erwidern, aber Vater Samuel machte eine Armbewegung, als wollte er all die Nebensächlichkeiten, die das Vorankommen dieser Amateure behinderten, mit einem Schwung vom Tisch fegen.
»Ich bin nicht mehr in dem Alter, in dem man herumexperimentiert. Ich will nicht zehn Jahre auf meinen Gewinn warten. Wir werden nicht lange fackeln. Ich mache dir folgenden Vorschlag: Du rechnest aus, was du brauchst, und ich schaffe es herbei. Du bleibst der Chef. Der Alleinverantwortliche. Du hast mein Wort, daß ich keine Gesellschaft mit hereinnehme.«
Er ließ einen Moment verstreichen. Die anderen drei sahen sich an.
Etwas ruhiger fuhr er fort: »Meine einzige Bedingung: Ich gebe dir zwei Jahre bis zur ersten Förderung. In zwei Jahren auf den Tag will ich die ersten Erträge sehen. So lautet unser Vertrag.«
»Und wenn es nicht klappt?«
»In dem Fall habe ich das Recht, meine Anteile an eine Gesellschaft zu verkaufen.«
Es folgte langes Schweigen. Vom Ufer her waren die Hammerschläge zu hören, mit denen die Pfosten für den Landesteg in den Boden getrieben wurden. Die Sperrklinke des Windenrades sang ihr Lied, und die Hacken zogen ihre Gräben.
»Ich ...« sagte Mersch.

Der Alte musterte ihn mit einem Blick, der unmißverständlich ausdrückte: Du hast hier gar nichts zu sagen. Zu Jordan meinte er: »Wenn du nicht einwilligst, bist du schon jetzt am Ende.« Er stand auf. »Und damit das klar ist: Ein Ingenieur muß her! Ich werde ihn auftreiben. Und bestimmt keinen x-beliebigen.«
»Wohin gehen Sie?« fragte Mersch.
»Ich muß zu Kunden in Saint-Georges. Das gibt euch Zeit, euch zu entscheiden.«
Germain stand auf, die Tasche an die Brust gepreßt. Er warf den drei Männern einen fragenden Blick zu.
Der Alte ging zur Tür, drehte sich noch einmal um und sagte: »Und vergeßt nicht: Bald kommt der Frost. Man muß das Eis nutzen, um die großen Geräte herzuschaffen. Einen Wintertransportweg einrichten. Ich bin kein Erdarbeiter, aber ich habe überlebt. Ich kenne dieses Land. Ich weiß genau, wie die Dinge liegen. Wenn ihr Zeit verliert, seid ihr erledigt. Ganz einfach erledigt!« Mit einer Handbewegung in Germains Richtung befahl er: »Komm, meine Tasche!«
Dann huschte er wie ein Wiesel mit einem Falsett-Singsang den Weg entlang: »Erledigt, erledigt ... Ihr seid erledigt!«
Jordan und Mersch sahen den beiden nach. Germain schien Schwierigkeiten zu haben, diesem Energiebündel zu folgen, das mit ausladenden Bewegungen dahinging.
Als der Alte im Boot saß, reichte ihm Landry seine wertvolle Tasche. Vater Samuel winkte ihm zum Abschied – eine Geste, die Spott und Hoffnung zugleich auszudrücken schien.

Bevor sie in die Hütte zurückgingen, sahen sich die beiden Partner an, warfen dann einen Blick über die Insel und zu ihrer Grube.

In weniger als drei Stunden hatte dieser Besucher mit Worten mehr erreicht als sie mit ihren vereinten Anstrengungen in vielen Monaten. Plötzlich schien etwas in Gang gekommen zu sein. Sogar das Licht wirkte verändert. Dieser lebhafte kleine Greis mit seinem gestärkten Kragen und dem fuchsschlauen Blick hatte einen Mechanismus in Bewegung gesetzt, dessen Räder sich verteufelt schnell zu drehen schienen, und ihr Rattern klang ihnen wie Festtagsglocken in den Ohren.

Goldene Blüten

17

Der Herbst hatte über Nacht die Laubbäume und Gräser vor dem aschfarbenen Hintergrund der Nadelgehölze glutrot gefärbt. Dicke Wolken trieben über den Himmel. Wild aufgetürmt senkten sie sich über Seen und Wälder. Der Sturm peitschte das Wasser, entlaubte den Wald und fegte über die Tundra. So ging es Tag für Tag. Böen fielen in die Eisenbahnschneise ein. Der Oktoberregen überflutete Moorgebiete und ertränkte das Moos. Der Pegel der jetzt schlammtrüben Seen und Flüsse stieg. Schon lange vor November mischte sich Schnee in die Wolkenbrüche und holte die letzten Blätter von Birken und Espen. Für einen kurzen Altweibersommer riß der Himmel noch einmal auf. Dann wehte der Atem der Gletscher über Baffinland und Labrador hinweg und bezwang Gewässer und Moore. Es erstarrten die Bäche und der Saft unter den Rinden der Bäume; Dampf stieg auf aus den Quellen und Rauch aus den Häusern der Menschen. An den Ufern der Seen, die jetzt klarer leuchteten als der Himmel, schienen die Rottannen dunkler als zuvor.

Die Zugvögel waren aufgebrochen, und die überwinternden Tiere verkrochen sich in ihre Quartiere. Ein paar Geier hatten sich an den Menschen gewöhnt. Sie näherten sich den Häusern und nährten sich von Exkrementen und Abfällen.

Jahrhundertelang hatte der Wald die abgewiesen, die

ihn nicht kannten. Nun schien er besiegt. Ein Netz von Wegen durchzog ihn. Die Menschen nutzten den Frost, um dieses Netz auszubauen und zu erweitern. Vielerorts erhoben sich jetzt Bohrtürme, wurden Schächte gegraben, entstanden Orte. Ihre Bewohner brauchten Wege, Pferde und Wagen, Traktoren, Schlitten und Eisenbahnen. Die Holzfäller bahnten ihnen die Wege. Die gefällten Bäume dienten als Stege zum Durchqueren von Moor- und Sumpfgelände. Zimmerleute schlugen Brücken über die Flußläufe, andere bauten Unterstände.
Ausgangspunkt für diese Tätigkeiten war die Jordan-Mine. Man sprach überall davon, und Jordan wußte das. Doch er tat, als ignorierte er es. In Wirklichkeit schöpfte er aus dieser Gewißheit den Wunsch, noch schneller und weiter voranzukommen.
Dieser Boden barg eine Vielfalt an Metallen, und er war sehr begehrt. Jede Grube, die eröffnet wurde, zog nicht nur Bergleute an. Jeder hoffte, auf irgendeine Weise von dem leben zu können, was die Männer dem Boden entrissen. In wenigen Monaten hatten die Wälder, Flüsse und Seen des Abitibi- und Temiscaminggebietes mehr Menschen vorüberziehen gesehen als Jahrtausende zuvor.
Die Menschen machten sich nicht die Mühe, bei ihrem Eindringen den natürlichen Wegen zu folgen. Sie suchten Abkürzungen und holzten immer mehr Wald ab. Sie schafften Maschinen heran, die lärmten und rauchten, und gruben Höhlen, in die sie sich wie Ratten vor dem Winter verkrochen. Tiere, die kein Bündnis mit dem Menschen eingehen wollten, flohen voller Schrek-

ken. Ihre durch die Jahreszeiten bedingte, geordnete Migration wurde um eine ungeordnete vermehrt, die viele Tierarten zwang, weiter nach Norden zu ziehen, um dem Lärm der Explosionen und dem dumpfen Rattern der Motoren zu entgehen. Auf der Flucht in die unberührte Einsamkeit mußten all diese Tiere die Geleise der transkontinentalen Bahn mit ihren heulenden Lokomotiven überqueren.
Sobald Schnee den Schotter bedeckte, zogen Hundegespanne neben den Gleisen her. Der Streifen neben den Schienen war eine schnelle und bequeme Piste. Und immer noch brachte die Bahn ständig neue Ladungen von Abenteurern, die sich auf die Bahnsteige der Stationen ergossen.
Die fast unsichtbaren Pfade der Indianer und Waldläufer wurden verbreitert. Plätze, an denen man schon seit Jahrhunderten seine Zelte aufgeschlagen hatte, wurden zu breiten, müllverschmutzten Lichtungen. Deshalb zogen sich die echten Waldläufer genau wie die Tiere in einsamere Gebiete zurück. Zu diesen neuen Siedlungen kamen sie nur, um ihre Felle zu verkaufen, Pulver zu erstehen und sich in den Läden mit Vorräten einzudekken. Dann setzten sie sich auch mit den Goldgräbern in den Tavernen zum Trinken und Spielen zusammen. Aber diese Leute gehörten zu einer anderen Rasse. Zuviel unterschied sie, als daß sie einander wirklich verstanden. Es kam zu Auseinandersetzungen, die oft genug blutig endeten.
Bei den Indianern gab es verschiedene Gruppen. Die einen verschanzten sich hinter ihrem Stolz, die anderen schlugen ihre Zelte in der Nähe der Siedlungen auf. Sie

wollten mehr Lebensmittel und Alkohol, als ihnen die Regierung zuteilte, um sie in den Reservaten zu halten.
In Saint-Georges-d'Harricana gab es einen kleinen, nervösen Priester, der stets von der Angst verfolgt war, der Teufel könnte aus einem der Züge steigen. Er kämpfte vergeblich gegen Bars und andere Lasterhöhlen, setzte alles daran, die Männer zu hindern, in einer einzigen Nacht zu verschleudern, was sie in monatelanger Arbeit verdient hatten. Oft lagen Betrunkene auf den Straßen. Und bei einer Streiterei hatte man einmal einen Jungen durch eine Fensterscheibe auf die Straße geworfen. Er war auf der hartgefrorenen Straße verblutet, ohne daß ihm jemand zu Hilfe gekommen wäre. Manchmal verfaulte im Wald eine Leiche, deren Überreste man im nächsten Frühjahr fand. Die Zeit der wahren Pioniere, die das harte Leben dagegen gefeit hatte, dem Laster zum Opfer zu fallen, war vorüber.
Um den Ouanaka-See herum suchten zahllose Schürfer Bereiche ab, aus denen schon zehnmal Proben entnommen worden waren. Sie alle wurden angezogen von dem, was man längst ›Jordans Gold‹ nannte. Fanatiker errichteten Bohrgerüste, um in tieferen Schichten zu schürfen, aber nirgends gab es etwas, das man wirklich hätte eine Mine nennen können. Dennoch war eine kleine Siedlung entstanden, planlos, in der Nähe einer guten Quelle.
Auf der Insel hatte Samuel Fewerbergens Geld erstaunliche Veränderungen bewirkt. Neue Arbeiter wurden eingestellt; zumeist waren es Holzfäller und Flößer aus Mont-Laurier, getrieben von der Hoffnung auf guten Lohn. Wenn ein alter Fuchs unbeirrt einer

bestimmten Fährte folgt, wissen die anderen, daß diese direkt zu reicher Beute führt. Auch Geier wissen das und folgen ebenfalls. Auf diese Weise hatte Samuels Geld weiteres Kapital angezogen. Das alte Schlitzohr konnte sich seine Leute aussuchen. Jordan seinerseits achtete darauf, daß er Herr der Mine blieb. Während die Geldgeber dem Gewinn entgegenfieberten, kannte er selbst nur das Gefühl der Macht. Seine Macht reichte bereits über den See hinaus.

Ein Minister hatte den Minenbesitzern Straßen versprochen, doch Jordan war schneller als die Behörden. Als der erste Frost den Boden hart gemacht hatte, war er mit Landry losgezogen, um eine Trasse festzulegen, die auf dem kürzesten Weg nach Saint-Georges führte. Eine weitere Schneise durchschnitt die Wälder. Über Flüsse und Bäche wurden Brücken gebaut, Sumpfgelände wurde passierbar gemacht. Die gefällten Bäume wurden in Stücke gesägt und diese dicht an dicht auf den morastigen Untergrund gelegt. Der Frost hielt sie besser zusammen als jeder Zement.

Die Männer arbeiteten hart. Landry überwachte den Straßenbau. Jeden Tag machte er seine Inspektionsrunde. Zwar kannten diese Leute ihren Job besser als er, aber sie waren nicht Aktionäre der Mine. Wie alle einfachen Menschen, denen plötzlich eine gewisse Autorität zufällt, kehrte auch Landry den Chef heraus. Aber er war seinem Herrn treu ergeben. Für ihn war die Mine etwas Heiliges, als dessen Diener er sich fühlte.

Nicolas Maclin, ein etwa vierzigjähriger Ingenieur, den Vater Samuel eingestellt hatte, war Mitte Oktober eingetroffen. Nachdem er alles eingehend geprüft und abgeklopft hatte, beschäftigte er sich mit der Planung von Einrichtungen über Tage. Jordan hatte den Bau des Dorfes, das heißt der Unterkünfte für die Arbeiter, übernommen. Sie sollten vor Ort wohnen und möglichst keine engen Kontakte zur Außenwelt unterhalten.

Es war dieselbe Situation wie bei allen Minen im Norden. Jeder ernstzunehmende neue Fund zog das Kapital aus dem Süden an. Die Herkunft dieser Gelder war schwer feststellbar. Sie flossen durch die zahllosen verzweigten Kanäle des internationalen Finanznetzes, über Schaltstellen von Banken und Agenten. Die Gelder folgten den Berichten von unzähligen offiziellen und halboffiziellen Prüfkommissionen über Probeneinsendungen oft unklarer Herkunft. Das Kapital floß aus aller Welt in diese Wälder, in denen wenige Jahre zuvor kein seriöser Geschäftsmann einen Sou investiert hätte. Die vom Schicksal Vernachlässigten folgten dem Geld. Auch sie kamen aus aller Welt. Bald mischten sich hier sämtliche Sprachen und Hautfarben.

Neue Wege öffneten sich. Der Mensch war auf dem Vormarsch. Vor ihm her, aufgeschreckt von all dem Lärm, flüchtete der Wolf nach Norden. Aus der Ferne beobachtete er den Menschen, ohne zu begreifen, was sein Land aus jahrtausendealter Stille gerissen hatte.

18

Es war Mitte Dezember, die Zeit der kürzesten Tage. In der Dämmerung warfen die Wälder dunkle Schatten auf das Eis. Der Himmel strahlte so kristallklar wie bei strengem Frost.
Ein dicker Mann glitt mit vorsichtigen Schritten auf die Insel zu. Er kam einen frisch aufgeworfenen Erdwall entlang, der um etwa hundert Fuß über den hölzernen Landesteg hinausragte. Er trug riesige, mit kräftigen Riemen verschnürte Robbenfellstiefel; Mantel und Mütze waren aus Wolfsfell. Von seinem Gesicht waren zwischen dem hochgestellten Kragen und der tief heruntergezogenen Mütze nur die grauen, flügelähnlichen Enden eines kräftigen Schnurrbarts zu erkennen. Der Mann zog einen Schlitten hinter sich her, auf den zwei große schwarze Holzkoffer und ein länglicher grüner Wachstuchsack geschnürt waren. Er hatte Mühe, vom Landesteg bis zu dem verschlossenen Tor aus Eisengitter hinaufzukommen. Rechts von diesem Eingang lag die Wachbaracke. Direkt neben dem Gitter ging ein erleuchtetes Fenster zum See hinaus. Der Mann klopfte an die Scheibe.
Einer der Wächter zog einen Fellmantel über und setzte eine graue, pelzgefütterte Mütze auf, die vorn ein rot-gelbes Emblem trug. Er ging hinaus, während sein Kamerad beobachtend in der Tür stehenblieb. Durch das Gitter musterte der Wächter den Mann

und sein Gepäck. Von oben herab fragte er: »Was willst du?«

»Komme von M'sieur Mersch. Muß mit Maxime Jordan sprechen.«

Als der Wächter das Tor öffnete, machte der dicke Mann eine Bewegung mit seiner behandschuhten Hand zu dem Erdwall hin und sagte: »Wenn das so weitergeht, ist das hier bald keine Insel mehr.«

»Was sollen sie mit dem Abraum der Mine denn sonst machen?«

»Gibt's im Moment welchen?«

»Sieht nicht so aus.«

Der dicke Mann hatte Mühe, seinen Schlitten wieder anzuziehen, deshalb schob der Wächter mit.

»Da hast du ja eine ganz schöne Ladung«, bemerkte er. »Bist du so von Saint-Georges gekommen?«

»Aber nein. Ein Fuhrwerk hat mich bis zum gegenüberliegenden Ufer gebracht.«

Sie gingen auf eine Hütte mit erleuchteten Fenstern zu. Auf halber Strecke blieb der dicke Mann außer Atem stehen. Er betrachtete die Mütze des Wächters und fragte: »Zu welcher Polizei gehörst du?«

»Privatpolizei der Mine.«

Sie gingen weiter, und der Wächter half, die Last zu ziehen. Die Nacht senkte sich herab und verschlang alles, was nicht durch das Licht aus den Fenstern erhellt wurde.

Der Wächter öffnete die Tür. »Komm rein.«

Im Inneren war der Bau mit weißgestrichenen Brettern und einem braunen Sockel verkleidet. Ein großer Tisch unterteilte den Raum, in dem ein riesiger gußeiserner

Ofen fauchte. Unter den Fenstern standen kleinere Tische, auf denen sich Papiere türmten. Maxime Jordan und Nicolas Maclin standen hinter dem Mitteltisch und sahen sich im hellen Schein einer Petroleumlampe Pläne und Karten an. Erstaunt betrachteten sie die Eintretenden.

»Mersch schickt ihn«, erklärte der Wächter.

»Ist gut«, antwortete der Boß.

Unwillig zog sich der Wächter zurück und schloß die Tür. Der Luftzug hatte die Flamme für einen Moment flackern lassen, doch sie kam rasch wieder zur Ruhe. Der dicke Mann nahm seine Wolfsfellmütze ab. Sein blanker Schädel wurde sichtbar. Aus der Fellkappe zog er eine rote Wollmütze mit Quaste, die er sich sogleich bis über die Ohren zog.

»Du solltest wirklich lieber in den Süden gehen«, neckte Jordan.

Der Mann mit dem Schnurrbart trocknete sich die Augen, die von dem abrupten Temperaturwechsel tränten. Nachdem er sich geräuschvoll die riesige, sommersprossige rote Nase geputzt hatte, kramte er in seinem Mantel und zog eine Handvoll Briefumschläge heraus, die er auf den Tisch legte.

»Salut, Maxime, Mersch hat mir aufgetragen, die Post herzubringen. Aber vor allem bringe ich etwas ganz Tolles ... etwas wirklich Tolles!«

»Ich höre.«

»Dein Freund hat gesagt: Wenn du ankommst, unternimm nichts, bevor du mit Jordan gesprochen hast. Und hier bin ich.«

Der Ingenieur wirkte beunruhigt. Er neigte den Kopf

fast bis zur linken Schulter, was sein spitzes Kinn noch länger wirken ließ.
»Beeil dich. Wir sind bei der Arbeit!« warf er ein.
Der Mann hatte seinen Pelz ausgezogen und ihn über einen Hocker gelegt. Er holte tief Luft und setzte sich.
»Das ist ja das Ende der Welt hier.«
Er trug eine abgewetzte schwarze Hose und eine komische rote Weste, deren aufgesetzte Taschen mit mächtigen Silberknöpfen geschlossen waren. Bevor er weitersprach, trocknete er sich noch einmal die Augen.
»Da draußen auf meinem Schlitten habe ich das Tollste der Welt.«
Dieser Mensch machte viele Worte und hörte sich offensichtlich gern reden.
Ärgerlich meinte Jordan: »Was willst du uns verkaufen?«
»Nichts... Ganz und gar nichts... Ich bringe euch etwas.«
Da er eine Weile verstreichen ließ, um ihnen Zeit für eine Reaktion zu geben und zugleich seinen eigenen Worten Geltung zu verschaffen, beugte sich Jordan wieder über die Zeichnungen. Der Mann mit dem Schnurrbart stand auf und legte seine breiten roten Hände auf die Tischkante.
»Wenn das der Plan der Stadt ist, die du errichten willst, vergiß nicht, auch ein Haus fürs Vergnügen zu bauen.«
Der Ingenieur hatte nach dem Briefstapel gegriffen und ihn rasch durchgeblättert. Er zog ein Dutzend

Umschläge heraus und fing an, sie mit einem Taschenmesser zu öffnen.
Jordan richtete sich auf, sah den dicken Mann an und sagte ohne Zorn: »Raus damit!«
»Ich allein bin ein ganzes Orchester. Ich bringe die Leute zum Singen und zum Tanzen. Ich lasse sie Einsamkeit und Erschöpfung vergessen . . . Ich heiße René Jonquet. Aber alle nennen mich Bastringue, den Spielmann.«
Er betrachtete Jordan, als wäre der Ingenieur überhaupt nicht da, und wartete auf eine Reaktion: Erstaunen. Sichtlich enttäuscht echote er: »Bastringue.«
Da Jordan ihn weiter fragend ansah und kein sonderliches Entzücken zeigte, fügte er schnell hinzu: »Ich komme aus Saint-Roch-d'Achigan. Im September bin ich zweiundvierzig geworden. So, jetzt weißt du alles.«
»Du willst hier wohl Musik machen, wie?«
»Du hast doch sicher einen großen Saal, in dem deine Arbeiter essen. Ich könnte dort eine Abendvorstellung geben. Und wenn ich in einer der Hütten schlafen könnte . . .«
Jordan zögerte. Mit einschmeichelnder Stimme, der man die Gewohnheit, andere einzuwickeln, anhörte, präzisierte Bastringue: »Nur einen Abend, damit du dir ein Bild machen kannst.«
»Du hast doch nicht für einen einzigen Abend den ganzen Weg hierher gemacht?«
»Ich würde mich schon gern hier niederlassen. Aber du sollst heute abend sehen, was ich mache. Wenn du nicht zufrieden bist, gehe ich nach Bourg-le-Rouge.«

Jordan und Maclin wechselten einen Blick. Der Ingenieur faßte sich an die spitze Nase. Seine glänzenden, kastanienbraunen Augen blinzelten. Die hohe Stirn, die in schütteres rotblondes Haar überging, war von Falten durchzogen. Er meinte: »Die Männer können nicht jahrelang ohne Unterhaltung leben. Wenn die Ukrainer singen, hören ihnen alle anderen zu.«
»Ich kenne Lieder aus der Ukraine«, warf der Musikant rasch ein. »Und aus Polen. Aus der ganzen Welt.«
Jordan unterbrach ihn. »Genug. Ich gebe dir die Erlaubnis für heute abend. Wenn es zu Unruhen führt, kannst du wieder einpacken.«
Dem Mann liefen dicke Schweißtropfen über das rote Gesicht, das aussah wie ein Zuckerapfel. Er überschlug sich vor Dankbarkeit, schwor bei allen Heiligen, daß er nie irgendwo Unruhe gesät habe.
Als Jordan ihn zu einer Hütte mit einer freien Schlafkoje geschickt hatte und ihm durchs Fenster nachsah, sagte Nicolas: »Ganz gut, daß er hier ist. Wenn er spielt, werden die Leute noch mehr Geld in die Taverne tragen.
Maxime legte Holz nach und rüttelte die Glut durch. Glühende Funken fielen in den Aschenkasten. Ein dumpfes Fauchen zog durch das dicke Ofenrohr, das zur Decke führte und in einer weißlackierten Blechplatte mündete, die allerdings schon gelb zu werden begann und mit Blasen übersät war.
Die Nacht brach herein. Im Westen leuchtete noch ein roter Schimmer. Zwischen den Uferbäumen hindurch glitzerte das Eis, das der Wind blankgefegt hatte. In der Ferne blinkten Lichter. Aus den Hütten von

Bourg-le-Rouge am Waldrand stieg Rauch auf. Der Nordwind drückte ihn nieder, bis die Baumkronen ihn zerrissen.
Jordan ließ seinen Blick eine Weile auf diesen Lichtpunkten ruhen, dann drehte er sich um und kehrte an den langen Tisch zurück, der von der großen Deckenlampe vollständig ausgeleuchtet wurde.
Maclin hatte die Schnittzeichnung des Gebäudes beendet, in dem der Schmelzofen stehen sollte.
»Wir müssen den Winter nutzen, um das Holz zu schlagen, der Länge nach zuzuschneiden und numeriert an Ort und Stelle zu stapeln. Bei guter Vorbereitung kann dann alles leicht in zehn bis zwölf Tagen stehen. Anschließend kann schon der Dampfkessel für den Kompressor aufgebaut werden.«
Er ging zwei Schritte zur Seite, nahm eine Papierrolle zur Hand und zog sie auseinander. Jordan stellte sich gegenüber und half beim Abrollen. Mit Steinen beschwerten sie die Ecken. Dann ging Maxime um den Tisch herum und stellte sich neben den Ingenieur, der mit dem Zeigefinger ein paar Linien nachzeichnete.
»Hier kommt die Mühle hin. Sie reicht bis dorthin.«
»Ich hätte sie gern größer. Vielleicht sollte man die Fläche verdoppeln.«
»An Platz fehlt es uns nicht, aber es bringt Probleme mit sich. Sind wir erst einmal in die Produktion gegangen, brauchen wir eine Menge Wächter, und wir müssen alles noch stabiler einzäunen. Und auch die Wege müssen unterhalten werden.«
Lange diskutierten sie. In Jordan verband sich Ehrgeiz mit einem gewissen Sinn für Realitäten. Für Maclin

sprachen seine Kenntnisse und seine solide Erfahrung: die Hochschule, fünf Jahre unter Tage, zwei Jahre Konstruktionsbüro in einer Mine in Ontario. Jordan hatte die Zeichnungen im Kopf, und er erläuterte sie mit so knappen Gesten, als habe er ein Modell vor sich. In den meisten Fällen setzte er seinen Willen durch, wenngleich er sich ab und zu auch den technisch notwendigen Forderungen des Ingenieurs beugen mußte. Je weiter die Arbeit voranging, desto mehr betrachtete Jordan diese Mine als die seine. Aber als sie sich dem Zeitpunkt näherten, an dem die Förderung beginnen konnte, ließ Jordan keine Emotionen mehr zu. Je näher er dem hart erarbeiteten Ziel kam, desto mehr wuchs seine innere Distanz. Es war, als versuchte er absichtlich Distanz zum Gold zu schaffen. Dennoch geriet er noch immer in Aufregung, wenn Taphorin oder ein anderer Vorarbeiter ihm neue Proben brachte. Da Taphorin neben Landry der einzige Aktionär war, untersuchte Jordan die Proben stets in seiner Gegenwart. Der Ingenieur war immer dabei.
Und dann fragte Jordan: »Wieviel?«
Jeder der Männer nannte eine Zahl. Soundsoviel Gramm pro Tonne. Und Jordan nannte seine Zahl. Das war das einzige Spiel, das er spielte; es ließ seine Augen leuchten. Die drei Zahlen wurden auf ein Papier geschrieben, das an einem Nagel hing. Dann warteten sie auf die Ergebnisse. Es war nur eine Frage des Glücks. Dennoch sagte sich Jordan – er gewann sehr oft –, daß alles eine Sache des Gefühls sei, des Instinkts, und daß er vielleicht in einem geheimnisvollen Pakt mit der Tiefe stünde.

19

Nach dem Ausfahren der Tagschicht und dem Zünden der verschiedenen Sprengladungen mußte einige Zeit verstreichen, bevor die Nachtschicht einfuhr, damit die Gase aus den Stollen entweichen konnten. Daher traf sich die gesamte Mannschaft bei der Hauptmahlzeit. An jenem Abend nahm der Mann mit dem Schnurrbart und der roten Weste am Tisch Platz, an dem Jordan, der Ingenieur, Landry, Taphorin und drei der älteren Minenarbeiter saßen. Der ganze Saal musterte ihn. Die Jungen riefen: »Wer ist dieser Rote da?«

Einer der Arbeiter kannte den Musikanten. Er ging auf ihn zu und schüttelte ihm die Hand. Dann berichtete er seinen Nachbarn, wer der Mann war; die Neuigkeit machte die Runde, und die Rufe mehrten sich. Das Scharren der Stiefel ließ den Boden vibrieren, und das Hämmern der Fäuste auf den Tischen brachte Gläser und Besteck zum Tanzen. Die Männer begannen zu skandieren: »Bas-tringue! Bas-tringue! Bas-tringue!«

Die Baracke bebte. In den Lampen, die wie Schiffslaternen schwankten, flackerten die Flammen.

»Sag ihnen etwas«, rief ihm Jordan zu, »sonst schlagen sie alles kurz und klein.«

Unerwartet flink sprang der dicke Mann auf die Bank.

»Ah!« gröhlten die Bergleute.

Bastringue bedeutete ihnen zu schweigen. Nachdem

Ruhe eingekehrt war, verkündete er marktschreierisch: »Salut, meine Freunde. Ich verspreche euch, ihr werdet euch nicht langweilen. Wir werden viel Spaß haben. Gleich nach dem Essen beginnt der Tanz!«

Als die Mahlzeit beendet war, füllte sich der Raum mit Pfeifenrauch. Bastringue setzte sich ein stoffbezogenes Drahtgestellt auf die Schultern, das sich in zwei Arme teilte, die eine große Bambus-Panflöte vor seinen Mund hielten. Er griff nach einem Bandoneon und nahm hinter einem großen Kasten Platz, auf den drei glänzende Beckenpaare mit Pedalen montiert waren. Über seine Wollmütze setzte er eine Art Hundehalsband, an dem eine Reihe Glöckchen hing. Kleinere Bänder mit Schellen legte er sich um Knie und Ellbogen.

Während er sich so ausstaffierte, hatten die Männer die Mitte der Baracke freigeräumt und die Tische und Bänke an die Bohlenwände gerückt. Andere waren einen Moment hinausgegangen. Als sie zurückkamen, hatten sie Flaschen mit Alkohol in den Taschen, den einige von ihnen aus Kernen, Rinden oder Wurzeln in improvisierten Destilliervorrichtungen hergestellt hatten. Wieder andere entkorkten große Ginflaschen aus Quebec oder Saint-Georges.

Bastringue spielte eine Bourrée. Die Luft war dick und überheizt. Der Mann in der roten Weste mühte sich ab, schüttelte den Kopf und sämtliche Glieder. Wenn er nicht Flöte spielte, pfiff er oder sang mit kräftigem Bariton, der sich krächzend überschlug, wenn er sich in höchste Sopranhöhen verirrte. Bastringue verfügte über ein unerschöpfliches Repertoire, das von alten

Gassenhauern mit lockeren und schlüpfrigen Refrains bis zu aktuellen Schlagern reichte. Er löste immer neue Lachsalven aus. Die Bergleute unterbrachen ihren Tanz von Zeit zu Zeit, um sich auf die Schenkel zu schlagen oder den Musikanten mit obszönen Gesten zu begleiten. Manchmal hörte Bastringue auf zu spielen und erzählte Geschichten, die noch gepfefferter waren als seine Lieder. Man schenkte ihm zu trinken ein, und es regnete Münzen in einen Topf, den er vor seiner Kiste aufgestellt hatte.

Die heitere Stimmung erreichte ihren Höhepunkt: Zwei Jungen waren heimlich verschwunden und kamen nun in Röcken zurück, die sie aus Hemden zusammengesteckt hatten. Sie hatten sich Kopftücher umgebunden und streckten provozierend die Brust heraus. Man riß sich darum, mit ihnen zu tanzen, doch sie kamen, um vor Jordan und dem Ingenieur einen grotesk mißlungenen Knicks zu machen. Im selben Moment stimmte Bastringue einen gefühlvollen Walzer an. Es bildeten sich Paare, und der Abend nahm seinen Fortgang.

Germain hatte einen tüchtigen Schluck Gin getrunken, den ihm Dominique Taphorin spendiert hatte. Er saß mit dem Rücken zur Wand und beschränkte sich darauf, die anderen zu beobachten und mit ihnen zu lachen.

»Tanzt du nicht?«

»Ich kann nicht tanzen.«

»Wir zeigen es dir.«

»Ich will, daß meine Zukünftige es mir zeigt.«

Die anderen vergaßen ihn wieder. Nur Taphorin kam

hin und wieder zu ihm, um einen Schluck zu trinken. Er trank auch am Tisch der Polen aus seiner Gruppe. Schwankend ließ er sich schließlich neben Landry nieder und murrte: »Schweinerei! Sie brauen das aus Tannenzapfen und Birkenrinde. Das bringt ja einen Ochsen um!«

»Du muß nur nicht so viel trinken.«

Taphorin drehte sich geräuschvoll um und sagte höhnisch: »Ich weiß, warum du nicht trinkst.«

»Ich mag es nicht, das habe ich dir doch gesagt.«

»Du überwachst die, die trinken.«

»Halt den Mund, du bist blau.«

Taphorin rückte dicht neben Landry und packte ihn am Ärmel. Er hatte eine enorme Fahne.

»Will dir was sagen: Dieser Jordan hat dich ganz schön reingelegt. Bist Sicherheitschef gewesen. Und jetzt bist du unten. Das gefällt dir nicht.«

»Ich will kein Bulle sein, das ist was für Faulenzer.«

»Du bist viel mehr Bulle als die Wächter. Du beobachtest die Männer, die trinken.«

»Du gehst mir auf den Geist. Ich bin unten in der Mine, weil ich Geld machen will. Das ist alles.«

Taphorins trüber Blick versuchte vergeblich, irgend etwas zu fixieren. Hartnäckig fuhr er fort: »Er führt uns an der Nase herum, dein Maxime. Wir sind Aktionäre wie er... Und er sahnt ab.«

»Einen Chef, der so oft in die Mine hinuntergeht wie er, kannst du dir erst einmal suchen.«

»Du schindest dich ab, um so viel zusammenzubekommen, daß du dein Blondchen holen kannst. Das macht dich blind. Maxime ist ein Dreckskerl...«

Germain legte seine riesige Pranke auf das Handgelenk des Betrunkenen und preßte es fest auf den Tisch. Mit tonloser Stimme sagte er: »Du gehst jetzt schlafen, Dominique. Das treibt dir die miesen Gedanken aus dem Kopf.«

Taphorin versuchte wütend, sich zu befreien. Ohne dessen Handgelenk loszulassen, stand Landry auf und ging um den Tisch.

»Du wirst uns hier nicht den Abend verderben.«

Taphorin wollte mit der freien Hand nach ihm schlagen. Landry hatte damit gerechnet und hielt auch die andere Hand fest. Dann schob er den Betrunkenen in Richtung Tür und rief laut: »Wie, du willst nicht mit mir tanzen? Du glaubst wohl, ich weiß nicht, warum. Du findest mich wohl nicht hübsch genug?«

»Hör auf, du Blödmann«, rülpste Taphorin.

Alles um sie herum lachte. Einer war so betrunken wie der andere. Landry hatte Dominique inzwischen so in die Zange genommen, daß er ihn an sich gepreßt hochhalten konnte. Die Hände auf dem Rücken, drehte und wand sich Taphorin. Die Bewegungen, mit denen er versuchte, seinen Gegner gegen die Knie und in den Unterleib zu treten, wirkten zusammen mit Landrys Ausweichmanövern wie ein ungeschickter, gewollt komischer Tanz.

An der Tür angekommen, rief Germain: »Macht auf. Ich will die Kleine in meinem Bett!«

Musik und Lachen übertönten die Flüche des Betrunkenen, der in der Luft hing und sich nur wehren konnte, indem er mit dem Kinn auf Landrys Schädel hämmerte.

Als sie draußen waren, ließ Landry Taphorin los, stieß ihn aber zugleich weit von sich, um einem Schlag ausweichen zu können.
»Ganz ruhig, Dominique. Zwing mich nicht, mich mit dir zu schlagen... Es würde mir gar nicht gefallen.«
Nordwind wehte. Der Mond war gerade aufgegangen und streifte die Welt mit seinem sanften Licht.
Taphorin schüttelte sich und beobachtete zögernd den Kameraden, der auf der Hut war. Schließlich sagte er kurzatmig und mit einer Stimme, der noch ein Zittern anzuhören war: »Verdammt nochmal... Du bist der kräftigste Bursche, den ich je erlebt habe.«
»Geh zum Hafen von Quebec, da gibt's noch mehr von meiner Sorte.«
Die Sterne funkelten. Der Wind trug Fetzen von Musik und Gesang durch die Stille des Waldes davon. Die Fenster von Bourg-le-Rouge sahen aus wie winzige Glutherde, die vergeblich den Wald in Brand zu setzen versuchten. Ein paar Funken schienen sich auf das Eis des Sees verirrt zu haben.
»Geh ein bißchen spazieren, das wird dir guttun.«
»Hast recht. Aber ich geh lieber schlafen.«
Sie machten ein paar Schritte auf die Schlafbaracken zu, als Taphorin plötzlich stehenblieb und zu Landry sagte: »Du bist ein braver Junge, Germain. Wenn ich dich nicht als Freund betrachtete, würde ich dir nicht so ein Theater machen... Du wärst mir egal...«
Er machte eine Pause, die Landry nutzte: »Ich glaube, du hältst jetzt besser den Mund.«
»Ich bin nicht besoffen. Diese Sache... die geht mir

schon lange durch den Kopf... Schließlich hast du doch die dicke Ader gefunden.«
»Sei still!«
»Dieser Jordan ist ein Dieb.«
Zornig wiederholte Landry: »Sei still!«
Seine Faust umschloß Taphorins Arm und zwang ihn, weiterzugehen. Der andere wehrte sich nicht, aber er fügte hinzu: »Wenn du dich beschweren willst, ich kann es bezeugen. Wir bleiben dann zusammen. Du wirst eine Menge Geld machen für deine Kleine...«
Landry ließ seinen Arm los, packte ihn am Jackenrevers und schüttelte ihn kräftig.
»Ich widerspreche dir nicht, Dominique. Ich will dich nur warnen: Sollte ich jemals hören, daß du Märchen über Jordan erzählst, poliere ich dir die Fresse!«
Er ließ ihn los. Der andere ging weiter, drehte sich dann noch einmal um und rief ihm nach: »Wenn es dir Spaß macht, dich an der Nase herumführen zu lassen! Ich will damit nichts zu tun haben!«
Germain holte tief Luft. Mit geballten Fäusten sah er Taphorin nach, der leicht schwankend auf dem spiegelglatten Weg davonging.

20

Ein Kreis kleiner runder Holzhütten. Schlecht gebaute Baracken, errichtet von Menschen, die zum ersten Mal eine Axt in der Hand gehalten hatten. Mit Lehm und Moos hatten sie die Fugen zwischen den Stämmen gegen die eisige Kälte abgedichtet. Erschöpfte Männer, die der gleiche Wahn aus aller Welt hierher getrieben hatte. Einige hatten sogar Frau und Kinder mitgebracht.

So entstanden überall dort Dörfer, wo man das gelbe Metall vermutete.

Am Westufer des Ouanaka-Sees, den man immer häufiger Jordan-See nannte, hatte ein Rothaariger aus Frankreich vielversprechende Proben entnommen. Er hieß Coutelas. Seine Freunde nannten ihn Rote Klinge. Als er seinen Claim abgesteckt hatte, verbreitete sich die Nachricht von seinem Fund in Windeseile. Kaum war ein wackeliges Bohrgerüst errichtet, kamen die Leute in Scharen. Der Rothaarige macht so viel Wind, daß man glaubte, er wäre überall zugleich. Er war einer von den Menschen, die so tun, als gehörte ihnen die ganze Welt. Die Siedlung, die bei seiner Mine entstanden war, hatte man Bourg-le-Rouge getauft. Der Franzose hatte so gute Beziehungen in Toronto, daß eine Gesellschaft bald einen Geologen und zwei Helfer vor Ort schickte. Coutelas hatte ein Syndikat gegründet und Aktien an alle Goldgierigen aus der Umgebung verkauft. Überall waren notdürftige Lager entstanden.

Im Herbst hatten der Geologe und seine Mannschaft die Zelte abgebrochen: Der sagenhafte Fund beschränkte sich auf eine einzige Ader; Probebohrungen hatten nichts ergeben. Und als die Aktionäre zu Coutelas wollten, war der Vogel mitsamt der Kasse ausgeflogen. Nur ein paar Unverbesserliche blieben auf dem verlassenen Claim. Die phantastischsten Gerüch-

te gingen um. Man hatte den Rothaarigen in Ontario, in Kalifornien, in New York gesehen. Immer in Geschäften, großschnäuzig und steinreich.
Meistens dauerte es kaum ein Jahr nach einem solchen Fehlschlag, daß der Wald die verlassenen Hütten zum Einsturz brachte. Aber Bourg-le-Rouge hatte überlebt. Vom Ufer aus sahen die Menschen sehnsüchtig zur Jordan-Insel hinüber, die Wohlstand verhieß. Sie hofften, daß das Geld, das auf dieser Insel verdient wurde, irgendwann zu ihnen herüberschwappen würde. Die Schlauesten wußten, daß die Insel zu eng für eine richtige Stadt war und der Eigentümer zu eigenwillig, um sie zu bauen. Also mußte die Stadt irgendwo in der Nähe liegen. Rund um Bourg-le-Rouge rodete man den Wald. Er hallte wider vom Schlag der Äxte, vom Krachen der gefällten Bäume, von den Rufen der Fuhrleute und Ochsentreiber, die das Langholz aus den Wäldern brachten.
Die Stadt wuchs schnell. Ärmliche Spielhöllen eröffneten neben etwas anspruchsvolleren Tavernen. Man spielte, man trank, und man schlug sich. Landry war wohl der einzige auf der Insel, der diese Stadt nie betreten hatte. Aber er war überzeugt davon, daß es in Bourg-le-Rouge ebenso viele Kneipen wie Häuser gab.
Von der Stadt aus führten Straßen in andere Siedlungen, die dasselbe Bild boten. Arbeitslose und Hausierer zogen von Ort zu Ort, lebten von Gaunereien oder bescheidenen Gelegenheitsarbeiten; kauften hier, verkauften dort, dachten sich tausend seltsame Dinge aus, um reich zu werden, und ruinierten sich doch nur.

Wahrscheinlich lebten viele von ihnen vom Handel mit dem bißchen Gold, das sie in den Minen gestohlen hatten.
Eisige Nächte zogen über das Land. Nicht einmal die Mittagssonne brachte noch Wärme. Der Wind kam geradewegs vom Pol und zog mit seinem ewigen hellen Lied über Leben und Sterben hinweg. Oft zogen die Menschen gleich dem Nordwind ziellos umher auf der Suche nach dem Unbekannten. Manche, die vielleicht schon nichts mehr suchten, fanden schließlich den Tod.

21

Die Menschen begannen im Sommer und Herbst, eine Straße durch die Wälder zu bauen. Der Winter vollendete sie. Mit strengem Frost ließ er den Boden hart werden und verband so Stämme und Bohlen zu Brükken über Bäche und Sümpfe.
Der erste Schnee füllte die Wagenspuren auf und ebnete die Wege. Nachdem die Winde diesen Asphalt geglättet hatten, kamen die Warentransporte. Auf diesem Weg war Bastringue gekommen; auch einen kleinen Dampfkessel und eine kräftigere Seilwinde für die Mine hatte man so herbeigeschafft. Mit einem zweiten Transport kam eine Turbine mit Kompressor, die vom Dampfkessel angetrieben werden sollte. Derartige Anschaffungen beschleunigten die Arbeit. Ein Belüftungssystem sollte einen besseren Abzug der Gase ge-

währleisten, so daß man unbesorgt ins Innere der Erde vordringen konnte.

Maclin rieb sich die Hände. Seine Tage verbrachte er im Freien, vermummt bis über die Nasenspitze, die halben Nächte in seinem Büro beim Ausarbeiten von Plänen. Für eine Woche unterbrach er die Arbeit unter Tage, um sämtliche Männer bei Außenarbeiten einsetzen zu können. Die Insel bebte. In Schwärmen eilten die Männer durch den Schnee, der sich schnell schmutzig-grau färbte. Pferde schafften Langholz herbei oder zogen Schlitten voller Gerätschaften. Zahllose Gespanne gruben Furchen in das Eis des Sees, über den sich ein sanft-blauer Himmel wie eine Glocke wölbte, die den geschäftigen Lärm zu verstärken schien. Neidvoll sahen die Menschen aus Bourg-le-Rouge zu.

Jordan und Maclin hatten die Bauaufgaben untereinander aufgeteilt. Der eine überwachte die Errichtung der Gebäude, der andere die Montage der technischen Vorrichtungen und den Einbau der Ventilatoren. Jeder spürte, daß der Beginn der eigentlichen Förderung ganz nah war. Und jeder wurde von dem Fieber erfaßt.

Als Germain Maxime begegnete, fragte er: »Wann können wir die Frauen herkommen lassen?«

»Warte, bis es wärmer wird.«

»Aber gerade zum Aufwärmen brauchen wir sie doch.«

Landry war nicht der einzige, der ungeduldig darauf wartete, daß sich das Leben normalisierte. Die Männer wandten sich mit ihren Beschwerden an ihn, weil er zugänglicher war als Jordan, aber Aktionär wie er.

Die ständig zunehmende Kälte erschöpfte die Männer

sehr. Schneestürme fegten über die Baustelle hinweg. Trotz der Anstrengungen hörten die Bergleute jeden Abend gern Bastringue und seinen Liedern zu.
Die Wächter konnten nur mit Mühe die Leute aus Bourg-le-Rouge zurückhalten, die ebenfalls die Musik genießen wollten.
Das Ein-Mann-Orchester wunderte sich und protestierte, als hätte es das Sagen: »Das ist ein Verdienstverlust für mich!«
Bald teilte Bastringue seine Aktivitäten auf: Ein Abend auf der Insel, ein Abend in Bourg-le-Rouge, wo er von einer Taverne zur anderen zog. Was Jordan auf der einen Seite verhindert hatte, konnte er auf der anderen nicht verbieten. Die Leute trugen ihren Verdienst nun anderswohin.
Alle tranken, oder fast alle. Auch Jordan und Maclin, aber nie so viel, daß sie nicht mehr wußten, was sie taten. Auch Bastringue passierte das nie. Mit Hilfe von ein paar Arbeitslosen baute er in Bourg-le-Rouge eine große Baracke, deren Inneres er in zwei ungleich große Räume unterteilen ließ. Der vordere war ein riesiger Saal mit am Boden festgeschraubten Tischen und Bänken an beiden Seiten. Den hinteren bildeten fünf kleine Kammern, von denen nur eine einzige ein Fenster besaß.
»Ein Bordell!« meinte Jordan, als er sich die Einrichtung ansah.
Der Mann mit der roten Weste zwinkerte.
»Mir gefällt es hier besser als auf deiner Insel. Auf die Dauer wärst du mich zu teuer zu stehen gekommen.«

Aber auch auf der Insel machte die Bautätigkeit gute Fortschritte. Neben den Gebäuden der Mine, den Rutschen in der Gießerei für das Erz und die Schlacke bauten die Holzfäller Lebensmittel- und Materiallager. Eine andere Mannschaft stellte zwei neue Schlafbaraken auf.

Außerhalb der Umzäunung der Mine hatte Jordan seinen Leuten im Bereich der Zugangswege kleine Parzellen zugeteilt, auf denen sie sich eine Hütte bauen konnten. Diejenigen, die vorhatten, ihre Frauen kommen zu lassen, halfen sich gegenseitig beim Bau der Hütten. Jetzt hallte sogar sonntags der Wald von Hammerschlägen wider.

Am Rande dieses entstehenden Dorfes hatte sich die Besitzerin des Warenhauses von Saint-Georges einen Standort ausgesucht. Bald darauf kamen ihr Bruder und ihr Sohn, um den Bau in Angriff zu nehmen.

Diese Aktivitäten schienen nicht geringer zu werden, als die Arbeit in der Mine wiederaufgenommen wurde. Neue Geräte spornten den Arbeitseifer an. Die Mannschaft wurde um weitere vierzehn kräftige Burschen verstärkt.

»Jetzt sind wir soweit«, verkündete der Ingenieur eines Tages, »daß wir uns an ein paar Sekundärsprengungen wagen können.«

»Was heißt das?« fragte Jordan.

»Wenn große Brocken herunterkommen und nicht von selbst zerspringen, legt man kleine Sprengladungen. Die Jungs gehen dann bis zur nächsten Biegung des Stollens zurück und zünden sie.«

»Ich kann keine Unfälle riskieren«, sagte Jordan.

»Das wird in allen Minen so gemacht. Es ist völlig ungefährlich.«

»Nicht alle unsere Männer sind ausgebildete Bergleute.«

»Aber die Bergleute werden das übernehmen. Sie und ein paar Flößer, die sich mit Sprengstoff auskennen.«

»Beim ersten Mal will ich dabeisein.«

Diese Gelegenheit ließ nicht lange auf sich warten. Schon am nächsten Tag rief ihn der Windenführer. Maclin und Jordan nahmen in der Kiste aus dicken Holzplatten Platz, in der das Erz transportiert wurde. Über ihnen knirschte und kreischte die Winde beim Abrollen des Drahtseils. Am Stolleneingang stiegen sie aus. Die Grubenlampen an ihren Helmen schickten schwankende Reflexe über die feucht schimmernden Stollenwände. Der Stollen stieg leicht an. Im Licht glänzende Schienen zeigten ihnen den Weg. Ein Mann mit einer kleinen Lore kam an ihnen vorbei, so daß sie sich mit eingezogenem Kopf flach an die gewölbte Wand pressen mußten.

»Vorsicht!« sagte der Mann. »Wird gesprengt.«

»Deswegen gehen wir hin.«

Etwas weiter saßen vier Männer auf leeren Kisten und sahen gleichmütig zu, wie Maclin und Jordan in einem noch viel engeren und niedrigeren Stollen verschwanden. Hier konnten sie sich nur gebückt vorwärtsbewegen, und mit den Schultern streiften sie die Pölzbalken. Am Ende des Stollens erwartete sie der alte Pole. Er hatte inzwischen einige Worte französisch gelernt.

»Sie müssen zusehen«, sagte er. »Zusehen.«

Seine Augen glänzten im Schein der Lampen. Er drehte

sich zu einem Felsbrocken um, der den Stollen versperrte. In die Mitte des Steins hatte man ein Loch gebohrt, aus dem eine Zündschnur hing.

»Da«, sagte er und zeigte auf das Ende der Zündschnur. Dann fügte er hinzu: »Nicht rennen.«

»Wir gehen zum großen Stollen zurück«, meinte Maclin. »Der Pole wird die Schnur anzünden und nachkommen. Zu dritt ist man sich beim Zurückgehen leicht im Weg.«

»Geht vor«, sagte Jordan zu den beiden. »Ich werde die Ladung zünden.«

»Ich«, sagte der alte Bergmann. »Ich.«

»Nein«, befahl Jordan.

Der Mann zögerte, dann überließ er Jordan seinen Platz und sagte lächelnd: »Nicht rennen. Nicht hinfallen.«

»Mach dir keine Sorgen.«

Jordan hatte eine fertig gestopfte Pfeife aus der Tasche gezogen. Er riß ein Streichholz an, steckte den Tabak mit ruhiger Hand in Brand und sog den ersten Zug ein.

»Geht los, ich komme nach.«

Die beiden Männer machten sich auf den Weg. Jordan horchte. Je leiser das Knirschen ihrer Stiefel wurde, desto heftiger wurde sein Herzschlag. Er starrte auf die etwa zwei Handbreit lange Zündschnur. Noch nie hatte er eine so kurze Schnur gezündet.

»In Ordnung!«

Die Stimme des Ingenieurs hallte von den Stollenwänden zurück. Dann Stille bis auf das entfernte Summen der Ventilatoren und das Pochen seines Blutes.

Jordan richtete den Schein der Lampe auf das Sprengloch und nahm einen langen Zug aus der Pfeife. Dann hielt er den Pfeifenkopf an die Lunte und blies hinein. Der Tabak glühte auf. Die Baumwollschnur fing Feuer. Jordan richtete sich auf und beobachtete den roten, sich vorwärtsbewegenden Punkt. Ein feiner Rauchfaden zog zuerst senkrecht auf, um sich dann wie ein Korkenzieher in die Höhe zu schrauben. Langsam machte Jordan kehrt, um durch den Stollen zu kriechen.

»Eins... zwei... drei...« Als er sich des Zählens bewußt wurde, hörte er auf.

In dem großen Stollen stand der Ingenieur zwischen den Schienen. Wladek hatte sich zu seinen Kameraden gesetzt. Keiner sprach ein Wort. Der Alte hielt sich die Hände über die Ohren und öffnete den Mund. Die anderen machten es ihm nach. Dann kam die Explosion. Zwei Sekunden lang bebte der Gang. Neben einer Abstützung rieselten ein paar Kiesel herab; der Luftdruck ließ die Lampen flackern. Die Männer nahmen die Hände von den Ohren. Ein leichter Geruch von Knoblauch zog an ihnen vorüber.

»In Ordnung«, sagte Jordan. »Aber macht keine Spielereien mit zu kurzen Lunten.«

Der Alte wiederholte auf polnisch, was Jordan gesagt hatte, und die Grubenarbeiter lachten.

22

Das Gold bleibt dort, wo es gefunden wird.
Zumindest erzählte man das den Neuankömmlingen immer wieder. Das war die Kraft, die sie vorantrieb wie eine Woge, die langsam das Land überrollt. Indianische Kundschafter, Waldläufer und Goldsucher waren auf allen natürlichen und vom Menschen gebahnten Wegen zu finden. Dann kam das entsetzliche Graben in die Tiefe. Die Eingeweide der Erde wurden ans Tageslicht gezerrt, zerstoßen, zermahlen und gesiebt. Der Abraum wurde für Hunderte von neuen Straßenmeilen verwendet. Weiter entfernt, an den Berghängen, grub man sich waagerecht in den Fels.
Nach den Hacken, Handstoßbohrern und Schaufeln kamen von riesigen Dampfmaschinen angetriebene Drillbohrer. Um die gierigen Feuer in Gang zu halten, mußten unablässig Bäume geschlagen werden. Überall wurde Handel getrieben, wurden Waren hin- und hertransportiert.
Im Sommer verkehrten auf Seen und Flüssen seltsame Raddampfer. Findige selbsternannte Reeder, die sich später zu Kapitänen beförderten, hatten sie gebaut. Auch diese Schiffe benötigten Holz, das an den Flußufern geschlagen wurde. Holz wurde auch zum Pölzen der Schächte und Stollen benötigt, an Stellen, wo sich die lockeren Gesteinsschichten leicht gegeneinander verschoben. Für die Arbeiten über Tage wurden zu-

sätzliche Männer unter Vertrag genommen. Sie verlangten denselben Lohn wie die Bergleute unter Tage. Darüber ärgerten sich diese und forderten ihrerseits mehr. Es verlief nicht alles ohne Zähneknirschen. Wer aber solide Arbeiter brauchte, zahlte. Man fragte sich, woher das Geld eigentlich kam, das hier in Strömen floß.
Unter die Kanadier aus den Städten mischten sich Emigranten aus Mittel- und Westeuropa: Polen, Italiener und Franzosen. Die Franzosen kamen zumeist aus dem holz-, stein- oder eisenverarbeitenden Handwerk. Sie gingen ungern unter Tage.
Jede Mine besaß ein Büro und eine Reparaturwerkstatt. Hier konnten problemlos Bohrerspitzen neu geschmiedet oder andere Ausbesserungen durchgeführt werden. Auch kleine Gießereien entstanden, in denen Männer mit schwarzer Brille und langer Lederschürze geheimnisvolle Schmelzprozesse überwachten.
Wasser- und dampfgetriebene Sägen, Mahlwerke, Ventilatoren, Dampfkessel, die ersten Petroleumkompressoren – all diese Maschinen klapperten, dröhnten, knirschten und vibrierten. Bald tauchten Raupenschlepper auf den vereisten oder morastigen Wegen auf und brachten Brechmaschinen, Kräne, Winden, Mühlen, Pumpen, Teile von Schmelzöfen, Kabelwalzen und Petroleum- und Ölfässer. Ihnen folgten, mühsam durch den Schlamm watend, Pferde- und Ochsengespanne unter dem Knallen der Peitschen.
Jeden Tag um vier Uhr morgens und um vier Uhr nachmittags, wenn alle Bergleute über Tage waren, erzitterte die gemarterte Erde von den Sprengungen in der Tiefe.

Der Lärm der Arbeit vermischte sich mit dem Lärm des Vergnügens. An jedem Zahltag betranken sich die Männer. Sie waren von weither gekommen, die meisten hatten Frau und Kinder zurückgelassen. In den Büros der Minen und in einigen Läden waren Poststellen eingerichtet worden, in denen sie drei Viertel ihres Verdienstes nach Hause schickten. Wenn sie dann den Rest in einer einzigen Nacht vertrunken hatten, kehrten sie mit neuem Schwung, zäh und abgehärtet gegen Schmerzen und Kummer, an ihre Arbeit zurück. Sie waren in Zweiergruppen eingeteilt, ein Alter und ein Junger. Sie arbeiteten mit der Spitzhacke, aber auch mit Preßluftbohrern von zweihundertfünfzig Pfund Gewicht. Weder das Wasser, das von den Gewölben tropfte, noch Staub schienen ihnen etwas auszumachen.

Über Tage vibrierten unermüdlich die Kompressoren, die die zur Arbeit erforderliche komprimierte Luft durch lange, flexible Schläuche nach unten schickten.

Die Bergleute arbeiteten ohne Pause. Nur für kleinere örtliche Sprengungen unterbrachen sie kurzfristig ihre Arbeit. Jede der Loren, die vom Vorarbeiter gezählt wurden, brachte sie der Zusatztonne, die mit einem Bonus belohnt wurde, ein Stück näher.

Tag- und Nachtschicht lösten einander ab, und wenn eine Schicht mit der Seilwinde einfuhr, wehte ihr noch der scharfe Geruch der vorangegangenen Sprengung entgegen.

Unmengen von Lebensmitteln mußten in diese Welt der Schwerstarbeit transportiert werden. Die reichlichen Mahlzeiten in den Kantinen verliefen stets unter

großem Lärm; die Lunchboxen, die die Männer mit unter Tage nahmen, waren gut gefüllt.
Die Erde öffnete sich, um ihr Gold auszuspeien, die Wälder öffneten sich, um Dörfer entstehen zu lassen. Immer noch kamen regelmäßig Agenten der großen Gesellschaften. Der Staat entsandte Polizisten und Richter in die wachsenden Städte. Es folgten Rechtsanwälte, mutige Ärzte, die Praxen eröffneten, Ordensschwestern und weltliche Krankenschwestern. Es schien, als wäre die Welt dem Menschen plötzlich zu eng geworden und verschöbe ihre Grenzen nach Norden.

23

Die Arbeitsgruppen wurden so zusammengestellt, daß sich die Leute verständigen konnten. Eine Gruppe bestand nur aus Ukrainern, die andere nur aus Polen. Unter Tage arbeiteten auch ehemalige Flößer aus Mont-Laurier, die an besonders schwierige Arbeiten gewöhnt waren. Sie konnten mit Sprengstoff umgehen und Felsbrocken sprengen, die enge Passagen in den Stollen blockierten.
Dominique Taphorin hatte acht dieser Männer unter sich. Vier Zweiergruppen. Ende Januar folgten sie einer schmalen Ader von geringem Gehalt, doch der Ingenieur hoffte, daß sie zu reichhaltigeren Flözen führte.
Nach Inbetriebnahme der neuen Geräte und der An-

kunft von neuen Arbeitern unterstanden Germain Landry nun die Gesteinsmühle, die Winden und Motoren. Da er Kräne vom Hafen kannte, fühlte er sich wohl bei dieser Tätigkeit. Jeden freien Augenblick verbrachte er mit dem Bau seines Hauses. Da sein Grundstück an das des Warenhauses grenzte, hatte er sich rasch mit Raoul Herman und seinem Neffen angefreundet, die das Gebäude errichteten.

Jetzt war alles gut organisiert, sogar eine Feuerwehr mit zwei großen Pumpen gab es. Mersch hatte die baldige Ankunft eines Berufsfeuerwehrmannes angekündigt.

Wiederholt hatten die Leute aus der Kantine dem Ingenieur berichtet, daß bei den ehemaligen Flößern Wetten abgeschlossen wurden. Immer wenn eine Sekundärsprengung erforderlich war, legte der Sprengmeister nur ein Minimum an Zündschnur, das gerade ausreichte, daß er rennend die vorgesehene Biegung des Stollens erreichen konnte. Einer der Kameraden rief den anderen zu, wann der Sprengmeister losrannte. Von diesem Moment an zählten die Männer mit zugehaltenen Ohren durch Kopfnicken die Sekunden: »Eins... zwei... drei...«

Wer die kürzeste Lunte des Tages gezündet hatte, durfte die Wetteinsätze einstecken.

Drei- oder viermal war Jordan auf einen Tisch des Speisesaals gestiegen und hatte seine Leute ermahnt: »Das gibt es hier nicht. Ich warne die Gruppenführer. Sollte ein Unfall passieren, mache ich sie dafür verantwortlich. Und sie fliegen raus!«

Die Bergleute lachten und die Vorarbeiter mit ihnen.

Das Küchenpersonal, das alles durch den Ausgabeschalter beobachten konnte, bestätigte, daß an manchen Tischen jeden Abend und jeden Morgen vor dem Einfahren Wetten abgeschlossen wurden.
Eines Tages läutete die Glocke am First des Schutzdachs über der Seilwinde Sturm, und das Ventil eines Dampfkessels ließ mit einem langgezogenen, schneidenden Pfeifton Dampf ab. Jordan, der sich gerade in der Gießerei befand, machte einen Satz.
»Sagt Maclin Bescheid!«
»Ist schon geschehen.«
Die Seilwinde brachte ihre Last nach oben. Der Förderkorb schaukelte. Kaum war er wieder an seinem Platz, wobei er heftig an die Wandung schlug, sprang der Boß hinein.
»Abwärts!«
Während der Fahrt setzte er seinen Schutzhelm auf, an dem er eine der batteriebetriebenen Lampen befestigt hatte, die der Ingenieur aus Ontario hatte kommen lassen. Der Lichtkegel fiel auf die Wände, die viel zu langsam vorüberglitten. Der Alarm kam von der dritten Sohle. Als Jordan die zweite passierte, rief man ihm zu: »Wenn du Hilfe brauchst, wir sind da!«
An der dritten Sohle erwartete ihn ein Mann am Stolleneingang.
»Was ist los?« fragte Jordan.
»Eine Verschüttung im vierten Streb. Der kleine Molin liegt drunter.«
»Tot?«
»Nein, nein, man kann ihn hören.«

»Laß die Mannschaft von der zweiten Sohle runterkommen.«
Jordan ging los. Leichter Knoblauchgeruch wehte ihm entgegen. Im Vortriebsstollen von Streb vier knieten die Männer im Schutt und bildeten eine Kette, über die sie mit Steinen und Erde gefüllte Dynamitkisten weiterreichten. Zwei Bergleute leerten sie in einen Hund.
»Wo ist Taphorin?«
»Ganz vorne.«
Jordan ging in die Knie und robbte zwischen den Männern und der Wand nach vorn. Traf er auf eine Kiste, kroch er über sie hinweg. Sein Rücken scheuerte an der Decke entlang; seine Kleidung blieb am rauhen Gestein hängen.
Am Ende war der Streb durch eine Verschüttung blokkiert. Taphorin kniete davor und schaufelte nasses, steiniges Erdreich in eine Kiste.
»Stop«, befahl Jordan.
Taphorin hielt inne. Im selben Augenblick war Nolins schwache Stimme zu hören.
»Hört nicht auf, Freunde ... Ich bin hier von allen Seiten eingequetscht ... Holt mich raus!« Er hustete.
»Sprich nicht!« rief Jordan. Das strengt dich nur an. Wir sind alle da. Wir holen dich raus.«
»Schnell ... schnell«, sagte der andere mit zitternder Stimme.
Die Arbeit wurde sofort wieder aufgenommen.
»Es geht um Minuten«, sagte Jordan. »Wir müssen uns immer gleich abwechseln, wenn einer müde wird. Holt mir die besten Leute aus jeder Mannschaft. Weckt auch die Nachtschicht.«

Er nahm Taphorins Platz ein, der an die Stelle des letzten in der Kette rückte, und fing an, mit der Spitzhacke zu arbeiten. Für zwei war es hier zu eng. Die Lage war äußerst unbequem. Nach wenigen Minuten waren Körper und Gesicht schweißbedeckt, Rücken und Glieder begannen zu schmerzen. Mit zusammengebissenen Zähnen fuhr Jordan fort, bis seine Bewegungen erlahmten.

»Du bist dran.«

Der nächste kroch an seine Stelle. Während dieser kurzen Unterbrechung war das Stöhnen des Verschütteten zu hören. Dann war der ganze Streb wieder erfüllt vom Lärm des Hackens und dem Poltern der Steine in die Kisten.

Der Ingenieur kam in den Stollen und sagte: »Ich habe Burger mit seinen Hunden nach Saint-Georges geschickt, um den Arzt zu holen.«

»Großer Gott«, sagte Jordan nachdenklich, »daran hatte ich überhaupt nicht gedacht.«

Schlank und elastisch, wie er war, hatte Maclin keine Mühe, an der Kette vorbei nach vorn zu robben. Als er zurückkam, meinte er: »Es sind noch mindestens drei bis vier Meter freizuräumen. Die Belüftung muß verstärkt werden.«

Neue Männer kamen, um die anderen abzulösen. Es war Wladeks Gruppe. Gleich darauf schlossen sich die Sibirier an.

Das Arbeitstempo der Männer hatte zugenommen. Sie arbeiteten ungeheuer schnell, ohne daß sie angestrengt wirkten. Wenn jedoch einer von ihnen die Kette verließ, um im Stollen Luft zu holen, war sein Gesicht

tropfnaß. Schweiß und das Wasser, das vom Felsen tropfte, hatten bizarre Linien in den grauen Steinstaub auf den Gesichtern gezeichnet.
Jordan hatte angeordnet, Essen und Getränke herunterzuschicken. Alles spielte sich ein, als ob eine neue Arbeit zur Routine würde. Das lenkte ein wenig von der Tragik der Situation ab.
Immer wieder kam Taphorin nach vorn, um seinen Platz in der Kette einzunehmen.
»Laßt die Schnellsten ran«, sagte Jordan. »Ihr anderen bleibt als Reserve. Wenn sie ermüden, seid ihr an der Reihe.«
Er sprach zu Taphorins ganzer Gruppe. Es schien, als wollte er vermeiden, sich an ihn direkt zu wenden. Dennoch blitzte es in Jordans Augen auf, wenn sich ihre Blicke kreuzten. Ein Unwetter kündigte sich an.
Die ganze Belegschaft der Mine wollte an der Rettungsaktion teilhaben. Die Köche, die Zimmerleute und die Holzfäller, die in der Dämmerung aus dem Wald zurückkamen. Diese Männer waren nie unter Tage gewesen, aber sie blieben draußen in der Kälte stehen, so nahe wie möglich am Schachteingang, um im Notfall ihre Körperkraft und ihren guten Willen einsetzen zu können. Von Zeit zu Zeit kam der Ingenieur herauf, um mit Landry die Motoren zu prüfen, die die Belüftung betrieben.
»Ich möchte auch meinen Teil beitragen«, sagte Germain.
»Wir werden dich holen, wenn es nötig ist. Mach dir keine Gedanken. Auf deinem Posten bist du im Moment nützlicher.«

»Dieser verdammte Arzt! Wo bleibt er nur?«
»Es kann noch Stunden dauern, bis er hier ist. Auch mit den Hunden.«
Unten verlief alles ganz ruhig. Diese waschechten Bergleute arbeiteten wie eine Maschine mit gut geölten Rädern und nicht abnutzbaren Lagern. Kein Stöhnen, kein Murren.
Der alte Wladek hatte die Leitung der Operation übernommen. Mit einem Wort, einer Geste hielt er die menschliche Maschinerie, die da im Schlamm lag, in Gang. Wenn sein Blick dem Jordans begegnete, zwinkerte der alte Pole mit einer leichten Kopfbewegung, als wollte er sagen: Mach dir keine Sorgen, Boß, das kriegen wir schon hin.
Jeden, der von oben kam, fragte Jordan: »Kein Arzt?«
»Noch nicht.«
Ungeduldig schleuderte der Ingenieur ihm schließlich entgegen: »Wir müßten einen hierhaben. Ich habe es oft genug gesagt.«
Jordan ballte die Fäuste und preßte die Lippen zusammen. Er drehte sich um und ging zum Stolleneingang.
Nach sechzehnstündiger Arbeit riefen ihn die Leute an der Spitze. Jordan legte sich flach auf den Bauch und schob sich durch den Schlamm an der Kette vorbei durch den leicht abschüssigen Streb. Der Geruch von Schweiß war stärker als der von Fels und Erde. Im Vorbeigleiten fiel der Lichtschein von Jordans Lampe auf die nassen Gesichter der Polen. Wimmernd wie die eines Kindes erreichte ihn die Stimme des Verletzten. Der Ingenieur befand sich direkt hin-

ter Jordan. Der Bergmann an der Spitze der Kette kroch beiseite, um ihnen Platz zu machen.
Nur der Kopf des Jungen war befreit. Sein Gesicht war dick mit grauem Staub bedeckt und blutete an mehreren Stellen. Doch der Helm hatte den Kopf geschützt.
»Wasser«, flüsterte er.
Starker Uringeruch stieg auf.
Sie überlegten, wie sie weiter vorgehen konnten, ohne zu riskieren, daß erneut Steine auf den Verletzten herabstürzten. Es gab nur die Möglichkeit, ihn mit einem Brett zu schützen, das im gleichen Maße vorgeschoben wurde, wie man sich ihm näherte.
Es dauerte noch mehr als eine Stunde. Die Arbeit mußte mehrmals unterbrochen werden, um Nolin zu trinken zu geben.
Schließlich war es soweit. Man konnte ihn auf ein langes Brett ziehen, das langsam über den Schlamm des Strebs gezogen wurde. Als Nolin im Stollen auf einer Trage lag, bemerkte Jordan, der ihm das Gesicht abwischte, rosa Schaum in seinem Mundwinkel.
Der Ingenieur flüsterte: »Ich fürchte, eine gebrochene Rippe hat das Brustfell durchbohrt.«
Männer, die den Krieg in Frankreich mitgemacht hatten, sagten: »Wir haben schon welche gesehen, die schlimmer zugerichtet waren und doch davongekommen sind.«
Nolin stöhnte unablässig, als sie ihn nach oben brachten. Beim ersten Atemzug in der eisigen Luft verlor er das Bewußtsein. Es war, als habe er nur auf diesen Augenblick gewartet.

24

Um sechs Uhr morgens hatte man den Verletzten in das gut geheizte Büro gebracht. Man war unschlüssig. Jordan und der Ingenieur berieten, ob man lieber noch auf den Arzt warten oder sofort den Transport in die Wege leiten sollte.

Der polnische Dolmetscher kam mit einem Mann herein, der behauptete, fundierte medizinische Kenntnisse zu haben. Er war noch schlammbedeckt, da er bei den Bergungsarbeiten geholfen hatte. Er beugte sich über den Verletzten, tastete und horchte ihn vorsichtig ab. Ab und zu sagte er ein Wort, das der Dolmetscher übersetzte: »Prellungen ... Fraktur ... Herztätigkeit in Ordnung.«

Er ging hinaus, nachdem er einige Sätze mit dem Dolmetscher gewechselt hatte. Dieser erklärte: »Er ist Sohn eines Bergmannes und hatte ein Medizinstudium begonnen. Er holt ein Mittel gegen die Schmerzen. Er sagt, wir müssen ihn so schnell wie möglich fortbringen. Hier kann ein einfacher Arzt nicht helfen.«

Jordan rief nach Landry und befahl ihm, einen großen, gut abgedichteten Wagen auf Kufen zu setzen und an den Raupenschlepper zu koppeln. In den Wagen sollte ein kleiner Ofen aus Stahlblech gestellt werden.

»Nein«, sagte der Ingenieur. »Der Traktor ist nicht schneller als die Pferde. Er kann mit einer Panne liegenbleiben. Er ist ohnehin nicht mehr der stabilste.«

Landry holte zwei gute Fuhrleute. Die Brüder Gagnon vom Saint-Jean-See waren kräftig, und Kälte machte ihnen nichts aus. Sie kamen in den tiefsten Wäldern und auf den schlechtesten Wegen zurecht. Sie spannten die beiden besten Pferde der Mine an, die mit Spezialeisen für Eis beschlagen und es gewöhnt waren, hintereinander zu gehen. Der Wagen wurde mit einem ordentlichen Vorrat an Holz, Heu und Hafer beladen. Auch Lebensmittel und Decken wurden eingepackt. Das Feuer knisterte bereits, als man den schlafenden Nolin auf seiner Trage hereinbrachte. Er hatte bis dahin nur für kurze Augenblicke das Bewußtsein wiedererlangt. Dazwischen dämmerte er vor sich hin, geschüttelt von heftigem Schluckauf. Der Pole versicherte, daß das von dem Trank komme, den er dem Verletzten eingeflößt hatte. Die Flasche mit der Medizin gab er den Fuhrleuten mit.
»Ich müßte eigentlich mitfahren«, sagte Jordan, »aber hier muß alles wieder in Gang kommen.«
»Das würde auch nichts nützen«, meinte der ältere der Gagnons.
Sie sahen dem großen, grüngestrichenen Bretterwagen nach, der sich auf knirschenden Kufen entfernte.
Jordan und Maclin verbrachten den Vormittag damit, den normalen Arbeitsrhythmus wiederherzustellen. Taphorins Mannschaft mußte erst am Abend wieder zur Schicht, deshalb war sie mittags in der Kantine zu finden. Auch Jordan aß dort. Sein Tisch war in der Nähe der Tür.
Als Taphorin hinausgehen wollte, rief Jordan ihn zu sich: »Wir sind fertig mit dem Essen. Warte einen Moment auf uns. Ich muß mit dir reden.«

Der Bergmann runzelte die Stirn. Sein Gesicht verhärtete sich. Zu seinen zögernden Kameraden sagte er: »Wartet auf mich!«

»Nein, nein«, meinte Jordan, »ihr könnt gehen. Wir müssen zum Büro hinüber.«

»Zum Büro?« knurrte Dominique. »Können wir nicht hier reden?«

Die Männer gingen hinaus. Jordan und der Ingenieur trugen ihre Teller zum Kantinenschalter. Taphorin war zwei Schritte vor der Tür stehengeblieben. Seine alte Steppjacke hatte er über die Schulter geworfen. Einer der Männer sagte im Vorbeigehen: »Du wirst einen schönen Rüffel bekommen, mein Lieber.«

»Scheiß drauf!«

Der Wind hatte nachgelassen. Der schwere Himmel drückte den Rauch nieder, der aus der Gießerei und den Kesselhäusern aufstieg.

»Es könnte Regen geben«, meinte Dominique.

»Schon möglich«, gab der Ingenieur zurück.

Im Büro legte Jordan Holz nach und rüttelte die Glut durch, da der Ofen schlecht zog. Dann drehte er sich um, sah dem Bergmann ins Gesicht und sagte langsam: »Ein Anteil unserer Gesellschaft ist heute sechzig Piepen wert.«

Nach einer Weile, in der keiner einen Laut von sich gab, fragte Taphorin: »Und?«

»Ich kaufe deine zurück.«

Der andere lachte krampfhaft und erwiderte: »Dafür muß ich erst verkaufen wollen.«

»Du wirst verkaufen.«

»Das behauptest du.«

Jordan atmete tief ein. Es kostete ihn Mühe, ruhig zu bleiben. Dann erklärte er: »Hör mir gut zu. So eine Schweinerei, wie du sie dir geleistet hast, ist unverzeihlich. Ich habe euch gewarnt...«
Mit erhobener Stimme unterbrach ihn Taphorin: »Willst du diese Jungen daran hindern, mit dem Abbrennen der Zündschnur um die Wette zu laufen? Du bist vielleicht ein Klugscheißer. Wir werden ja sehen...«
»Du wirst überhaupt nicht sehen. Du gehst.«
Der Bergmann verzog das Gesicht. Er hob die rechte Hand und zeigte mit dem Finger auf seine Brust. Aus seinen Augen funkelte Haß.
»Ich«, schrie er, »ich soll gehen?«
»Genau!«
Taphorin wandte sich an den Ingenieur, der etwas im Hintergrund stand.
»Du hast doch schon in anderen Minen gearbeitet. Hast du jemals erlebt, daß einer auf diese Weise rausgeschmissen wurde?«
Nicolas Maclin trat nun neben Jordan. Mit beinahe sanfter Stimme erklärte er: »Dort, wo ich herkomme, sagte der Boß immer: Wenn ein Bergmann für Unvorsichtigkeit oder Leichtsinn bestraft werden muß, kann er froh sein, wenn er überhaupt noch existiert, um die Strafe entgegenzunehmen. Der arme Nolin wäre glücklich, wenn er sich anmeckern lassen könnte.«
Taphorin war ein wenig aus der Fassung geraten. Schmollend sagte er zu Jordan: »Warum hältst du dich nicht an die, die gespielt haben?«

»Du trägst die Verantwortung. Wenn du mit ihnen abzurechnen hast, ist das deine Sache.«
Der Beschuldigte änderte seine Haltung. Nachdem er seinen Zorn unter Kontrolle gebracht hatte, fing er nun an zu betteln.
»Jordan, ich bin doch als erster hergekommen. Ich habe dir vertraut, du wirst mich doch nicht...«
»Laß uns nicht diskutieren. Auch ich habe dir vertraut. Selbst wenn ich wollte, könnte ich dich nicht behalten. Niemand würde mehr eine Anordnung befolgen.«
Wut schüttelte Taphorin. Er wollte seine Anteile behalten. Er beanstandete den Preis und drohte, vor Gericht zu gehen. Schließlich aber gab er die Anteile doch zurück und sammelte die Geldscheine ein.
Jordan fügte noch den Lohn hinzu und sagte: »Siehst du, ich zahle dich aus, als hättest du nach dem Unfall noch eine normale Schicht gearbeitet.«
Der andere zuckte mit den Schultern, stopfte die Scheine in die Tasche und ging zur Tür. Aus seiner Stimme klang eher Enttäuschung als wirkliche Drohung, als er sagte: »Du bist gemein, Jordan. Das wird dir kein Glück bringen... Das sage ich dir... Das sage ich dir, Jordan.«
Unbeeindruckt sahen die beiden Männer zu, wie sich die Tür schloß. Seine Schritte verhallten. Das Fauchen des Feuers erfüllte wieder den warmen Raum. Schwere Flocken klatschten an das Fenster. Im Schmelzen zeichneten sie Zickzacklinien auf die schmutzigen Scheiben.

25

Im Laufe des Vormittags wurde es wärmer. Die Pferde legten ohne Peitsche ein gutes Tempo vor. Ihre Rücken dampften. Die beiden Männer wechselten sich beim Führen ab. Der andere stieg dann jeweils in den Wagen und kümmerte sich um das Feuer.

Die Brüder sahen sich sehr ähnlich. Beide waren mittelgroß und brünett. Der ältere, Pierre, trug einen Schnurrbart. Beide rauchten das gleiche stinkende Kraut.

Das Tageslicht schien durch eine Luke mit verschmutzten Scheiben in den Wagen. Wegen des Verletzten konnten sie die kleine Plane nicht öffnen, durch die man vom Inneren des Wagens aus die Pferde mit Zügeln hätte lenken können. Aber es war ohnehin besser, das Gespann am Zaumzeug zu führen, denn die Männer mußten genau aufpassen, wohin die Pferde traten.

Das verschwollene, mit roten Flecken übersäte Gesicht Nolins sah beunruhigend aus. Sein rasselnder Atem schien in der Tiefe seiner Brust schwere Lasten zu bewegen. Er blutete nicht, aber sein Speichel war rosa gefärbt. Er rollte auf seiner Trage hin und her. Die Holzleisten, mit denen der Pole ihm die Beine und den linken Arm geschient hatte, ragten über die Kanten der Liege hinaus und stießen ab und zu gegen das Bremsgestänge.

Wer im Wagen war, saß dem Verletzten gegenüber auf einem der Bretter an der Seitenwand. Ab und zu wischte er über das beschlagene Fenster, um in den verschneiten Wald hinauszusehen. Der andere ging auf Kopfhöhe des Leitpferdes, das er mit fingerlosem Handschuh am Zaumzeug führte. Die Peitsche lag am Hals des Pferdes. Mehr aus Gewohnheit als aus Notwendigkeit trieb er die Tiere von Zeit zu Zeit an: »Auf geht's! Vorwärts, meine Schönen!«
Die beiden kräftigen Pferde trotteten vor sich hin, Eisklumpen am Fell der Fesseln. An Brust und Mähne hatte sich der dampfende Atem als Reif niedergeschlagen.
Kurz vor Mittag kam ihnen das Hundegespann entgegen. Schon von weitem erkannte Pierre den Führer des Gespanns, den kleinen Burger, der in seinem schwarzen Pelzmantel und der Kapuze mit weißem Fellrand aussah wie der Weihnachtsmann. Neben ihm auf dem Schlitten saß ein unförmiges Etwas.
»Hier ist der Doktor!« rief er in den Wagen.
Sein Bruder sprang ab, als die beiden Gespanne auf gleicher Höhe waren. Die Hunde waren hechelnd stehengeblieben. Die Gestalt auf dem Schlitten schälte sich aus den Fellen. Ein rundes, vom Fahrtwind gerötetes Gesicht wurde sichtbar.
»Der Doktor war nicht da«, sagte Burger. »Dafür ist die Schwester gekommen.«
»Haben Sie den Verletzten bei sich?«
Aus dem runden Gesicht der Nonne sprach die Stimme eines kleinen Mädchens.
»Aber sicher, Schwester.«

Die Ordensschwester zog unter den Fellen einen kleinen schwarzen Lederkoffer hervor und eilte zum Wagen. Die Männer folgten ihr.
Die Schwester kniete sich neben den Verletzten und fühlte seinen Puls.
»Wir müssen sofort weiter«, sagte sie.
»Aber wir sollten eine kurze Rast machen«, meinte Pierre.
Die Schwester stand auf.
»Es geht um jede Minute«, sagte sie nervös.
Ruhig antwortete der Fuhrmann: »Mit den Tieren ist es wie mit den Menschen: sie müssen von Zeit zu Zeit verschnaufen, fressen und saufen, sonst brechen sie zusammen.«
»Sein Puls ist sehr schwach«, sagte die Kleinmädchenstimme.
»Ich weiß, Schwester. Aber wenn wir keine Pause machen, werden wir überhaupt nicht ankommen.«
Sein jüngerer Bruder René hatte schon Schnee in zwei großen Eimern zum Schmelzen gebracht. Pierre lud Burger zum Essen ein. Doch der lehnte ab.
»Ich habe nichts mehr für meine Tiere. Ich möchte lieber weiter.«
Er trank rasch eine Tasse Tee und aß einen dicken heißen Fladen, dann machte er sich wieder auf den Weg.
Die Brüder Gagnon rieben die Pferde mit einer Handvoll Heu trocken und warfen ihnen eine Decke über. Dann gaben sie ihnen zu saufen und hängten ihnen die prallen Hafersäcke um.
Schließlich stiegen sie in den Wagen und öffneten die Blechdosen, die ihnen die Köche mit Speck, Käse und

geräuchertem Fisch und Fleisch gefüllt hatten. Auf dem Ofen war ein Topf voll dicker Maisfladen mit Würsten heiß geworden.
Die Ordensschwester ließ sich nicht lange bitten. Schweigend aßen die drei. Plötzlich hörte Pierre auf zu kauen und horchte nach draußen. Er drehte sich zu seinem Bruder um, der näher an der Tür saß, und sagte: »René, mach auf und sieh nach.«
Schwere, dicke, halbgeschmolzene Schneeflocken fielen vom Himmel. Pierre hatte es nach einem Blick durch das beschlagene Fenster schon befürchtet.
»Das bringt uns auch nicht schneller voran«, meinte die Schwester.
»Da haben wir schon Schlimmeres erlebt. Solange es kein richtiger Regen ist...«
Sie fuhren den ganzen Nachmittag. Schnee wechselte mit dicken, eisigen Regentropfen. Der Weg weichte immer mehr auf. Sie verloren Zeit, als sie an einer besonders ungünstigen Stelle neben einem Graben einem schwerbeladenen achtspännigen Wagen ausweichen mußten, der einen dampfgetriebenen Bohrer nach Bourg-le-Rouge bringen sollte. Der Wagen mit dem Verletzten drohte umzukippen. Die Brüder seilten ihn an, um ihn vom Abhang fortzuziehen. Es war entsetzlich mühsam für die Pferde. Der Schlamm war ihnen bis zu den Knien an den Beinen festgefroren; Ohren und Kruppen zitterten.
Die drei Männer vom Lastzug halfen ihnen. Einer kam aus Mont-Laurier und kannte Nolin gut.
»Ich wußte von diesem Spiel«, sagte er. »Ein Spiel für Irre. Ich habe es ihnen tausendmal gesagt. Es ist

schrecklich. Diese Jungen glauben immer, ein Stück schlauer zu sein als die anderen.«
»In zwei Stunden seid ihr an der Station«, sagte ein anderer. »Wir kommen nur mit Mühe bis zur Hütte am Brûlé-See.«
»Das könnt ihr heute nicht mehr schaffen.«
Die Dämmerung brach schnell herein. Es schneite noch immer, aber der Wind war kälter geworden.
»Das ist mir lieber«, sagte Pierre Gagnon. »Wenn es heute nacht anzieht, kommen wir morgen besser voran.«
Nach über einer Stunde Weg beim Schein einer Laterne erreichten sie die Station. Der eine der beiden Brüder ging immer ein Stück voraus, um den Weg zu prüfen, der andere folgte dem Lichtschein durch das Schneegestöber, die Zügel fest in der Hand.
Die Station bestand aus einer runden Holzhütte, an die ein Stall für sieben oder acht Tiere grenzte. Dort banden sie die Pferde an, rieben sie trocken, tränkten sie und gaben ihnen Heu.
»Wir können nicht lange hierbleiben«, sagte die Schwester. »Es ist absolut unmöglich. Der Puls ist noch schwächer geworden.«
»Trotzdem muß man verschnaufen. Die Tiere sind am Ende ihrer Kräfte. Und wir müssen ein bißchen schlafen.«
Nach dem Essen fragten sie die Schwester, ob sie lieber im Wagen schlafen sollten oder bei den Pferden.
Sie zögerte, dann sah sie die beiden an und sagte lächelnd: »Bleiben Sie ruhig hier. Ich habe nicht vor zu schlafen.«

Sie blieb auf dem Bänkchen sitzen, während sich die beiden Männer auf dem Boden neben dem Ofen ausstreckten.
Die Laterne warf ihr Licht auf den Verletzten, dessen unregelmäßiger Atem im Sturmgeheul der Nacht unterging. Hin und wieder rüttelte der Wind an dem Wagen, als wollte er ihn umstoßen.
Immer wieder erhob sich die Nonne, um nach Nolin zu sehen und seinen Puls zu fühlen. Kurz nach Mitternacht stand Pierre auf. Er öffnete die Tür. Dann drehte er sich um und stieß mit dem Fuß gegen das Bein seines Bruders.
»Auf, René! Die Temperatur fällt. Ich glaube, es friert wieder. Wir müssen weiter.«
Wortlos stand der jüngere auf, streckte sich und zog die Stiefel an.
»Könnten Sie wohl Tee kochen, Schwester?« fragte er. »Wir spannen inzwischen an.«
Ein paar faserige Wolken zogen vor dem Mond her. Aber es war hell genug, um den Weg jetzt ohne Laterne erkennen zu können. Folgsam ließen sich die kaum erholten Pferde aus dem warmen Stall führen. Pierre verriegelte die Tür sorgfältig von außen. Dann spannten sie an, tranken in Eile einen Becher heißen, melassegesüßten Tee und machten sich auf den Weg. Wieder ging immer einer der beiden Brüder ein paar Schritte voraus, vor allem, um zu prüfen, ob die kleinen Brücken aus Rundhölzern, die man über die Bäche gelegt hatte, auch hielten. Zur Abkürzung fuhren sie über ein paar Seen, die sie genau kannten und von denen sie wußten, daß keine warme Quelle in sie mündete. Die Nieder-

schläge des Vortages hatten das Eis mit einer krümeligen Schicht bedeckt, als habe jemand Zucker darübergestreut. Das Knirschen der Pferdehufe und der Kufen des Schlittens tönte wie ein Lied durch die klare Nacht. Ein blaßrosa Schimmer zog am Himmel auf, als Pierre das Gespann anhielt. Der Weg glänzte wie Metall neben den grauen Schatten des Waldes.

»Deck die Tiere zu, ich besorge uns Tee.«

Pierre stieg in den Wagen, dessen eisbedeckte Bohlen krachten wie splitterndes Glas. In eine Decke eingerollt, schlief die Nonne auf dem Boden neben der Trage. Gagnon ging zum Feuer, das auszugehen drohte. Als er die Tür des Ofens öffnen wollte, hielt er plötzlich inne. In der Stille war nur das Atmen der jungen Frau zu hören. Der Fuhrmann näherte sich lautlos und faßte nach Nolins Puls. Das Herz schlug nicht mehr. Die Haut war bereits kalt.

»Sagen Sie, Schwester, jetzt müssen wir doch unsere Tiere nicht mehr schinden?«

Die Nonne schreckte hoch, öffnete erstaunt die Augen und wußte nicht gleich, wo sie sich befand.

»Wie? Wer ist das?«

»Der arme Nolin. Seinetwegen müssen wir uns nicht mehr beeilen. Er hat Sie verlassen, während Sie schliefen.«

Die Schwester beugte sich über den Toten, faltete ihm die Hände und bekreuzigte sich. Währenddessen zerbrach der Fuhrmann mit seinen großen Händen ein paar dürre Zweige, um das Feuer wieder in Gang zu bringen. Bald begann der Emaillekessel über der Flamme zu singen.

26

Als das Gespann Saint-Georges-d'Harricana erreicht hatte, lief die Nonne sofort zum Priester. Die Brüder Gagnon brachten die Bahre in die Kirche.
Das Wetter gebärdete sich verrückt wie im April. Der Wind glitt über das Eis der Nacht, schwenkte nach Südwesten und türmte über den Wäldern riesige, schwarze, regenschwere Wolkenberge auf. Die Wolkenbrüche verwandelten die Straßen von Saint-Georges in eine Schlammwüste.
Wie ein grauer und ein schwarzer Vogel, die sich mit erhobenen Schwingen zu schützen versuchten, überquerten der Priester und die Nonne die Straße, um zu den beiden Fuhrleuten zu gelangen, die unter dem Vordach der Kirche auf sie warteten. Neben dem hohen Holzgehsteig standen die ausgespannten Pferde dampfend im Regen. Vom Dach des Wagens floß ein dünnes Rinnsal durch die überstehende Regenrinne.
Der Priester und die Schwester blieben einen Moment still neben der schon erstarrten Leiche stehen. Dann bedeckte der Geistliche sie mit einem weißen Tuch.
»Ihr solltet zu Gendreau, dem Schreiner, gehen und einen Sarg bestellen«, sagte er zu den Fuhrleuten.
»Wir müssen zuerst unsere Tiere unterstellen. Sie müssen ausruhen, bevor wir zurückfahren.«
»Sicher. Der Schreiner hat Platz in seinem Stall.«
Nachdem sie ihre Pferde gründlich abgerieben und

Heu in den Trog gefüllt hatten, bestellten sie den Sarg. Anschließend gingen sie zu Robillards Warenhaus.
Catherine zeigte ihnen zwei Totenkränze aus Perlen und sagte entschuldigend: »Ich habe keine große Auswahl. Man kann sich nicht ein ganzes Lager halten. Wenn ich einen verkauft habe, bestelle ich den nächsten.«
Sie nahmen den größeren und ließen den Preis auf die Rechnung der Mine setzen.
Geduckt und mit vorsichtigen Schritten liefen sie durch den Regen über den Gehsteig, der noch hier und da von Eisplatten bedeckt war.
»Hallo, ihr Gagnons!«
In der Tür zu Clarmonts Restaurant stand Bastringue, sorgfältig darauf bedacht, daß sein roter Bauch nicht in den Regen hinausragte. Er ging zur Seite, um die beiden vorbeizulassen. Als er den Kranz sah, fragte er Pierre: »Wozu brauchst du das denn?«
Der Fuhrmann erzählte ihm von Nolins Tod. Der Musikant war erschrocken. Er lud die beiden Brüder auf ein Glas Bier an der Theke ein. Am Fenster des Restaurants saßen vier Frauen und ein Mann an einem langen Tisch. Bastringue erklärte, er komme gerade aus Montreal zurück und habe Pensionsgäste mitgebracht.
Als eines der Mädchen den Totenkranz entdeckte, rief es mit albernem Lachen: »Oh, dein Freund ist aber ein Witzbold. Du mußt ihn uns vorstellen.«
»Nein«, entgegnete eine kleine, häßliche Rothaarige, »er ist ein Sargträger!«
»Haltet den Mund«, dröhnte Bastringue. »Ein Junge von dreiundzwanzig ist bei der Arbeit ums Leben gekommen, das ist ganz und gar nicht witzig.«

Die Frauen schwiegen. Der Mann, der bei ihnen saß, stand auf und kam auf sie zu. Mit einer Hand folgte er den Stuhllehnen, die andere hielt er ausgestreckt vor sich.

»Das ist Arthur«, sagte Bastringue.

»Unser Blinder«, warf stolz eine dicke Brünette ein.

Der Blinde bat die Männer, sich zu ihnen zu setzen und von dem Vorfall zu berichten. Pierre, der schon dem Schreiner, Catherine und Bastringue von Nolins Unfall, der Bergung und seinem Tod erzählt hatte, begann von neuem mit seinem Bericht, der bereits zu einem festen Bestandteil seiner Existenz geworden zu sein schien.

Die Brüder hatten sich am Ende des Tisches niedergelassen; die Bedienerin, ein mageres, blasses Mädchen, brachte ihnen noch ein Bier.

Als Pierre mit seinem Bericht fertig war, fragte Bastringue: »Wo wird er beerdigt?«

»Bei der Mine gibt es keinen Friedhof. Wir nehmen ihn nicht mit zurück. Wir haben den Priester gefragt. Er sagte, wir könnten ihn hierlassen.«

»Und seine Familie?« fragte der Blinde.

»Es ist ein schönes Stück, wenn sie von Mont-Laurier herkommen will.«

Eine Weile sprachen sie über die Toten in diesem verlorenen Land. Dann fragte Bastringue: »Der große grüne Wagen, ist das eurer?«

Die Brüder nickten zustimmend.

»Verdammt nochmal! Da könnt ihr uns ja mitnehmen. Ich habe schon den Jungen von der Sägemühle gefragt, aber dem kann ich absagen.«

Die Brüder sahen einander an, dann betrachteten sie die Frauen, die sie noch nicht richtig anzusehen gewagt hatten.
Der ältere meinte: »Die Robillard hat etwas von Waren gesagt, die sie uns mitgeben will. Da wird nicht viel Platz bleiben.«
»Wir sind ja nicht dick«, sagten die Mädchen.
Nach kurzem Hin und Her stellte René Gagnon fest: »Jedenfalls können wir nicht los, bevor wir ihn beerdigt haben. So, wie der Boden gefroren ist...«
Bastringue unterbrach ihn. »Wo es einen Friedhof gibt, gibt es bestimmt auch eine Leichenhalle. Da kann er heute noch hingebracht werden, wenn der Sarg fertig ist. Ich kenne den Priester...«
»Sicher, das käme uns sehr gelegen«, sagte eines der Mädchen. »Wir könnten dann morgen früh aufbrechen. Hier vergeuden wir nur unsere Zeit.«
Mit seiner tiefen Stimme, die die anderen verstummen ließ, fragte der Blinde: »Wollt ihr den armen Jungen wirklich in diesem Eiltempo loswerden?«
Die dicke Brünette, die neben ihm saß, stimmte ihm zu: »So etwas bringt kein Glück.«
»Jedenfalls solltet ihr nicht mit Tauwetter rechnen«, fügte der Blinde hinzu. »Es gibt wieder Bodenfrost.«
»Er hat sich noch nie geirrt«, erklärte Bastringue den Gagnons. »Anstelle der Augen besitzt er ein Barometer.«
Zum Mittagessen servierte ihnen Clarmont gegrillte Würstchen, überbackene Nudeln und einen Zuckerkuchen. Der Regen hatte gerade aufgehört. Der Nordwind blies die Schauer fort und ließ das aufgeweichte

Land erneut seine eisige Hand spüren. Auf dem Dach knackten die Schindeln, und die Nägel knirschten, als wollten sie aus dem Holz springen.

Gegen drei Uhr brachten die Gagnons, begleitet von Bastringue, ihren Kranz zur Kirche. Pierre wollte den Kranz mit Weihwasser segnen und griff nach dem Tannenzweig in dem kleinen Holzbecken. Doch das Weihwasser war zu einem Block gefroren.

»In dieser Kirche passiert dem armen Nolin wohl nicht so schnell etwas!«

Gerade als sie gehen wollten, kam der kleine Priester. Bastringue fragte ihn, ob es eine Leichenhalle gäbe.

»Selbstverständlich«, antwortete der Priester. »Es liegt sogar schon jemand darin, eine arme Wäscherin.«

Pierre erklärte, daß sie gern den Frost nutzen und am nächsten Tag bei Morgengrauen aufbrechen wollten.

»Also, ich habe nichts dagegen«, entgegnete der Geistliche. »Wenn der Schreiner mit dem Sarg fertig wird, kann die Zeremonie noch heute abend stattfinden.«

Die drei Männer gingen zu Gendreau. Ein Himmel wie blaues Email spiegelte sich in den gefrorenen Pfützen. Eiszapfen hingen von den Dächern. Die Holzgehsteige waren unbegehbar geworden. Sie waren so glatt, als hätte man sie wochenlang gebohnert. Auf der Straße mußte man sich Stellen suchen, auf denen der Schnee liegengeblieben war, oder kleine Erdhügel, die aus dem Eis ragten. Die Männer liefen im Zickzack wie Betrunkene. Bastringue zog eine Whiskyflasche aus der Tasche, mit der er den Fleiß des Schreiners antreiben wollte. Dieser versprach, den Sarg gleich fertigzustellen und zur Kirche zu bringen.

»Die Zeit reicht gerade, um noch einmal bei Clarmont vorbeizugehen«, meinte Bastringue.
Das Vorwärtskommen war so mühsam, daß sie trotz der Kälte schwitzten. Als sie schließlich angekommen waren, rief Bastringue fast freudig aus: »Das haben wir geschafft, wir beerdigen ihn heute abend.«
»Ihr könnt ihn doch gar nicht ordentlich begraben«, sagte die dicke Brünette.
»Gertrude, du wirst doch nicht um diesen Typen heulen«, gab die ältliche Rothaarige zurück. Sie hatte einen riesigen Mund und sprach mit merkwürdigem Akzent.
»Er wird nicht eigentlich begraben. Es gibt hier auf dem Friedhof eine kleine Leichenhalle«, verkündete der Musikant. »Er muß bis zum Frühjahr warten.«
Nun bildeten sich zwei Lager. Auf der einen Seite der Blinde, die dicke Gertrude und Pierrette, die dünne Brünette, die sich bisher zurückgehalten hatte. Diesen Trauernden gegenüber machten Mado, die Rothaarige, und die große Blonde ihre Witze. Bastringue mußte einen fürchterlichen Schrei ausstoßen, um die Ruhe wieder herzustellen.
»Es werden sicher nicht viele zu der Feier kommen. Armer Junge! Ich werde hingehen.«
»Ich auch«, schloß sich Gertrude schnell an.
»Ich werde mir nicht den Arsch abfrieren«, maulte Mado, »ich bleibe hier.«
Die blonde Yolande zögerte, dann stand sie langsam auf und zog ihren Pelzmantel über, der ihr bis zu den Füßen reichte.
Das Gebet in der eisigen Kirche war schnell gespro-

chen. Die Nonne, Catherine Robillard und drei weitere Frauen waren ebenfalls gekommen. Der Priester und der Schreiner hatten den Toten bereits in den Sarg gelegt, so daß nur noch der Deckel festgeschraubt werden mußte. Als das geschehen war, nahmen die Brüder Gagnon, der Schreiner und Bastringue den Sarg hoch und trugen ihn vor die Kirche, wo ein langer Schlitten wartete, auf dem sie ihn festbanden. Pierre ergriff den Schultergurt, während sein Bruder von hinten schob. Der Priester, ein Kruzifix in der Hand, führte die kleine Prozession an. Die drei Prostituierten hatten sich untergehakt und folgten mit unsicherem Gang. Der Schreiner und der Musikant bildeten den Schluß. Jeder mußte aufpassen, wohin er auf dieser Eisbahn die Füße setzte. Der Himmel war klar und von der untergehenden Sonne blaßrosa gefärbt. Schneidender Wind blies ihnen ins Gesicht. Schließlich standen sie vor dem kleinen Gebäude aus flachbehauenen Steinen mit niedriger Tür, das sich vor einem Dutzend Kreuzen erhob, die in zwei Reihen angeordnet waren. Der Innenraum war so winzig, daß nur die Brüder Gagnon eintreten konnten, um die Leiche abzustellen. Nach ihnen ging der Priester hinein.

»Hier erfriert man ja«, sagte Pierrette. »Er könnte sich wirklich beeilen.«

»Geht schon zurück«, meinte der Musikant.

Die Mädchen entfernten sich. Die Männer warteten.

Der Priester kam heraus, schloß gewissenhaft die Tür und fragte Pierre dann: »Wer sind diese Frauen?«

»Nichten von mir«, antwortete Bastringue. »Ich habe sie für ein paar Tage eingeladen.«

Mit verkniffenem Gesicht warf ihm der kleine Priester

entgegen: »Sie machen keinen anständigen Eindruck, Ihre Nichten, Monsieur Jonquet!«

27

Beim Abendessen hatten sie viel Spaß mit Bastringues ›Nichten‹. Die Mädchen nannten ihn Onkelchen.
Die rothaarige Mado, die von ihren Freundinnen wegen ihres feuchtglänzenden, wulstigen Schmollmundes und eines leichten Schielens Karpfengesicht genannt wurde, meinte: »Wenn euer Pfaffe mich sehen würde, bekäme er einen anderen Eindruck.«
»Sicher, er würde meinen, ich sei dein Neffe!«
Das Lachen wurde lauter, ebbte ab und begann von neuem.
»Nein«, warf Mado heiser ein, »er würde sagen, ich machte einen soliden Eindruck, ich schon!«
Sie hatten alle getrunken. Als sie in den einzigen Schlafraum gingen, fragte Bastringue Pierre Gagnon, um welche Zeit er aufbrechen wollte.
»Bei Tagesanbruch.«
»Ihr versteht sicher, daß ihr euch von den Mädchen fernzuhalten habt.«
Um sich Mut zu machen, stellte sich Pierre neben seinen Bruder.
»Wer hat denn gesagt, daß wir euch mitnehmen?«
Die Antwort war ein fürchterliches Spektakel. Als es sich gelegt hatte, erklärte der Fuhrmann: »Der Chef hat uns nicht gesagt, wir sollten euch mitnehmen.«

Wieder großes Durcheinander. Karpfengesicht, sie hatte mehr als die anderen getrunken, klammerte sich an Bastringue.
Nun erhob der Blinde die Stimme: »Laßt uns nicht im Stich!«
Der Musikant fragte: »Wieviel wollt ihr?«
Die Brüder sahen sich an. Dann erwiderte der jüngere: »Es geht uns nicht ums Geld. Wir verdienen genug.«
»Sie wollen bumsen!«
»Verdammt nochmal, wenn das der Priester hören würde!«
Der Tumult wurde so groß, daß der massige Clarmont und seine kleine Frau, die aussah wie eine vertrocknete Pflaume, aus der Küche kamen.
»Ruhe hier!« rief der Wirt. »Der Priester wohnt in der Nähe. Und die Robillards auch. Die Leute sind in Ordnung, aber sie wollen, daß Anstand und Sitte herrschen in ihrer Nachbarschaft. Besonders die Frau besteht darauf.«
Clarmonts Worte ließen sie erneut in Gelächter ausbrechen, diesmal aber erstickt hinter vorgehaltener Hand. Die Frauen krümmten sich übertrieben.
»Los, wir gehen schlafen!« befahl Pierrette. »Wir werden schon zurechtkommen.«
»In jedem Fall werden wir die nächste Nacht unterwegs verbringen«, stellte der Blinde fest. »Wenn ich mich nicht irre, dann geht die Rechnung auf: vier Nutten und zwei Fuhrleute.«
»Und du Drecksack kommst auch auf deine Kosten«, fügte Yolande hinzu.

»Jedenfalls muß Onkelchen uns die Fahrt bezahlen«, warf Pierrette ein.
»Halt den Mund, Prinzessin, sonst steigst du nicht als erste ein.«
Sie legten sich nieder. Nachdem die Petroleumlampe gelöscht war, arrangierte man sich mit kleinen Schreien und Beschimpfungen. Dann war nur noch der Wind zu hören. Irgendwo quietschte ein Draht. Das Fensterkreuz wehrte sich gegen die heftigen Angriffe des Nordwinds. Im großen Ofen bullerte das Feuer.
Am Morgen stand Bastringue als erster auf und setzte den Wasserkessel auf. Clarmont war ebenfalls schon auf den Beinen und servierte seinen Gästen eine reichliche Mahlzeit aus dicken Bohnen mit Speck, Pfannkuchen mit Ahornsirup und Apfelkompott. Bastringue hatte einen großen Topf mit Elch- und Schweinefleisch bestellt, den sie unterwegs aufwärmen konnten, und eine Kasserolle mit Erbsen und Wurst. Außerdem hatte er einen Korb mit Brot, Äpfeln, Käse, Sardinendosen und ein paar Flaschen Schnaps vorbereiten lassen. Der Aufbruch war von einem festlichen Duft begleitet.
»Wir müssen noch unsere Waren von Robillard mitnehmen.«
Der Wagen war schwer beladen. Die Fuhrleute hatten Kisten und Säcke vorn und hinten verteilt, um das Gleichgewicht herzustellen. In der Mitte hatten sie für die vier Frauen, den Blinden und den Musikanten Platz gelassen, die sich um das Feuer kümmern konnten. Dann machte sich die riesige grüne Kiste mit knirschenden Kufen auf den Weg. Sie wurde von den beiden Pferden gezogen, deren Eiskrampen der Schmied

von Saint-Georges nachgeschärft hatte. Da im Inneren kein Platz mehr war, gingen die Fuhrleute neben den Tieren her. Nach dieser ungewohnten Nacht hatten sie etwas weiche Knie. Da der Weg breit genug war, liefen beide auf Kopfhöhe des Leitpferdes.
Als die Sonne über den Bäumen stand, machten sie die erste Rast. Die Pferde ermüdeten schnell bei dieser Last. Die Gagnons gaben ihnen eine Portion Hafer und stiegen dann in den Wagen, um einen Becher Tee zu trinken.
»Na ja, in ein Minengebiet zu gehen, wenn man nicht arbeiten kann...« sagte der ältere.
»Gilt das mir?« fragte der Blinde.
»Ich sage das ohne böse Absicht.«
»Er ist unser Maskottchen«, bemerkte die dicke Gertrude, die von ihren Kameradinnen Pfannkuchen genannt wurde. »Hätten wir ihn zurücklassen sollen?«
Pierrette erzählte, wie Arthur Kervin genau vor dem Freudenhaus, in dem sie alle vier in Montreal gearbeitet hatten, Opfer eines Unfalls geworden war. Sie hatten ihn gepflegt und bei sich aufgenommen.
»Wenn man mit dem Stock geht«, erklärte der Blinde, »sieht man die Dinge, die direkt auf der Straße sind, Unebenheiten, Löcher, Gehsteige, einfach alles. Aber so ein Dummkopf aus der Wäscherei, von der sie die Wäsche geliefert bekamen, hatte seinen Karren quergestellt, die Deichselstangen genau auf Kopfhöhe. Ich knallte dagegen und fiel um. Als ich wieder zu mir kam, befand ich mich im Puff. Und da bin ich geblieben. Ich bin ihr Talisman. Kein sehr anstrengender Beruf.«

»Du kannst nicht sagen, daß du gar nichts tust«, meinte Yolande. »Du kannst heilen.«
»Wie?« fragte Pierre Gagnon.
»Ja, ganz bestimmt. Tut dir der Kopf weh, legt er dir die Hand auf, und du spürst nichts mehr.«
»Nur die Syphilis kann er nicht heilen!«
Alle lachten.
»Und dann kann er noch singen«, fügte Bastringue hinzu. »Da unten wird er mit mir singen, ihr werdet schon sehen.«
Der Blinde sang noch am selben Abend, ohne daß man ihn bitten mußte. In der Schutzhütte, in der sie zusammen mit den drei Fuhrleuten aus Bourg-le-Rouge gegessen hatten, die Geräte aus Saint-Georges holen sollten, erklang seine ernste, tiefe Stimme. Sie hatte einen samtweichen Klang. Es wurde still. Alle waren ergriffen.

Stets begleitet mich die Nacht,
manchmal träume ich davon, wieder zu sehen,
mein Herz erinnert sich an schöne Mädchen,
erinnert sich an den Flug der Schwalbe.

Die Melodie ähnelte der eines alten Wiegenliedes, war jedoch von unendlicher Melancholie.

Ich bin frei von Traurigkeit,
mein Herz fühlt den Frühling,
der Wind liebkost mich,
und ich liebe den Wind.

Mein Herz erinnert sich
an weißen Schnee,
mein Herz erinnert sich
an blühende Zweige...

Ebenso wie die Lieder, die er danach sang, hatte er auch dieses selbst geschrieben. Die anderen Lieder erzählten von reiner Liebe, von blühenden Wiesen und goldenen Feldern. Arthur, der frühere Lehrer, besang alles, was er gesehen und geliebt hatte, bevor er sich eine Kugel durch den Kopf schoß. Er besang sogar das Mädchen, dessentwegen er hatte sterben wollen. Sie hieß Denise.

Da das Petroleum knapp war, hatten sie gleich nach dem Essen die Lampe gelöscht. Das Licht, das durch die weit geöffnete Tür des Ofens fiel, erhellte ein großes Viereck des unebenen Tannenholzbodens. Knotige Aststellen warfen tanzende Schatten. Über die Gesichter huschte der Widerschein des Feuers und ließ die Augen aufleuchten. Die Fuhrleute horchten mit angehaltenem Atem nach draußen. Der Wind heulte um die Hütte. Im Wald knackten die Äste. Der Himmel glich einem klaren, rauschenden Strom.

Pierre stieß seinen Bruder mit dem Ellbogen an. Nahe an seinem Ohr flüsterte er: »Pfannkuchen.«

Ihnen gegenüber saß die dicke Gertrude und lauschte mit halboffenem Mund. Schimmernde Perlen rannen ihr über die runden Wangen.

28

Gold, und wenn es noch so verborgen war, hatte schon immer Laster, Ausschweifung, Glücksspiel und Bettelei angezogen. Leichtfertige Frauen und Herumtreiber witterten es über weite Strecken und folgten seiner Spur. Sie wollten dabeisein, wenn es aus der Erde geholt wurde.

Hunderte von Prostituierten scharten sich um die Goldwäschereien im Süden, am Klondike oder in Alaska. Manche waren auf unglaublichen Wegen und unter schauerlichsten Bedingungen aus Europa gekommen. Sie umfuhren Kap Horn auf irgendeinem alten Seelenverkäufer und überquerten auf dem Weg nach Kalifornien den Äquator. Auf einem Umweg, der sie fast bis zum Südpol geführt hatte, näherten sie sich dem hohen Norden. Sie schleppten ihr Bündel von einem goldverheißenden Land zum anderen, ohne je zu Reichtum zu kommen. Sie reisten meist zu dritt oder viert, oft begleitet von einem Gauner, der sie beschützte, um sie besser ausbeuten zu können.

Es waren Mädchen aus der Alten Welt und Amerikanerinnen, weiße und farbige, hübsche und häßliche, gekleidet wie Fallensteller oder in phantastischen Aufmachungen.

In den Bars und Bordellen von Paris, Berlin oder London hatte ihnen ein Abenteurer vom Gold erzählt. Und die Mädchen hörten mit offenem Mund atemlos zu. Manchmal zog der Mann eine fettige, halb zerrissene Karte heraus und breitete sie auf dem Tisch aus, der von Pfefferminzlikör und billigem Sekt klebte. Mit schwarzem Fingernagel deutete er auf einen Punkt: »Da ist es!«

Die Frauen buchstabierten einen Namen. Der Mann erklärte ein paar Einzelheiten, die im Alkoholdunst untergingen. Er nannte einen Hafen, in dem sie sich einschiffen konnten. Das genügte, um einige zur Abreise zu bewegen.

Sie hatten jahrelang geschuftet, um ein bißchen Geld auf die Seite zu legen. Das schwand nun schon auf der Reise dahin.

»Ich wollte mir ein Zimmer mieten.«

»Ich träumte von einem kleinen Kurzwarenladen.«

»Ich habe der Kinderfrau etwas Geld im voraus gegeben. Ich habe nicht gesagt, daß ich fortgehe. Ich schikke von drüben Geld für meinen Kleinen.«

»Vielleicht findest du ja eine Bleibe. Dann kannst du ihn kommen lassen.«

Träume fielen in sich zusammen und neue, ebenso unrealistische, entstanden.

Anfängerinnen, für die es die erste Reise war, hörten den Erfahrenen zu, wenn sie von Tanger, Le Havre, Gibraltar, Hamburg oder Saigon erzählten. Ihre Erinnerungen rochen nach Opium, billigem Rotwein und schlechtem Tabak. Ihnen war nichts mehr fremd. Männergesichter, schön wie die griechischer Götter, tauchten aus ihren Erzählungen auf. Mit einem Kauderwelsch aus den verschiedensten Sprachen gelang es ihnen, sich untereinander zu verständigen. Ihre Wege waren gesäumt von Fallen, Zank und Streit. Der einen hatte man das Geld aus ihrem Versteck gestohlen, der anderen auf einem Boot das Gepäck. Die dritte trug die Narben des Zorns im Gesicht, die ihr ein Betrunkener mit einer zerbrochenen Flasche geschlagen hatte. Lachen, Tränen und Blut begleiteten die traurigen Prozessionen.

Trotz allem wagten sich diese Frauen vom Süden bis hinauf in die nördlichsten Gegenden. Sie nahmen jede Hürde. Weder weite Meere noch glühendheiße Wüsten, weder breite Flüsse noch Eis und Schnee konnten sie zurückhalten, wenn am Ende des Weges das Gold lockte. Morastige oder holprige Straßen, eisige Nächte, feuchte Lager, endlose Märsche. Sie benutzten Züge, Schiffe und Busse bis zu der Station oder dem Hafen, der der Mine, die sie im Auge hatten, am nächsten lag. Wenn sie an ihrem Ankunftsort niemanden fanden, der sie führte und ihnen das Gepäck trug, machten sie sich auf schattenlosen Pfaden oder vereisten, vom Sturm blankgefegten Pisten auf den Weg. Sie verliefen sich in Sand- oder Schneestürmen und verdursteten oder erfroren unterwegs, ohne daß jemals jemand etwas von ihrem Todeskampf erfuhr.

Man nannte sie die Damen des *Gewerbes*. Oft kannte niemand ihren richtigen Namen.

Wenn eine von ihnen unterwegs starb, ritzte die ungelenke Hand einer Leidensgenossin ein Datum und einen Beinamen in ein primitives Holzkreuz am Kopf eines Grabhügels: *Klein-Bonny, Fettbacke, Matratzen-Lili, Tittensusi, Fünf-Groschen-Lene, Schnapsdrossel, Lollypop-Lilly* und andere, noch eindeutigere.

Und der Wind blies um die kleinen Grabhügel Sand oder Schnee zusammen.
In kurzer Zeit war die Erinnerung an diese Frauen ausgelöscht, die hergekommen waren mit tausend Enttäuschungen und ebenso vielen Hoffnungen im Herzen.

29

Ein rätselhafter Bote mußte die Neuigkeit überbracht haben, denn sie hatte Bourg-le-Rouge und die Jordan-Insel schon erreicht, lange bevor der grüne Wagen schwerfällig heranholperte. Die Nachricht von seiner Ankunft eilte von diesen beiden Siedlungen zu anderen Lagern, bis hinaus zu den abgelegenen, gerade erst entstehenden Claims und Minen. Und die Männer machten sich auf zu der Baracke, die Bastringue errichtet hatte. Wer nicht von der Arbeit in den Minen zurückgehalten wurde, zog trotz Blitz und Regenwolken, trotz Schnee- und Graupelschauern nach Bourg-le-Rouge, um die Ankömmlinge zu begrüßen. Eine lange Menschenkette zog durch gefrorene Wagenspuren und Schneeverwehungen über das Eis, über das der Wind Schnee und Graupel trieb. Sie rannten, glitten aus und stürzten, standen unter dem Lachen und Rufen der anderen wieder auf und eilten noch schneller weiter. Sie hatten sich Schneeschuhe untergeschnallt oder trugen dicke Stiefel. Wenn die Jüngeren die Alten überholten, wurden sie im Vorübergehen angeschnauzt.

Man schrie herum und rief sich derbe Scherze zu, die wahre Lachsalven auslösten. Alle waren von derselben Euphorie erfaßt.

Die ersten, die das Gespann erreichten, versperrten laut rufend den Weg. Die Bauern oder Fuhrleute unter ihnen halfen den Gagnon-Brüdern, die Pferde zu halten, die bei dem Lärm scheuten. An die hundert Stimmen skandierten: »Die Mäd-chen! Die Mäd-chen! Die Mäd-chen!«

Schneebälle knallten gegen die Bretterwände des Wagens. Es schien, als wäre plötzlich eine unbekannte Krankheit ausgebrochen. Als Bastringue die kleine Luke an der Vorderseite öffnete, durch die man die Pferde lenken konnte, ertönte ein hundertfaches »Ah«!

Die Männer klatschten mit ihren dicken Handschuhen. Fäuste hämmerten dumpf gegen das Holz. Dann erschienen die Mädchen, eine nach der anderen. Stolz, ihre Namen schon zu kennen, stellten die Gagnons sie der Menge vor.

»Das ist Pierrette. Sie wird Prinzessin genannt!«

Erneuter Tumult. Bewundernde Zurufe und vereinzelte Pfiffe.

»Die dicke Gertrude. Man nennt sie Pfannkuchen. Sie futtert für vier.«

Die Vorstellung rief lautes Gelächter hervor, während die Prostituierte mit molligen Händen Küßchen in die Menge warf.

Die Männer schrien: »Dich nehme ich für eine ganze Nacht!«

»Ich bin der erste!«

»Wenn du noch Jungfrau bist, heirate ich dich.«

Es war ein gewaltiges Durcheinander und Geschubse, begleitet von ununterbrochenem Lachen.
»Diese Rothaarige hier ist Mado, die Französin. Man nennt sie Karpfengesicht.«
Die Fuhrleute hatten Mühe, die Pferde zu halten, die bei jeder neuen Lachsalve die Ohren anlegten. Beim Erscheinen von Yolande, der großen Blondine, auch Flachshaar genannt, gab es stürmischen Applaus. Als Bastringue sich wieder zeigte, erhielt auch er Beifall. Er lachte. Mit einer Handbewegung forderte er Ruhe. Sobald er sich verständlich machen konnte, rief er: »Laßt uns vorbei! Sonst friert ihnen der Hintern ab!«
»Wir schieben!«
»Auf, Leute, wir schieben!«
Fast fingen die Männer an, sich darum zu prügeln. Die, die den Wagen nicht erreicht hatten, schubsten ihre Kameraden vor sich her.
Die Männer schoben so schnell, daß die erschöpften Pferde wieder in Trab fielen.
»Ho, langsam! Seid ihr denn verrückt geworden?« schrien die Gagnons, die an den Zügeln hingen.
Neuankömmlinge mußten zur Seite springen und sich vor dem Gespann und der nachfolgenden Meute in Sicherheit bringen. Mit den Augen verschlangen sie die riesige, von einem Schornstein überragte Kiste, dieses Haus auf Kufen, das ihnen das Vergnügen brachte.
»Wie viele sind es?«
»Haben sie die Syphilis?«
»Habt ihr sie gesehen, Jungs?«
Sie erhielten knappe Auskunft. Vornamen wurden ge-

nannt. Die Männer ließen der Phantasie freien Lauf. Man rief einfach irgend etwas:
»Es sind drei Dutzend!«
»Und Negerinnen!«
»Ein Hinterteil wie das einer Stute!«
»Sie haben sich schon ausgezogen!«
Ein paar der Männer fielen hin und entgingen nur knapp den Kufen des Schlittens. Von anderen Kameraden, die in den Schnee rollten, bekamen sie Fußtritte ab. Aber man lachte immer weiter, daß der Wald zu zittern schien.
Im dämmerigen Innern des Wagens wurden die Frauen hin- und hergeschleudert. Sie klammerten sich am Gepäck fest. Bastringue hatte kein Holz mehr nachgelegt, aber er mußte mit seinen Handschuhen den Ofen festhalten, da er noch voll Glut war. Wütend sagte er: »Sie werden uns noch umwerfen.«
Mado war schreckensbleich. Sie schielte beängstigend und heulte ununterbrochen: »Aufhören! Anhalten!«
Die dicke Gertrude saß auf einem Sack und hielt sich den runden Bauch. Ihre Brüste hüpften. Vor Lachen liefen ihr die Tränen übers Gesicht. Mit glucksender Stimme rief sie: »Hört auf! Sonst muß ich ins Mehl pinkeln...«
Vor Lachen bekam sie einen Erstickungsanfall, mußte husten und dann spucken. Die brennende Zigarette glitt ihr aus der Hand und rollte über den Boden auf eine Kiste zu. Als das dicke Mädchen sie aufheben wollte, fiel es der Länge nach hin.
»Hört auf zu rauchen«, brüllte der Musikant. »Ihr steckt noch alles in Brand.«

Gertrude drückte die Kippe aus und blieb wie zerschlagen und mit einem Schluckauf auf dem Boden sitzen. Die Erschütterungen wurden immer beängstigender. Bastringue fürchtete, daß der Ofen doch noch umfiel. Er öffnete die Abdeckplatte und goß das Wasser aus dem Kessel in die Glut. Dampf und Rauch zogen durch den engen Raum. Eine schwere Wolke verdunkelte das schwache Licht, das durch das verschmutzte Fenster hereindrang. Es war jetzt fast dunkel in diesem Wagen, der herumschwankte wie ein alter Kahn im Sturm. Eingeklemmt zwischen ein paar großen Ballen, hielt der Blinde Yolande an sich gepreßt. Vor Angst war sie ganz grün im Gesicht und sagte kein Wort.
Draußen wollten sich alle an den Wagen heranschieben, seine Bretter berühren, als wäre das Holz vom Duft und der Wärme der Frauen durchdrungen.
Als die Prozession Bourg-le-Rouge und die Baracke, die Bastringue hatte errichten lassen, erreichte, wurde es schon Abend. Der Wagen mußte so gestellt werden, daß seine Rückseite beinahe die Tür der Baracke berührte. Nur so konnten die Frauen aussteigen, ohne auf dem Weg von unzähligen ausgestreckten Händen ausgezogen zu werden.
Als sich die Tür geschlossen hatte, lehnte sich Bastringue von außen mit dem Rücken dagegen. Er pfiff durchdringend durch die Zähne, wie er es manchmal tat, um den Rhythmus eines Tanzes anzugeben. Es wurde etwas stiller.
»Um acht Uhr wird geöffnet!« schrie er. »Merkt euch, wenn die rote Laterne nicht brennt, ist geschlossen.«

Die Brüder Gagnon waren mit ihrem Gespann bereits auf dem Weg zur Insel. Der Wind vermischte den Rauch, der aus den Schornsteinen der Gießerei zum wolkigen Himmel aufstieg, mit dem der Hütten. Vor sich hörten sie schon das Dröhnen der Seilwinde und der Steinmühle, hinter ihnen war das Geschrei der Männer vor dem geschlossenen Haus noch nicht verstummt.

Am Eingangsposten mußten die Fuhrleute anhalten. Auch hier hatte man die Neuigkeit schon vernommen. Die Männer, die keine Schicht hatten, waren nach Bourg-le-Rouge gegangen, die anderen stellten viele Fragen. Auch die, die über Tage arbeiteten, kamen herbei.

»Und? Habt ihr sie hergebracht?«

»Wie viele sind es?«

»Sind sie hübsch?«

»Wißt ihr, wieviel sie verlangen?«

Einer der Männer, die die Winde bedienten, entfernte sich, sobald er ein paar Einzelheiten erfahren hatte. So gelangten die Neuigkeiten unter Tage und verbreiteten sich bis ans äußerste Ende eines jeden Stollens.

Jordan kam aus seinem Büro. Der Ingenieur blieb mit zusammengekniffenen Lippen, das spitze Kinn auf die Brust gepreßt, zurück. Als der Boß, gefolgt vom älteren Gagnon, zurückkam, schloß er die Tür hinter sich und schleuderte Gagnon barsch entgegen: »Und?«

Unbehaglich begann Pierre zu erklären: »Wir haben sie mitgenommen... Was willst du, Bastringue hat gesagt, daß...«

»Davon rede ich nicht. Was ist mit Nolin?«

Der Fuhrmann wurde blaß. Der Tod des Bergmanns lag in seiner Erinnerung schon weit zurück, begraben unter der bunten Schicht anderer Ereignisse. Hastig erklärte er: »Ist gestorben, der arme Junge...«
»Das weiß ich. Schlechte Nachrichten verbreiten sich ebenso schnell wie andere. Was ich von dir wissen will, ist, wie es passiert ist. Die Beisetzung und so weiter.«
Mühsam schüttelte der Fuhrmann die Gedanken an die euphorische Rückkehr ab, schob eine Flut von Bildern von sich, die sich in seinem Körper festgesetzt hatte, und gelangte mit großer Anstrengung zurück zu diesem jungen Toten, begraben unter so viel Freude.

30

In den ersten Nächten glich die Baracke mit der roten Laterne einem Dampfkessel, der dem Explodieren nahe war. Bastringue hatte zwar ein paar kräftige Männer angestellt, die ihm helfen sollten, für Ordnung zu sorgen, doch die einzigen Freiwilligen, die sich für diese Tätigkeit zur Verfügung stellten, waren Gauner, deren Anwesenheit das Fieber noch in die Höhe trieb. Die Arbeiter, die kamen, um ihr mühsam verdientes Geld auszugeben, wollten sich nicht von Nichtstuern überwachen lassen. Fäuste sprachen, und Messer wurden gezogen. Dann aber ordneten sich die Dinge fast von selbst. Musik und die warme Stimme des Blinden trugen dazu bei, daß eine gewisse Ruhe einkehrte. Wenn der ehemalige Lehrer zu singen begann, schwiegen die Männer. Immer baten sie ihn, die melancholischsten Refrains zu wiederholen. Besonders das Lied von seiner Nacht. Die Tatsache, daß ein Mann aus Liebe sterben wollte, schien diese rauhen Menschen, die bereit waren, sich gegenseitig für eine Unze Gold umzubringen oder sich wie wild um eine halbe Stunde mit einer Prostituierten zu prügeln, völlig aus der Fassung zu bringen.

Damit jeder von der Anwesenheit der Frauen profitieren konnte, hatte Bastringue beschlossen, sein Haus von vier Uhr nachmittags bis zwei Uhr morgens zu öffnen.

Jordan und der Ingenieur hatten sich nicht in das Anfangschaos stürzen wollen. Sie gingen erst dorthin, als die anderen ihnen sagten, daß sich die Aufregung gelegt habe.

»Nur auf ein Glas«, sagte Maclin. »Diese Mädchen müssen ja die wandelnde Syphilis sein. Warten wir mal eine Gesundheitskontrolle ab.«

»Genau«, meinte Jordan mit hämischem Grinsen. »Wir wollen uns das nur einmal ansehen. »Um ehrlich zu sein, ich möchte einfach den Selbstmörder singen hören!«

Seit vier Tagen herrschte eine Sintflut mit Temperaturen, die in kürzester Zeit das Eis bersten ließen. Jordan und Maclin nahmen das große Boot und lavierten zwischen den Eisschollen hindurch. Auch andere Kanus waren schon wieder unterwegs auf der Suche nach dem großen Gold. Lichtreflexe glitten über die jadefarbe-

nen Ränder des Eises und streiften den dichten Regenvorhang.
Die beiden Männer legten mit ihrem Boot am Holzponton an, hakten die Laterne aus und wateten durch den Schlamm. Es war, als könnte man die Nacht berühren. Unsichtbares Rieseln hüllte alles ein. Die Stiefel versanken bis zu den Waden. Jeder Schritt war Schwerstarbeit.
Als sie den rauchigen Raum betraten, spielte Bastringue gerade eine Melodie auf der Okarina, jedoch ohne das sonstige Drumherum von Pauke und Glöckchen. Gertrude und Yolande saßen mit Gästen an einem Tisch; die kleine Mado tanzte mit einem riesigen Kerl, der sie bei jedem Schritt zu erdrücken drohte.
Der Blinde saß in einer Ecke. Sein Blick war ins Leere gerichtet, trennte ihn von den anderen. Jordan und der Ingenieur setzten sich zu ihm.
Ohne sich zu bewegen, fragte der Blinde: »Wer ist da?«
»Du kennst uns nicht.«
»Das stimmt. Ich vergesse keine Stimme, die ich einmal gehört habe.«
Die beiden Männer stellten sich vor.
Der Blinde sagte: »Jonquet hat mir von euch erzählt. Für euch kommt nur Pierrette in Frage. Die anderen sind zu ordinär. Im Moment ist sie beschäftigt. Wenn sie herauskommt, rufe ich sie.«
»Wie erkennst du das?«
»Jede Tür hat ihren eigenen Klang.«
Die beiden sahen sich an.
»Ihr müßt nicht glauben, meine Dunkelheit bedeute auch Leere. Ich sehe besser als ihr. Ich weiß sogar, was sich hinter meinem Rücken abspielt.«

Er lächelte. Sein glattes Gesicht hatte etwas Kindliches. An der rechten Schläfe hatte er eine kleine, leicht vertiefte, violette Narbe.
»Würde ich in der Mine arbeiten, bräuchte ich keine Lampe, aber mein Zustand befreit mich von schwerer Arbeit.«
Die Musik hatte aufgehört. Bastringue kam auf sie zu.
»Das ist meine Runde. Was wollt ihr trinken?«
»Prinzessin!« rief der Blinde. »Kannst du herkommen?«
Jordan und der Ingenieur drehten sich um. Der Kunde, der aus dem Zimmer kam, ging zum Ausgang. Als er gerade die Tür öffnen wollte, wurde diese aufgestoßen. Sichtlich betrunken kam Taphorin herein und schrie: »Sieht so aus, als wäre dieser Mistkerl hier... Ist also doch von seiner Insel runtergekommen! Hat keine Angst mehr. Verdammt, ich werd's ihm heimzahlen, hier vor allen Leuten!«
Er hatte Jordan entdeckt und kam geradewegs auf ihn zu.
»Mach keinen Blödsinn, Dominique«, rief ihm Bastringue zu. »Keine Schlägerei hier bei mir!«
»Ich scheiß drauf! Ich scheiß auf euch alle!«
Jordan war aufgestanden. Ruhig, aber mit Nachdruck sagte er: »Geh schlafen, Taphorin. Du bist blau.«
»Jetzt beleidigt er mich auch noch!«
Wie ein wilder Stier stürzte der Betrunkene vor. Aber Maxime war schneller und wich aus. Mit der Linken bekam er den anderen an der Weste zu fassen und zwang ihn, sich aufzurichten. Mit der Rechten versetzte er ihm einen trockenen Haken auf die Kinnspitze.

Man hörte die Zähne klappen. Der Mann ruderte mit den Armen, seine Knie gaben nach, und er setzte sich schwer auf den Boden. Dann fiel er um und schlug mit dem Hinterkopf hart auf.

»Donnerwetter«, meinte der Blinde, »dem hast du's aber gezeigt.«

»Wahrhaftig, dem hast du eine ordentliche Abreibung verpaßt«, sagte Bastringue.

»Das macht nichts. Der Regen wird ihn schon wieder aufwecken.«

Jordan packte Taphorin am Kragen und schleifte ihn vor die Tür, wo er ihn, das Gesicht im Regen, im Schein der roten Laterne liegen ließ.

Als er zurückkam, trat die Rothaarige auf ihn zu und zwitscherte aufgeregt: »Was bist du für ein Mann! Ich mag Typen wie dich. Ich mag es, wenn Kerle sich zu schlagen verstehen.«

Jordan sah sie mißbilligend an und ging zu seinem Platz zurück. Pierrette hatte sich zwischen den Blinden und Maclin gesetzt. Als die kleine Mado hinter Jordan herkam und ihm die Schulter tätschelte, schleuderte Pierrette ihr mit hartem Ton entgegen: »Laß ihn in Ruhe, Karpfengesicht. Wir sind hier nicht auf dem Strich!«

Die Französin ließ eine Flut von Schimpfworten hören und setzte sich an einen anderen Tisch. Pierrette sah Jordan an. Sie lächelte nicht. Irgend etwas in seinem Blick wirkte auf sie anziehend und einschüchternd zugleich. Nach einer Weile sagte sie: »Es war richtig, daß du ihm eine verpaßt hast. Aber ihn draußen im Dreck liegen zu lassen finde ich widerlich.«

»Du hast recht«, gab Jordan zurück. »Ich werde nachsehen, was mit ihm los ist. Ich habe nichts gegen ihn. Wenn er bereit ist, Frieden zu schließen, gebe ich eine Runde aus.«
Er ging hinaus, kam aber gleich zurück. Taphorin sei schon verschwunden. Unvermittelt begann der Blinde zu singen. Der Reiz seines Gesangs tat seine Wirkung; es wurde still im Saal. Bastringue holte sein Instrument. Leise begleitete er den Blinden.
Jordan ließ Pierrette nicht aus den Augen. Das ausgezehrte Gesicht des Mädchens war unbeweglich wie ein blasses Wachsbild mit einem Hauch Rouge auf Wangen und Lippen. Nur die braunen Augen lächelten unbewußt.
Als der Blinde zu Ende war, stand sie auf und sagte: »Heute abend ist wohl nicht das große Geschäft zu machen. Ich gehe mich etwas ausruhen. Wenn ich gebraucht werde, wißt ihr ja, wo ich zu finden bin.«
Sie ging fort, während Bastringue mit seinem Akkordeon einen Walzer anstimmte. Jordan stand auf. Sofort war die große Yolande bei ihm, und sie fingen an zu tanzen. Gertrude hatte den Ingenieur aufgefordert und hielt ihn mit beiden Armen fest an ihren schlaffen Busen gepreßt.
Nach ein paar Tänzen hatte Jordan sich überreden lassen. Sie handelten den Preis aus, dann folgte Jordan Yolande zu ihrem Zimmer. In diesem Moment zitterte das Gebäude, als rüttelte eine Windbö an ihm. Alle erstarrten. An der Decke schaukelten die Lampen. Die Flammen flackerten.
»Das war eine dicke Ladung«, meinte Maclin.

Nach einigen Sekunden des Zögerns stürzten alle zur Tür. Der Ingenieur und Jordan waren als erste draußen. Sie sahen zur Insel. Hinter den Regenschwaden stieg ein roter Lichtschein auf, vor dem sich die Äste der kahlen Bäume wie zarte Spitze abzeichneten.
Wortlos machten sie sich durch den Schlamm auf den Weg. Ein paar Männer folgten ihnen. Aus den windschiefen Hütten von Bourg-le-Rouge schlossen sich andere an, um zum See zu laufen. Das Feuer warf seine Reflexe schon auf das Wasser.

31

Das Kanu war fort. Jordan dachte an Taphorin.
»So ein Schwein kann er nicht sein!«
Sie suchten ein anderes Boot.
Das Sprengstofflager war in die Luft gegangen. Zwar wurde das Dynamit abseits gelagert, doch auch das Materiallager brannte. In der Ferne konnte man hin und her eilende Silhouetten erkennen. Alarmpfeifen waren zu hören, dazwischen die Glocke.
Man fand ein paar Kanus. In das eine stiegen Jordan und der Ingenieur zusammen mit vier Bergleuten von der Insel.
»Wenn ich diesen Bastard erwische!« wütete Jordan.
Am Bug des Bootes stand einer der Männer und schob mit einer Stake die Eisschollen beiseite, die man an der Holzwand entlangschaben hörte. Der Regen wurde stärker.

»Ein Glück, daß es regnet.«
»Und daß kein Wind geht.«
An Land mußten sie wieder durch tiefen Schlamm waten. Fluchend hielten sie mit beiden Händen die Stiefel fest, damit sie nicht im Matsch steckenblieben.
Die beiden dampfbetriebenen großen Pumpen arbeiteten bereits. Vier Rohre waren nebeneinander angeschlossen worden.
»Wir haben das Feuer unter Kontrolle«, sagte der erste, der Jordan kommen sah. Und: »Es hat zwei Tote gegeben!«
»Verdammt!«
»Da drüben!«
Der Mann zeigte zum Büro.
»Geh rüber«, sagte Maclin. »Ich kümmere mich um das Feuer!«
Jordan rannte zu dem Gebäude, vor dem im Lichtschein der Fenster und der weit offenen Tür Schatten hin und her huschten. Als er eintrat, erstarrten die drei Männer. In der Mitte des Raumes lag einer der Wächter auf einer Bahre. Darunter hatten sie Sägemehl auf den Boden gestreut. Es war blutgetränkt.
»Der hier sieht nicht so schlimm aus«, bemerkte einer der Windenführer. »Er hat alles in den Rücken bekommen. Aber dem anderen hat es die Hälfte des Kopfes weggerissen.« Auf Jordans fragenden Blick bestätigte er: »Ja... Es ist Taphorin.«
Entschuldigend sagte ein Holzfäller: »Wir dachten, wir sollten ihn hereinbringen. Mein Gott, wie er geblutet hat!«
»Das ist gut so. Und der andere?«

»Draußen.«
Jordan gab sich einen Ruck. »Er soll auch hereingebracht werden.«
Zwei Bergleute gingen hinaus und kamen kurz darauf mit einer blutgetränkten Plane zurück. Der Holzfäller leerte einen halben Sack Sägemehl auf den Boden und verteilte es mit dem Fuß. Dann legten sie die Plane neben die Bahre.
»Wie ist es passiert?« fragte Jordan.
»Da mußt du Lacaille vom Wachdienst fragen, er war als erster dort. Er ist wirklich ein zäher Bursche, aber als er das gesehen hat, mußte er sich übergeben. Ist jetzt wohl beim Feuer.«
Jordan betrachtete das beinahe entspannte Gesicht des Wächters. In seinem kastanienbraunen Haar waren ein paar Blutspritzer. Eine rosa Spur lief von seinen Lippen über die Wange. Jordan wischte sie mit seinem Taschentuch fort.
»Armer Junge, er wollte unter Tage arbeiten. Ich habe ihn zum Wachdienst eingeteilt, weil er nicht trank.«
Seine Stimme erstickte. Als er sich wieder aufrichtete, kam Lacaille. Maxime trat ihm entgegen und zog ihn am Arm in die Wachbaracke.
»Setz dich.«
Sie setzten sich auf zwei Hocker. Der alte Flößer nahm seinen Helm ab und legte ihn auf den Boden. Er sah aus wie ein Hundenapf.
»Und?«
Lacaille wischte sich mit dem Ärmel über die nasse Stirn, auf der das Lederband des Helms einen breiten

Abdruck hinterlassen hatte. In seinen Augen stand Entsetzen.

»Weißt du, ich bin bestimmt kein Weichling. Aber als ich die beiden in ihrem Blut gesehen habe, und wie sie sich gegenseitig festgehalten haben... Scheiße...«

»Festgehalten?«

»Das ist nicht schwer zu erklären. Dieses Schrottding lag gleich neben ihnen.«

Er zeigte auf einen verformten Petroleumkanister neben der Tür. Eine Seite war aufgerissen.

»Der Schweinehund hat das gesamte Sprengstofflager übergossen. Überall hat er Petroleum verteilt. Dann wollte er hinter einem Baum in Deckung gehen und alles anzünden. Der Kamerad, der gerade seine Runde machte, muß ihn wohl gestört haben. Nur er weiß, wie es dem anderen noch gelungen ist, es anzuzünden.«

Er schwieg. Jordan stellte fest: »Jetzt verstehe ich, warum es nur eine Explosion gegeben hat.«

»Nein. Zuerst gab es mehrere kleine, dann eine große. Von weitem hast du sicher nur die große gehört.«

Er griff sich an den Hals und verzog das Gesicht.

»Es geht schon wieder los«, sagte er und stürzte hinaus.

Jordan hörte, wie er sich ein paar Schritte von der Tür entfernt erbrach. Dann ging auch er hinaus.

»Bleib da«, sagte er, »ich schicke jemanden, der dir hilft.«

Das Feuer hatte nachgelassen. Neben der kleinen Sprengstoffbaracke kohlten Trümmer vor sich hin. Das Materiallager war zur Hälfte zerstört, doch hatte man einen großen Teil seines Inhalts retten können. Der Ingenieur ließ gerade alles, was nicht draußen bleiben konnte, unter das Schutzdach der Seilwinde bringen. Die erschöpften Männer konnten sich nur mühsam auf dem sumpfigen Gelände fortbewegen. Der Wolkenbruch löschte die letzten Brandherde unter den Trümmern. Beißender Rauch stieg auf und zog langsam zum unsichtbaren See hin ab.

Landry kam mit gerunzelter Stirn und geschwärztem Gesicht auf Maxime zu und seufzte: »Drei Tote in zwei Wochen...« Er schien am Ende seiner Kräfte.

Mit zusammengebissenen Zähnen erwiderte Jordan: »Drei Tote, nur durch Leichtsinn!«

Er ging zu seinem Büro zurück. Die Leiche des Wächters blutete nicht mehr.

32

Kurz nach Jordan war Bastringue mit drei Männern, die er manchmal für Reinigungsarbeiten beschäftigte, auf die Insel gekommen. Sie hatten am Brandherd bis zur Erschöpfung gearbeitet. Als das Feuer unter Kontrolle war, kamen sie durchnäßt, mit rußverschmierten Gesichtern und aufgerissenen Händen zum Büro. Der Musikant hatte sich einen Teil seines Schnurrbartes abgesengt, als eine Flamme unerwartet wieder hochschlug. Die Männer nahmen die Mützen ab und bekreuzigten sich. Schweigend und mit leerem Blick stellten sie sich vor den Toten auf. Als Bastringue seine

Mütze wieder über die Ohren zog, taten die anderen das gleiche.
Jordan ging zu ihnen. »Prima, daß ihr gekommen seid.«
»Würdest du nicht kommen, wenn es bei mir brennt?« fragte der Musikant.
»Doch, sicher.«
Jonquet fuhr sich mit der schmutzigen Hand über die Stirn und zeigte auf einen seiner Männer.
»Filberti ist Schreiner. Er hat mir die Inneneinrichtung der Zimmer gemacht. Wenn du Holz hast, kann er dir die Särge schreinern.«
»Es ist alles da, was man braucht«, meinte Jordan. »Geh zur Werkstatt und sprich mit meinen Zimmerleuten.«
Filberti ging hinaus. Der Wirt zögerte einen Moment und kratzte sich am Kinn. Dann sagte er zu Jordan: »Ich wußte, daß er es dir übelgenommen hat. Ich hätte dir sagen sollen, daß er nach Bourg-le-Rouge zurückgekommen ist. Der Mann war anders als die anderen . . .«
Jordan unterbrach ihn. »Er war betrunken, ich hätte mich nicht mit ihm anlegen sollen.«
»Hast du eine Idee, wo man die beiden beerdigen könnte?« fragte Bastringue.
Jordan zögerte. Er warf einen Blick auf die Decken, die über die Toten gebreitet waren.
»Wir werden wohl einen Friedhof brauchen«, sagte er. »Überall, wo Leben ist, braucht man auch einen Friedhof.«
»Auf der Insel wäre das nicht so angebracht.«

»Du hast recht. Ich werde bei Bourg-le-Rouge eine geeignete Stelle suchen und dort die Gräber ausheben lassen. Überlaß das mir.«

Am frühen Morgen kam der Musikant zurück. Er hatte sich umgezogen. Ein breitrandiger schwarzer Filzhut saß nun anstelle seiner Mütze; unter einem ebenfalls schwarzen Wachstuchregenmantel trug er eine braune Wollweste.

Der Regen hatte sich verändert. Er glich nun einem feinen, dichten, unbewegten Vorhang, der sich wie für die Ewigkeit über das ertränkte Land legte. Das Feuer hatte einen Dunst hinterlassen, der stark nach Knoblauch roch. Die Feuchtigkeit der Luft hielt ihn über dem See und den umliegenden Wäldern fest.

Die Männer auf der Insel waren bereit. Die beiden Särge wurden in ein Boot geladen. Jordan, Landry, der Ingenieur und Bastringue folgten in einem anderen Boot.

»Ich habe eine ganz gute Stelle gefunden«, meinte Bastringue. »Am Fuß des Hügels. Dort ist der Wald schon abgeholzt. Es ist weit genug entfernt, um Leuten, die noch bauen wollen, genügend Platz zu lassen.«

Männer, die Jordan und seine Kameraden kaum kannten, drückten ihm die Hand. Manche murmelten unbeholfen: »Er war ein braver Kerl.«

Der Blinde und die vier Prostituierten warteten unter zwei großen blauen Regenschirmen.

Bastringue fragte Jordan: »Willst du das Gebet sprechen?«

»Ich weiß nicht so recht.«

»Dann mache ich es. Ich habe mein Buch mitgebracht.«
Der Trauerzug formierte sich. Man wartete nicht auf die, die noch nicht übergesetzt hatten. Die Sargträger kämpften sich durch den rutschigen Morast. Ein paar übriggebliebene Schneereste lagen wie Flecken auf dem Grau und ließen die schwarzen Nadelbäume noch dunkler erscheinen. Die Menschenschlange, von der dampfender Atem und Stimmengemurmel aufstiegen, zog sich auseinander.
Jonquet hatte zwei Männer beauftragt, die Gräber auszuheben. Als der Trauerzug an einer großen Lichtung am Fuß des Hügels ankam, war eine Grube fertig. In der anderen stand ein Mann und schlug mit der Hacke gegen einen bröckeligen Felsen, der die Arbeit erschwerte. Sein Kamerad stand auf seine Schaufel gestützt neben der aufgeworfenen Erde. Als er den Trauerzug kommen sah, nahm er die tropfnasse Wollmütze ab. Die Särge wurden abgestellt, und die Menschen bildeten einen Kreis um sie. Die Frauen wischten mit nassem Gras den Schlamm von ihren Stiefeletten. Ein paar Männer boten dem Totengräber an, ihn abzulösen.
»Ich bin fast fertig«, meinte er.
Als er aus der Grube kletterte und nach seiner Schaufel griff, hielt er plötzlich mitten in der Bewegung inne. Dann bückte er sich. Als er sich wieder aufrichtete, hielt er einen Stein in der erdigen Hand. Er rieb ihn an seinem Jackenärmel ab, spuckte darauf und wischte ihn wieder ab. Dann sah er auf und rief: »Verdammt, Leute! Gold ... Gediegenes Gold, Himmelherrgott!«

Seine Stimme überschlug sich. Schon kniete sein Kamerad neben ihm, um den Stein zu untersuchen. Der erste Totengräber hüpfte herum und stieß unartikulierte Laute aus. Er war ein kleiner, dunkelhäutiger Mann um die Vierzig. Eine Menschentraube hatte sich gebildet und klammerte sich an ihn.

»Zeig her, Lepage!«

»Zeig es mir. Ich kenn mich aus.«

Lupen wurden aus Jackentaschen gezogen.

»Das ist kein Gold.«

»Es ist Eisenpyrit.«

»Jedenfalls ist es Quarz.«

»Das ist eine Analyse wert.«

Die vier Prostituierten wurden herumgestoßen und mit Schmutz bespritzt. Sie wichen zurück und zogen den Blinden mit sich. Ein paar Männer hatten sich in den Schlamm gelegt. Schon drohte eine Schlägerei. Ein alter Mann verlor das Gleichgewicht und stürzte über einen der Särge. Wütend schrie sich Bastringue heiser.

»Hört auf! Schämt euch. Denkt doch an die Toten!«

Vergeblich! Die aufgeregten Leute hörten ihn nicht. Jordan, Landry und mehrere Flößer zogen die Särge aus dem Gewühl. Über den Tumult hinweg war Lepages zitternde Stimme zu hören: »Gold. Donnerwetter! Und es gehört mir!«

»Es gehört uns beiden«, brüllte sein Kamerad dazwischen.

»Es gehört mir und Simard! Er hat recht. Uns beiden!«

»Wir werden uns schon einig. Wir stecken einen Claim ab.«

Bastringue hatte seinen Versuch aufgegeben, die Leute

zu beruhigen. Der Tumult nahm immer mehr
Am Rand der Grube war eine Schlägerei im Gange.
Der Musikant war zu den Leuten getreten, die die schmutzbespritzten Särge fortgezogen hatten. Zu Jordan sagte er: »Das widert mich an.«

»Laß sie.«

»Hier werden wir wohl kaum den Friedhof einrichten können. Wir müssen einen Platz finden, wo der Boden nur aus Erde besteht. Ohne ein einziges Stück Fels. Die beiden dort brauchen kein Gold mehr.«

33

Der Tod gehörte zu diesem Land, wie er zu jedem Abenteuer, jedem Fest und jeder Arbeit gehörte. Weit entfernt von den Ihren, weit entfernt auch von jeder Hilfe und hoffnungslos einsam spielten Goldgräber und Bergleute viel zu oft mit ihm. Sprengstoff, den sie zu kennen glaubten, wurde ihnen zum Verhängnis. Zu sehr vertrauten sie auf ihren guten Stern, zu hoch schätzten sie die eigenen Möglichkeiten ein. Manche begaben sich unter Tage, ohne den Unterschied zwischen Schacht und Stollen zu kennen, ohne etwas vom Gestein und seinen Gefahren zu wissen.

Der schutzlose Mensch wird vom plötzlichen Tod überrascht, wird von herabstürzenden Felsmassen zermalmt wie ein Insekt. Langer Todeskampf ohne Hoffnungsschimmer für einen einzelnen eingeschlossenen Bergmann. Lebendig begraben. Schwarze Nacht vor dem Ersticken.

Wie viele Stunden oder Tage kann ein Mensch in totaler Dunkelheit kämpfen?

Goldsucher, die aufgelassene Claims wieder in Betrieb nahmen, fanden manchmal solche Totenschädel. Blicklose Augenhöhlen sahen sie an.

Oft betrank sich auch ein Glücklicher, der den Felsen seines Lebens entdeckt hatte, so sehr, daß er an dem höllischen Dunst des von fliegenden Händlern verkauften Fusels erstickte.

In diesem erbarmungslosen Land suchte sich der Tod seine Opfer. Er fand sie unter unzähligen, von der Zivilisation enttäuschten Menschen, die mit hoffnungsfrohem Herzen in die Wildnis geflüchtet waren. Ehrliche Arbeiter, gegen Elend und Kummer abgehärtete Frauen und Männer, fanden das gleiche Ende wie Abenteurer.

Der Tod nahm sich Zeit, freute sich an ihren Leiden und ließ sie manchmal auch einen Lichtschimmer erblicken. Wenn dann sein Zorn durchbrach, schlug er die Menschen mit Gewitter, Sturm, Überschwemmung, Erdrutsch, Schiffbruch, Frost, Prügelei und Explosion. Er half der Natur, ihre verborgenen Schätze zu bewahren.

Den Opfern des Goldes nutzt ihr Reichtum im Grab ebensowenig wie anderen Toten. Viele ruhen in der Erde so arm wie die über der Erde, ohne Leichentuch und ohne Sarg. Ihre Gesichter und Körper pressen sich in den kalten Lehm. Bäume stoßen ihre gierigen Wurzeln in hohle Brustkörbe. Die Rottanne wacht über die

vergessenen Grabstätten und nimmt ein wenig von der Substanz der Toten in ihre Säfte auf. So bewohnen die Einwanderer dieses Land schließlich doch noch und verbinden sich mit ihm auf eine besonders enge und endgültige Weise.
Manche dieser Pioniere ruhen nur ein paar Zentimeter von der sagenhaften Ader entfernt, die ihre ganze Existenz verändert hätte. Mehr als die Müdigkeit, die sie auf ihrem Lebensweg begleitet hat, haben sie den unbekannten Mächten des Jenseits nicht zu bieten. Aber Waldläufer und erfolglose Goldsucher, die in glühenden Wüsten oder nördlicher Einsamkeit ihr Glück machen wollten, brauchen den Göttern keine Schätze darzubringen, um ihr Reich betreten zu dürfen.
Wer sein Land aus Furcht vor quälendem Hunger verlassen hatte, starb auch hier mit leerem Bauch. Vielleicht aber erhellte sich ihr letzter Augenblick durch die Abenteuer, die sie erlebt hatten, durch das Leuchten des Goldes, das sie so oft berauscht hatte. Zumindest ruhen sie hier, ohne Grabräuber fürchten zu müssen. Ihre Armut schützt sie. Niemand würde je ihre Grabstätte plündern wie die der Pharaonen, Druiden oder Inka-Herrscher.
Die Schiffbrüchigen der Wälder ruhen unter dem Wogen der Baumkronen wie Ertrunkene auf dem Boden der Meere. Sie schlafen in der ewigen Brandung von Wind- und Regenböen, auf der unendlichen Suche nach dem vergänglichen Gold der Dämmerung.

34

Maxime Jordans Gesicht war verschlossen. Stur ging er seiner Arbeit nach, sprach nur das Nötigste, aß schweigend. Der brutale Zugriff des Todes auf seiner Insel schien ihn gezeichnet zu haben.
Es wurde oft von Lepage und Simard gesprochen. Ein geschmackloser Witzbold hatte ihre Entdeckung den *De-Profundis*-Claim getauft. Seitdem nannte ihn jeder so. Schon in den ersten Wochen waren Agenten einer amerikanischen Gesellschaft angekommen. Simard hatte ihnen seinen Anteil verkauft und war im Bordell in Klausur gegangen. Nach vier Tagen und vier Nächten war er den größten Teil seines Geldes los. Den Rest verlor er beim Würfelspiel gegen einen Schnapshändler, mit dem er sich anschließend zusammentat. Als die Bergleute sahen, daß er sich mit Alkoholhandel abgab, seufzten sie: »Er war kein schlechter Mensch. Das Gold hat ihn kaputtgemacht.«
Jordan hatte Landry mit dem Bau des neuen Sprengstofflagers betraut. In großem Abstand von den anderen Gebäuden baute Germain zusammen mit zwei Holzfällern eine solide, gut gesicherte Hütte. Um die Hütte zogen sie einen besonders hohen Gitterzaun, der oben mit Stacheldraht abschloß. Als sie damit fertig waren, kaufte Jordan einem Fallensteller zwei riesige Wolfshunde ab. Nur Landry und die Wächter durften sich den Tieren nähern, um sie zu versorgen.

Aus Montreal hatte man einen jungen Arzt kommen lassen, für den eine Krankenstation errichtet wurde. Zur gleichen Zeit baute Landry an seinem eigenen Haus weiter. Als Catherine Robillard kam, um ihr Geschäft einzurichten und zu eröffnen, versprach sie ihm, seine Frau im Laden und in der Wäscherei zu beschäftigen.
Sobald der Bau des Ladens fertig war, ging Raoul Herman wieder in die Wälder. Er war überzeugt, dort die beste Lagerstätte zu finden. Seine Schwester sagte immer: »Er sucht kein Gold, er sucht die Weite, Plätze, wo vor ihm noch kein Mensch gewesen ist. Der Norden ist für ihn ein Rauschmittel. So ein Narr!«
In ihrer Stimme lag Zorn, aber auch ein Hauch von Bewunderung. Vielleicht auch ein wenig Neid. Dennoch behielt sie eifersüchtig ihren Sohn bei sich. Stéphane ähnelte seinem Onkel immer mehr, und er war traurig, als er wieder fortging.
Als sie zum Einrichten des Ladens kam, brachte Catherine zu ihrer Unterstützung ein Ehepaar, die Letourneurs, mit. Noël, ein ehemaliger Gleisarbeiter, war für den Verkauf zuständig, und seine Frau wusch und besserte für die Leute Kleider aus. Landry lieferte ihnen das Holz, das sie zum Beheizen der Waschkessel brauchten.
Bei den Robillards konnte man sich unauffälliger Gin und Whisky besorgen als bei den Schnapshändlern. Sie verkauften wenig, aber gute Qualität und nur an zuverlässige Leute. Maxime brachte manchmal seine Wäsche zum Waschen. Wenn er eine Flasche wollte und andere Kunden im Laden waren, fragte er nach seiner

sauberen Wäsche und fügte hinzu: »Ich habe keine Socken mehr anzuziehen.« Dann fand er in seiner Tasche zwischen Hemden und Unterhosen das Gewünschte.

Der Ingenieur ermahnte ihn: »Du solltest nicht trinken. Damit änderst du nichts. Du wütest gegen dich selbst. Dafür hast du keinen Grund. Dich trifft keine Schuld.«

Maxime schien ihn nicht zu hören.

Eines Tages hatte Letourneur keinen Alkohol mehr. Die Polizei, die in Saint-Georges stationiert war, kam des öfteren nach Bourg-le-Rouge. Schnapshändler waren festgenommen worden. Man vermutete, daß sich Spitzel unter die Tagediebe, die in den Kneipen die Zeit totschlugen, gemischt hatten.

Eines Tages besuchte Jordan Bastringue. An die zehn Gäste befanden sich in dem Raum und redeten und tranken mit den Mädchen. Es war noch zu früh für Musik. Der große Ofen bullerte. Wahrscheinlich sollte er eher den Boden trocknen als Wärme spenden. Die schwere Luft draußen ließ den nahenden Frühling ahnen. Zwischen den letzten Schneeresten kamen schon die ersten Insekten hervor.

Als Jordan eintrat, kam Bastringue auf ihn zu und führte ihn an den Tisch im Hintergrund, an dem immer der Blinde saß.

»Ich kann dir nur Bier anbieten. Sie sehen nicht so aus, aber nimm dir mal den Tisch an der Theke unter die Lupe: Die beiden Kartenspieler sind Spitzel. Bleib hier bei Arthur.«

Er ging, kam mit zwei Flaschen Bier zurück und entfernte sich wieder. Sie tranken schweigend, dann beugte sich der Blinde zu Jordan und sagte: »Wenn du etwas anderes willst, mußt du die Prinzessin fragen. Sie hat alles auf ihrer Bude, was du brauchst.«

Jordan zögerte. Pierrette saß mit drei von seinen Bergleuten an einem Tisch. Er fixierte sie, bis sie sich nach ihm umdrehte, und gab ihr mit dem Kopf ein kleines Zeichen.

Das Mädchen stand auf, lavierte sich langsam zwischen den Tischen hindurch und setzte sich neben den Blinden.

»Salut«, sagte sie. »Gibt es dich überhaupt noch?«

Ihre braunen Augen zeigten einen ironischen Ausdruck, den Jordan nicht mochte. Er bekam Lust, aufzustehen und zu gehen. Dennoch sagte er: »Ich habe gehört, du hast was Starkes in deinem Zimmer.«

Das Mädchen lachte. »Was Starkes! Man höre sich das an. Normalerweise haben die Kunden mir etwas Starkes zu bieten.«

Fast bissig stieß Jordan hervor: »Hast du was zu trinken oder nicht?«

»Nicht so laut«, zischte sie. »Ich habe, was du brauchst, aber in der Zeit, in der ich dich bediene, kann ich nichts anderes tun.«

»Ich frage nicht nach dem Preis«, meinte Jordan und erhob sich.

Im Vorbeigehen nahm das Mädchen ein Handtuch von einem Stapel auf der Theke. Sie betraten das Zimmer, das von einer Petroleumlampe mit granatfarbenem Schirm erhellt wurde. Hier war es noch

wärmer als draußen in dem großen Saal. Ein schweres Parfüm erfüllte die Luft.
»Ganz schön warm hier«, meinte Jordan.
Pierrette ging nach hinten und zog an einer Schnur. Ein Brett direkt unter der Decke öffnete sich und ließ einen Lufthauch eindringen.
»Mehr frische Luft gibt es hier nicht«, sagte sie.
Jordan ließ sich auf einen Hocker fallen und stützte die Unterarme auf den Tisch, auf dem ein kleines, weißes, mit Blumen und Gräsern besticktes Tuch lag. An die Holzwände hatte Pierrette chinesische Papierfächer, große Tücher und ein paar Abbildungen aus einer Modezeitschrift gesteckt. Das Bett war mit einer Bärenhaut und Marderfellen bedeckt. In einer Zimmerecke befanden sich eine Wasserkanne, eine Emailleschüssel und ein Eimer mit Deckel.
»Du bist gut eingerichtet«, bemerkte Jordan.
»Wir konnten nicht alles mitnehmen, was wir wollten. Ich habe eine ganze Menge von meinen Sachen in Montreal bei einer Freundin lassen müssen.«
Sie faltete einen Wollschal zusammen, der auf einer kleinen Deckeltruhe gelegen hatte. Mit einer Drehbewegung öffnete sie den doppelten Boden der Truhe und nahm eine Flasche Gin und zwei Gläser heraus.
»Lädst du mich ein?«
Er zuckte mit den Schultern. »Natürlich.«
Sie schenkte ein und sagte: »Du bist nicht in Form. Ist es der Tod dieser Jungen?«
Er lachte höhnisch. »Vielleicht auch das Wetter. Oder diese Maulwurfsarbeit.«
»Aber die Leute glauben doch fest an deine Mine.«

»Vielleicht ist das wirklich das einzige, was zählt. Man bleibt nur des Geldes wegen in diesem beschissenen Norden ...«
»Weshalb, glaubst du, bin ich gekommen?«
Sie hatte ihm sein Glas gereicht und sich so auf ihr Bett gesetzt, daß sie sich an die Wand lehnen konnte. Er beobachtete sie einen Augenblick und fragte dann: »Verdienst du hier mehr als in der Stadt?«
»Das Vierfache mindestens!«
Sie tranken. Ein langes Schweigen breitete sich zwischen ihnen aus. Ihre Blicke trafen sich und wichen sich gleich wieder aus. Jordan leerte sein Glas und fragte: »Verkaufst du mir eine Flasche?«
»Zum Mitnehmen?«
»Ja.«
»Unmöglich. Aber du kannst die da austrinken.«
Er goß sich noch ein Glas ein. Das Mädchen hatte das seine kaum angerührt.
»Was muß ich dir zahlen?«
»Das Getränk zahlst du beim Chef.«
»Und das andere?«
»Für das Handtuch zahlst du auch bei ihm.«
»Und du?«
Sie ließ die Beine herunterhängen und stellte die Füße auf den Bettvorleger. Mit heiserer Stimme schleuderte sie ihm entgegen: »Du schuldest mir, was du konsumierst!«
Sie stand auf und ging zu ihren Kosmetikutensilien. Auf einer Kiste, die ebenfalls mit einem weißen Tuch bedeckt war, lag ein Handspiegel. Sie betrachtete sich darin und legte neuen Lippenstift auf.

»Machst du diese Stickereien?«
»Ich kann so etwas nicht. Die sind von meiner Mutter.«
»Was macht sie?«
»Nichts mehr. Es wird nicht mehr viel von ihr übrig sein. Sie ist seit zehn Jahren unter der Erde.«
»Wie bist du auf den Strich gekommen?«
Pierrette legte lachend den Spiegel zurück und ging wieder zum Bett.
»O nein«, sagte sie. »Du spielst mir nicht den guten Onkel vor, der sich für die Vergangenheit eines gefallenen Mädchens interessiert. Das läuft in der Stadt, aber nicht hier. Du wirst nicht glauben, wie viele Typen es gibt, die dir eine Nummer oder sogar eine ganze Nacht zahlen würden, wenn du ihnen dein Leben erzählst. Es erregt sie zu hören, wie ein Mädchen zur Nutte wird.«
»Das ist mir egal. Ich sagte das nur so dahin.«
Wieder füllte er sein Glas. Nebenan verstummte das Stimmengewirr. Der Blinde hatte angefangen zu singen. Sie hörten eine Weile zu. Dann sagte das Mädchen: »Meine Geschichte ist ganz banal. Ich war in einer Bank angestellt. Eines Tages ruft mich der Chef in sein Büro. Er faßt mir an den Hintern. Da habe ich ihm eine gescheuert. Trotzdem, ein hübscher Junge. Hübscher jedenfalls als die meisten, mit denen ich heute zu tun habe. Ich habe nicht abgewartet, bis man mich gefeuert hat. Ich habe auch keine neue Arbeit gesucht. Ich habe gesehen, wie Nutten zu ihrem Geld kommen, und beschlossen, es genauso zu machen. Das ist alles. Du siehst, die Geschichte ist nicht einmal unterhaltsam.«

Der Blinde sang: »Mein großes weißes Reich / Land meiner Kindheit / Land meiner Jugend / Dein Schnee tanzt und tanzt und tanzt...«
Plötzlich lachte Pierrette höhnisch auf.
»Mit Karpfengesicht war das anders. Sie war verheiratet, diese Närrin. Sie betrog ihren Macker mit dem Mann ihrer besten Freundin. Eines Tages haut der Mann mit einer anderen ab. Und diese Mado fühlt sich genauso betrogen wie ihre Freundin. Sie war so in Rage, daß sie schließlich gequatscht hat. Resultat: Ihr Macker hat sie mit einer Tracht Prügel rausgeschmissen.«
Sie schwiegen eine Weile. Jordan war bei seinem fünften Glas angelangt.
»So geht es eben.«
Er zog einen Zwanzigdollarschein heraus und legte ihn neben das Glas. Als er aufstand, machte Pierrette einen Satz, hob den Schein auf, stieß Jordan beiseite, um vor ihm an der Tür zu sein. Sie lehnte sich mit dem Rücken gegen die Tür. Den Geldschein zerknüllte sie und warf ihn Jordan ins Gesicht.
»Ich habe dir gesagt, du sollst beim Chef bezahlen«, schrie sie wütend. »Ich habe hier keine Kneipe!«
Höhnisch entgegnete er: »Immerhin servierst du Getränke.«
»Ekle ich dich an, oder bist du kein Mann?«
Sie warfen sich wütende Blicke zu. Ein Zögern zwischen Lachen und Zorn. Dann umfaßte er mit beiden Händen ihre Taille und hob sie hoch. Er warf sie auf das Bett und ließ sich auf sie fallen.
»Kein Mann?« brummte er. »Du wirst was erleben, du

Miststück... Du kannst lange warten, bis ich dich bezahle.«

35

Der heftige Frühling mit seinem ständigen Wechsel zwischen Regenschauern und Sonne ließ in wenigen Tagen Myriaden von Mücken, Fliegen und Schnaken ausschlüpfen. Diese Zeit war besonders schwer erträglich. Das Eis blockierte noch die Flüsse, so daß zwischen dem See und Saint-Georges keine Boote verkehren konnten. Die ausgefahrenen Wege waren zu regelrechten Schlammbächen geworden. Mit Schlitten konnte man nicht mehr darauf fahren, und Traktoren und Gespanne versanken im Morast. Nur Fußgänger kamen noch durch den Wald voran. Und die waren sehr zahlreich. Sie wurden von der *De-Profundis*-Mine angezogen, von der jedoch niemand Genaueres wußte. Neuankömmlinge bauten eilig Hütten in den Schlamm. Als die Gewässer eisfrei waren, drang das Gerücht auf die Insel, daß ein Priester unterwegs sei, um in Bourg-le-Rouge eine Gemeinde zu gründen. Im Winter hatte ein Zimmermann namens Gouraud in Saint-Georges ein großes Boot gebaut, mit dem er einen Pendelverkehr einrichten wollte. In diesem Boot hatte der Geistliche Platz genommen.
Schon von Ferne war die Glocke des Bootes zu hören, dann das gleichförmige Geräusch des Antriebsgestänges und das Klacken der Schaufelräder.

Es war ein seltsames Flachbodenboot. Sein Bug war ebenso eckig wie das Heck. Die Länge betrug kaum mehr als die doppelte Breite. Ein Aufbau aus cremeweiß gestrichenen Planken mit Fenstern nach allen vier Seiten nahm fast die Hälfte des Decks ein. Vor diesem riesigen Hühnerstall erhob sich in gleicher Höhe das Ruderhaus. In der Mitte spuckte ein hoher Schornstein schwarzen Qualm. Am Heck traten an mehreren Stellen kleine Dampffontänen aus. An den Seiten drehten sich zwei enorme Schaufelräder durch die leuchtende Gischt.

Gouraud, der Kapitän, hatte noch nicht die Zeit gefunden, Türen in die Aufbauten einzusetzen. Auch war noch der ganze obere Teil sowie der Innenraum zu streichen. Doch die Ankunft des Geistlichen war dem improvisierten Reeder als ein Zeichen des Himmels erschienen. Sofort hatte er die Gelegenheit beim Schopf ergriffen und seine Schiffahrtslinie eröffnet. Als die Bewohner von Saint-Georges dieses häßliche braune Schiff gesehen hatten, bevor noch die Aufbauten fertig waren, hatten sie es *Wanze* getauft. Da der Name überall großen Anklang fand, hatte ihn der Zimmermann schnell mit weißen Lettern an Bug und Heck geschrieben.

Bei ihrer Jungfernfahrt hatte die *Wanze* nicht viele Passagiere, aber eine beachtliche Ladung an Paketen, Kisten und Säcken. Eine Reihe von Leuten, die zu Fuß über die aufgeweichten Wege gekommen waren, hatten dem Kapitän Teile ihres Gepäcks anvertraut.

Auf der ganzen Strecke kamen Leute zum Ufer gelaufen um das riesige, schnaubende und prustende Tier zu begrüßen. Auf der Insel und in sämtlichen Hütten von Bourg-le-Rouge erzeugte die Nachricht von der Ankunft des Geistlichen eine gewisse Unruhe.

Die *Wanze* war bei Morgengrauen in Saint-Georges aufgebrochen und erreichte den See am späten Nachmittag. Am Ruderhaus läutete Gouraud die Glocke; im Kessel schürte ein Gehilfe des Zimmermanns das Feuer und legte riesige Holzscheite nach. Ein Lehrling, ein dickes Tau in der Hand, machte sich am Bug bereit, mit einem Satz auf die hölzerne Landungsbrücke zu springen.

Jeder, der auf Jordans Insel nicht unter Tage war, rannte herbei. Das Boot hatte die Insel rechts umrundet und legte nun vor der Wachbaracke an der Brücke an. Von Bourg-le-Rouge aus machten sich ein paar Boote auf den Weg.

»Der Priester ist da! Der Priester ist da!«

Die Neuigkeit verbreitete sich in Windeseile. Weitergegeben von den Männern an der Winde, gelangte sie auch in den Schacht. Es dauerte keine zwei Minuten, bis sie Jordan und den Ingenieur erreicht hatte, die am Ende eines Strebs wasserdurchlässiges, brüchiges Gestein untersuchten.

»Im Moment können wir hier nichts mehr tun«, stellte Maclin fest. »Wenn wir stärkere Pumpen haben, sehen wir weiter.«

Jordan stimmte ihm zu. Sie gingen bis an die Stelle zurück, wo solideres Gestein war, und ordneten an, rechts weiterzubohren, wo sich eine Quarzader abzuzweigen schien.

Als sie an der Oberfläche ankamen, hatte der Priester

die Insel bereits betreten: eine lange Gestalt, die in einer weiten, aber etwas zu kurzen Soutane einhersegelte. Durch eine Nickelbrille mit starken Gläsern schien sein kurzsichtiger Blick den Weg zum Himmel zu suchen. Das spitze Kinn war unablässig in Bewegung, so als nagte er an einem Stück Holz. Wegen dieser Gewohnheit hatten ihm die Männer bereits wenige Minuten nach seiner Ankunft einen Spitznamen gegeben. Als Jordan und Maclin auf den Priester zugingen, flüsterte ihnen ein Bergmann zu: »Ihr lernt jetzt den Mümmler kennen!«

Dem Priester folgte ein altersloses Wesen, ein Junge mit pausbäckigem Mädchengesicht, der ein graues Eselchen am Zügel hinter sich her zog. Die Fliegen machten das Tier fast verrückt.

»Du mußt dein Grautier mit Salbe einreiben. Wir werden dir etwas holen.«

Es herrschte eine fast festliche Stimmung. Die Neugier flatterte wie ein Schmetterling vom Priester zum Esel und vom Esel zum Boot.

Jordan hatte den Schutzhelm abgesetzt, begrüßte den Pater und stellte sich selbst vor: »Ich bin der Chef dieser Mine.«

»Ich bin Pater Mermet, mein Sohn. Ich bin hergekommen, weil hier eine Stadt geboren wurde, in die Gott noch nicht Einzug gehalten hat.«

»Hier ist eigentlich nur die Mine, Pater. Die Siedlung ist eher Bourg-le-Rouge dort drüben.«

Jordan streckte den Arm zum See hin aus, wo sich die untergehende Sonne feuerrot spiegelte.

»Dann muß ich also dorthin.«

Der lange Geistliche, dessen Zähne noch immer mahlten, drehte sich um und ging zum Ufer hinunter. Allgemeines Gelächter brach aus, als man merkte, daß er direkt auf Bourg-le-Rouge zugehen wollte, als läge nicht der See dazwischen.

«Sie müssen wieder das Boot nehmen, Pater«, rief ihm Gouraud zu. »Sie befinden sich auf einer Insel.«

Jordan gab dem Ingenieur seinen Helm und die Lampe und flüsterte: »Ich werde ihn begleiten. Ich will nicht, daß ihn die anderen auf die Idee bringen, sich bei uns auf der Insel niederzulassen.«

Als die Fracht ausgeladen war, fing die *Wanze* wieder an zu rumpeln und zu fauchen.

»Du hast Glück«, sagte Jordan zum Kapitän. »Dein Schiff wurde bei seiner Jungfernfahrt gesegnet. Ein heiliges Feuer wird es antreiben. Dir kann nichts mehr passieren!«

Gouraud mit seinem runden roten Gesicht lachte laut auf. »Das wird mir mehr einbringen als die Zimmerei, und es ist nicht so mühsam.«

Der Priester war zu ihnen getreten und sah sich um. Ganz begeistert fragte er: »Sie sind Zimmermann, mein Sohn?«

»Ja, Pater.«

»Ich werde einen guten Zimmermann brauchen, der mir beim Bau meiner Kirche hilft.«

»Sie werden hier einen finden. Ich bin aus Saint-Georges.«

»Das ist gleichgültig, mein Freund. Sie werden uns helfen. Es gibt keine Fremden für eine Gemeinde, wenn es darum geht, Gottes Haus zu bauen.«

»Natürlich werde ich kommen.«
Zu Jordan hin machte Gouraud eine Geste, die soviel bedeutete wie: Darauf kannst du dich verlassen, Priester!
Das Boot legte bei Bourg-le-Rouge ebenso sanft an wie an der Insel.
»Man könnte meinen, du hast dein Leben lang nichts anderes gemacht, als Schiffe zu steuern«, rief ihm Jordan zu.
»Ich habe immer davon geträumt, Seemann zu werden«, erwiderte Gouraud fröhlich.
»Das reicht aus, um es zu lernen?«
»Ganz bestimmt.«
Mit entsetztem Gesicht baute sich der Priester vor Gouraud auf. »Erzählen Sie mir nur nicht, daß Sie noch nie ein Boot gesteuert haben!«
»Ehrenwort, Vater, das ist meine erste Fahrt.«
Der Geistliche bekreuzigte sich und murmelte den Namen des Herrn.
Die Leute aus Bourg-le-Rouge waren schon an Bord gekommen, um die restlichen Pakete auszuladen, die auf der Brücke gestapelt waren. Der junge Mann mit dem Mädchengesicht zog seinen Esel an Land, an dessen Packsattel aus geflochtenem Stroh zwei riesige Koffer hingen. Über seinem Rücken lag ein Seesack. Seit die Männer auf der Insel Flanken und Hals des Tieres mit Salbe eingerieben hatten, wurde es weniger von Fliegen geplagt.
»Ihr müßt mir gleich sagen, wo ich mein Zelt aufschlagen kann«, sagte der Pater. »Der Junge kann dann mit dem Gepäck dort bleiben.«

Als Jordan sich gerade fragte, ob dieser Priester wohl die Mittel hatte, sich einen Diener zu leisten, erklärte ihm der Mümmler, daß er dem jungen Emmanuel in Saint-Georges begegnet sei, als er Arbeit für sich und seinen Esel suchte. Der Priester hatte ihm nur die Fahrt auf der *Wanze* bezahlt.

»Das macht einen Nichtstuer mehr, und ich sage Ihnen, von denen gibt es schon genug hier«, sagte Jordan.

Er zeigte dem Eseltreiber eine Stelle zwischen dem See und den ersten Hütten, die frei von Gestrüpp war. Dann ging er mit dem Priester weiter, um einen Platz zu suchen, wo am nächsten Tag, einem Sonntag, die Messe abgehalten werden konnte. Danach war noch ein Gelände für den Bau der Kirche ausfindig zu machen. Sie gingen die Straße hinunter, die zwischen den Hütten und Baracken entstanden war und die man ›Erste Straße‹ genannt hatte. Der Priester streckte mümmelnd die Nase in die Luft. Er betrachtete jede Hütte, als wollte er sie bis ins Innerste prüfen. Die Männer beobachteten ihn von weitem. Die einen bekreuzigten sich, als sie ihn sahen, andere lachten verstohlen und verbreiteten seinen Spitznamen.

Als die beiden vor dem Bordell angelangt waren, dessen rote Laterne brannte, fragte der Geistliche: »Was ist das für ein schönes Haus? Es scheint sehr groß zu sein.«

Unbehaglich erklärte Jordan, das sei ein Saal, in dem sich die Männer gelegentlich träfen.

»Das interessiert mich.«

»Warten Sie, Pater. Es ist geschlossen. Ich gehe hinten herum.«

Er lief zu einem Fenster und klopfte. Bastringue zeigte

sich im selben Moment. Sein Atem stank nach Alkohol. Jordan erklärte ihm schnell, worum es ging.
»Ich beschäftige ihn eine halbe Stunde, und du siehst zu, daß die Bude vorzeigbar ist. Und daß sich die Mädchen verdrücken! Es gibt keinen anderen Raum für seine Messe.«
Als Jordan mit dem Priester weitergegangen war, klopfte Bastringue an die Türen der besetzten Zimmer.
»Aufstehen. Schnell! Zieht euch an!«
Gertrude und Mado kamen halbnackt heraus, hinter ihnen zwei Freier, die sich die Hosen zuknöpften.
»Brennt's?« fragte die dicke Gertrude. Sie trug nur einen kurzen Umhang. Ihre enormen Brüste wogten, und ihr weißes Fleisch zitterte wie Pudding. Die anderen Mädchen und die Kunden im Saal drehten sich um. Bastringue brachte sie zum Schweigen. Als er erklärt hatte, was los war, hastete plötzlich alles herum. Schnell zogen die Mädchen Morgenröcke an oder warfen sich Umhänge über die Schulter. Dann begannen sie den Saal sauberzumachen, während sich die Kunden zurückzogen. Gläser, Flaschen, Spiele und Zigarettenkippen – alles mußte verschwinden. Die große Yolande nagelte Tischtücher, Bettüberwürfe und Schals an die Wände, um die Bilder nackter Frauen und die obszönen Schmierereien, mit denen sich Kunden an den Wänden verewigt hatten, zu verdecken. Da ihr der Stoff ausging, nahm sie Zeitungen zu Hilfe.
Als es an der Tür klopfte, entfernte Bastringue gerade die letzten leeren Flaschen, während Gertrude noch einmal mit dem Besen durch den Saal ging.
»Mach ruhig weiter«, meinte er zu ihr. »Ich werde

wohl das Recht auf eine Hilfe haben. Ihr anderen verschwindet... Du nicht, Arthur. Bleib da. Ein Blinder, das macht Eindruck.«

Er öffnete die Tür und breitete die Arme aus.

»Du bist es, Maxime! Komm herein! Du weißt doch, es ist immer offen. Die Tür klemmt ein wenig.«

»Ich bringe dir Pater Mermet. Er will eine Gemeinde gründen. Bis er seine Kirche hat, möchte er bei dir die Messe lesen.«

»Bei mir? Mein Gott, ist denn mein bescheidenes Haus einer solchen Ehre...?«

Der Musikant rang nach Worten. Gertrude gab sich Mühe, nicht herauszuplatzen. Der Pater war ins Halbdunkel getreten und ließ den Blick bewundernd über die Wanddekoration schweifen.

»Das ist doch sehr hübsch«, sagte er, »wirklich hübsch.«

Bei den Zeitungen blieb er stehen.

»Damit jeder die Nachrichten lesen kann«, erklärte Bastringue.

Die Nasenspitze zwei Finger breit von der Zeitung entfernt, bemerkte der Geistliche: »Sie ist aber nicht von heute.«

Er drehte sich nach Gertrude um und umkreiste sie wie ein Bauer auf dem Viehmarkt ein Stück Vieh.

»Man hatte mir gesagt, daß noch keine Familien hier seien.«

»Das ist meine Nichte«, sagte Bastringue, »sie ist mit ihrem blinden Bruder zu mir gekommen.«

»Sind Sie von Geburt an blind?« fragte der Priester Arthur.

»Ja, Pater«, entgegnete der Blinde knapp.
»Dann, mein Sohn, tragen Sie gewiß in Ihrem Herzen ein Licht, das so schön ist wie das der Sonne, das aber nicht die unschönen Seiten unserer modernen Welt beleuchtet.«
Als er auf die Türen weiter hinten im Saal zugehen wollte und fragte, ob nicht einer der Räume dahinter als Sakristei dienen könne, versperrte ihm Gertrude den Weg. In theatralischem Ton sagte sie: »Wir werden Ihnen einen Platz herrichten, Pater. Lassen Sie mich nur erst aufräumen. Im Moment ist alles in Unordnung.«
Der Priester lächelte ihr zu und sagte, sie sei ein Geschenk des Himmels.

36

In diesem endlosen Gebiet voller Seen und Flüsse hatte oft nur das Kanu die Goldsuche oder den Handel möglich gemacht. Also bauten geschickte Männer Boote. Wenn eine Mine eröffnet wurde oder eine Stadt an einem Gewässer wuchs, entstanden auch verschiedene kleine Bootswerften. Oft ließen sich Schiffer, die anderswo im Holztransport oder in der Passagierschifffahrt tätig gewesen waren, an solchen Stellen nieder. Sie beobachteten den Lauf der Gewässer und entwarfen ihr eigenes Boot. Die Rottanne lieferte das Grundmaterial. Das Holz wurde grob mit der Axt behauen, dann in zwanzig Zentimeter starke Bohlen zersägt.

Riesige Kessel wurden angeheizt, in denen die Hölzer zunächst in Form gebogen und später imprägniert wurden. Die Imprägnierbäder setzten sich aus einer Kreosot- und Kresollösung zusammen, der Teer und Geruchsstoffe zugesetzt wurden. Jeder besaß sein eigenes Holzschutzrezept. Unter freiem Himmel entstand der Bootskörper, nahm der Schiffsrumpf Gestalt an. Wenn er sorgfältig kalfatert war, wurde er ohne jede Zeremonie zu Wasser gelassen. Erst im Wasser wurden die Aufbauten gezimmert. Jeder Reeder hatte seine eigenen Vorstellungen von Ruderhaus, Kabinen und Gemeinschaftsräumen.
Auf diesen großen Seen, die durch Flüsse miteinander verbunden waren, konnte mancher Unternehmer reich werden. Die Schiffe hatten klug ausgedachte Profile, waren oft an die fünfundzwanzig Meter lang, und die Tonnage betrug bis zu sechzig Tonnen. Die Takelage war für längere Strecken ausgelegt. Den Reisenden wurden bequeme Schlafplätze und reichhaltige, an Bord gekochte Mahlzeiten geboten.
Die riesigen Dampfkessel dieser Monstren wurden mit Kohle beheizt. Die hohen Schornsteine spien dieselbe Schwärze aus wie die Lokomotiven der Transkontinentalen. Ihr Rauch stieg zum Himmel auf, wo sich der Wind mit ihm maß, ihn herumwirbelte und schließlich wieder auf das Wasser und den Wald hinabdrückte. Das Land zitterte. Bis in den letzten Winkel wurde es beschmutzt von einem fremden, stinkenden Regen. Auf eine Art mehr nahm der Mensch das Land in Besitz. Tierarten, die sich nach dem Bau der Eisenbahn an einem Fluß- oder Seeufer niedergelassen hat-

ten, mußten wieder fliehen und sich noch weiter entfernt einen neuen Lebensraum suchen.
Die gefräßige Schiffahrt benötigte Brennstoffdepots, Bootshäuser und Männer, die mit Schubkarren die Kohle heranschafften. Dort, wo zahllose Kanus in gutem Einklang mit der Natur vorübergefahren waren, klaffte nun eine Wunde.
Die riesigen Schaufelräder pflügten den Grund, wirbelten Schlick auf und rissen Algen aus. Und wenn die ersten Fröste kamen, befestigte man am Bug der Dampfer eine Art Eisenpflug, mit dem man das Eis brechen und die Fahrt fortsetzen konnte.
Die Schiffer lieferten der Kälte einen erbitterten Kampf. Es kam vor, daß die Schiffe festfroren. Dann mußte man auf dem Eis abladen und das Ungeheuer, das mehr Schwärze ausstieß denn je, mit der Hacke befreien.
Im Sommer galt der Kampf den Gewittern, den überraschenden Stürmen auf den Seen, undurchdringlichem Nebel und reißendem Hochwasser.
Die Dampfer brachten die in den Minen geförderten Goldbarren unter Polizeiaufsicht in die großen Städte. Sie verliehen dem Land ein neues Gesicht. Sie waren die Mittler zur Welt.

37

Seit seiner Ankunft las Pater Mermet jeden Sonntag um neun Uhr in René Jonquets Haus die Messe. Unablässig erhob er in der Predigt die Stimme gegen das Laster, betonte, wie notwendig es auch für einen Arbeiter fern vom Rest der Welt sei, ein sündenfreies Leben zu führen.

»Ich glaube zu wissen«, sagte er immer wieder, »daß ihr euch bei euren Zusammenkünften in diesem Haus manchmal dem Glückspiel hingebt. Daß ihr um Geld wettet. Denkt an eure Familien in der Ferne. Nutzt eure Freizeit zum Bau von dauerhaften Häusern, damit ihr eure Frauen und Kinder zu euch holen könnt. Eine Welt ohne Frauen ist keine wirkliche Welt.«

Solche Bemerkungen reizten die Anwesenden immer zum Lachen, das man mit Husten und Niesen zu überdecken versuchte.

Ein paar gute Christen hatten dem Pater eine kleine Hütte aus Rundhölzern und Brettern gebaut. Sie befand sich auf halbem Weg zu dem Hügel, an dessen Fuß man die Toten beerdigt hatte. Seit der Claim *De Profundis* aufgegeben worden war, bot sich dort ein schönes, gerodetes Gelände. Der Priester hatte beschlossen, dort seine Kirche zu errichten. Geschickt hatte ihm Bastringue diesen Platz schmackhaft gemacht, da er weit genug entfernt lag vom Haus mit der roten Laterne.

Der Priester freute sich, Emmanuel mitgebracht zu haben. Er fand ihn »zart wie ein Mädchen«, und eine Reihe von Arbeitern behauptete, er wäre billiger als Bastringues Damen.
Der junge Mann hatte sich neben dem wichtigsten Trinkwasserbrunnen der Gegend niedergelassen. Die Quelle entsprang in einer kleinen Bodenfalte und ergoß sich plätschernd in einen Teich, der gesäumt war von Weiden und Schwarzerlen. Ohne fremde Hilfe fällte dieses eher schmächtige Wesen mit dem treuherzigen Blick ein paar Rottannen, ästete sie ab und begann eine zweigeteilte Hütte zu bauen, die eine Hälfte für sich selbst, die andere für seinen Esel.
Ein großer, kräftiger Bursche teilte sein Lager. Er arbeitete einige Stunden am Tag auf einem Claim und half Emmanuel nach seiner Arbeit. In seiner Abwesenheit empfing Emmanuel Besuche.
Als das Haus fertig war, besorgte sich der Junge zwei Bierfässer, die er oben so weit öffnete, daß ein Schöpfeimer hineinpaßte. Er füllte sie an der Quelle und lud sie auf seinen Esel. Dann zog er durch Bourg-le-Rouge und rief: »Wer will Wasser? Gutes Wasser! Gutes Wasser!«
Die Männer, die sonst selbst zum Wasserholen zu einer der Quellen gegangen waren, fanden es sehr bequem, das Wasser bei ihm für einen Sou zu kaufen. Emmanuel und sein Esel gehörten bald ebenso zum Bild der Stadt wie die verschiedenen Handwerker, die Messe, das Spiel und die Ausschweifung.
An einem Sonntag erntete der Priester schlecht unterdrücktes Gelächter, als er in seiner Predigt Emmanuel

als gutes Beispiel anführte: »Würde nur jeder so viel zum Wohl unserer Gemeinde beitragen wie dieser Junge! Unser Leben wäre angenehmer und sonniger.« Emmanuels Quelle wurde ebenso zum abendlichen Treffpunkt wie Bastringues Haus.

Beim Gottesdienst sang der Blinde Choräle, die die Gemeinde, begleitet vom Akkordeon des Hausherrn, im Chor nachsang. Die dicke Gertrude übernahm die Kollekte; ihre drei Arbeitskameradinnen halfen ihr aus der Ferne. Sie waren dem Mümmler wohl nie aufgefallen; seine Kurzsichtigkeit schützte ihn vor vielem.

Für Jordan hatte sich das Leben verändert. Oft verbrachte er seine Nächte mit Pierrette. Er kam gegen ein Uhr morgens, nachdem er unter Tage noch einmal nach dem Rechten gesehen hatte, ins Haus mit der roten Laterne. Während er darauf wartete, daß die letzten Kunden gingen, trank er mit dem Blinden ein Bier. Oft half er auch Bastringue, zwei oder drei Betrunkene hinauszubefördern, die in einer Ecke zusammengesunken waren, oder er half beim Zählen der Handtücher. Jedes Mädchen holte die seinen aus dem Zimmer und legte sie auf einen Stapel. Bastringue zählte nach und kassierte die zwei Dollar pro Kunde, die ihm die Mädchen für Kost und Logis zahlen mußten. Der Blinde teilte das Zimmer des Mädchens, das keinen Schlafgast hatte; waren alle beschäftigt, verbrachte er die Nacht auf einem Fell in einer Ecke des großen Saals.

Seit sie Jordan kennengelernt hatte, gab sich Pierrette nur noch selten mit Kunden für eine ganze Nacht ab. Hierbei kam Bastringue nicht auf seine Rechnung, und er beklagte sich schließlich.

»Übernimm sie ganz. Ich lasse eine andere kommen. Meine Tante kommt ohnehin her, um mir zu helfen. Sie kann ein Mädchen mitbringen. Ohne die Übernachtungen rentiert sich das nicht für mich.«
Jordan zog es vor, den Wirt zu entschädigen, und überließ ihm eine Aktie seiner Mine. Da er niemandem etwas schuldig bleiben wollte, bot er auch Pierrette eine an und sagte: »Dividenden können wir noch nicht ausschütten.«
Als die Prostituierte mit Bastringue sprach, sah dieser sie einen Moment lang nachdenklich an.
»Weißt du«, sagte er schließlich, »es würde mir gar nicht passen, ein Mädchen wie dich zu verlieren ... aber ...«
»Mach dir keine Gedanken, Onkelchen. Du bist in Ordnung. Ich weiß, du würdest mir sogar deinen Segen geben. Aber Maxime ist nicht der Typ, der sich mit einem Mädchen belastet. Und ich will auch nicht. Sicher braucht es noch einige Zeit, bis ich meine Schäfchen im trockenen habe. Aber wenn es dann soweit ist, richte ich mir mein Leben ein, wie ich es will. Und wenn ein Mann dabei eine Rolle spielt, muß ich ihm nichts schuldig bleiben!«
Bastringue rieb sich die Wurstfinger und verzog den Mund so, daß seine rote Nasenspitze ein wenig platt wurde.
»Du hast sicher recht. Ihr seid euch zu ähnlich, du und Maxime. Es würde keine drei Wochen dauern, bis die Teller fliegen.«

Die Kirche war noch nicht fertig, da waren schon mehrere Frauen ihren Ehemännern nachgefolgt. Mit ihnen kam auch die Verlobte von Germain Landry. Schon lange zuvor hatte er es dem Priester angekündigt, der sich darauf freute, die beiden zu trauen.
Justine Fournel überragte Germain um einen halben Kopf. Sie war eine kräftige Brünette mit lachenden Augen und einem offenen, breiten Gesicht. Ihren Händen sah man ehrliche Arbeit an.
Etwas schüchtern bat Germain seinen Freund, ihn in einer Angelegenheit zum Priester zu begleiten, die er bis zum letzten Augenblick vor sich hergeschoben hatte.
»Verstehst du, ich kann sie nicht in einem Puff heiraten. Das widert mich an... Außerdem wird sie das nicht wollen.«
»Du mußt es ihr ja nicht sagen.«
»Ich will nicht mit einer Lüge anfangen.« Er zögerte. »Sie erfährt es in jedem Fall... Nur der Priester sieht es nicht. Ich würde gern...« Er schwieg und sah Jordan verlegen an.
Der Ingenieur, der an seinem Schreibtisch direkt am Fenster über seine Berechnungen gebeugt war, drehte sich um und fragte: »Was ist das für ein Spiel?« Er stand auf und ging zu ihnen. »Ihr seid als erste hiergewesen. Ihr habt diese Mine aufgebaut. Würde jemand einem von euch beiden etwas antun wollen, wäre der andere zu allem fähig. Aber ihr könnt nicht vernünftig miteinander reden... Natürlich muß er auf der Insel heiraten. Den Priester wird das nicht besonders erstaunen.«

»Daran habe ich auch gedacht«, meinte Jordan. »Nur wenn andere das auch wollen ...«
Ärgerlich unterbrach ihn der Ingenieur: »Reg dich nicht auf, bis dahin ist die Kirche fertig.«
Germain, noch immer unsicher, sah Jordan fragend an. Seine kastanienbraunen Locken zitterten über der niedrigen Stirn.
»Am besten würde sich die Kantine eignen«, meinte Jordan.
Der Ingenieur fing an zu lachen. »An einem Samstagabend«, sagte er. »Und du zahlst das Hochzeitsessen – du, Mersch und der alte Samuel. Die wirklichen Bosse seid ihr ... Das ist doch ganz selbstverständlich ...«
Germain war noch immer unsicher. Aber Jordan lachte plötzlich los. Seit langem hatten sie ihn nicht mehr so lachen sehen.
Landry stimmte ein. »Du bist ein guter Kerl, Jordan. Ich habe es immer gewußt ... Ich will schnell Justine Bescheid sagen.«
Er rannte los. Nach zehn Schritten kehrte er um und kam mit beunruhigter Miene zurück.
»Du kommst doch mit, wenn ich den Priester frage?«
»Verdammt nochmal!« stieß Maxime hervor. »Ich muß dir wohl deine Frau auch noch ins Bett bringen?«

38

Die Hochzeit von Justine Fournel und Germain Landry war ein bedeutsames Ereignis. Alle beteiligten sich an der Ausschmückung des großen Speisesaals. Es war Anfang Juli, und die Fliegen schwirrten in dichten Schwärmen umher. Dennoch gingen die Männer in den Wald, um Blumen und Zweige zu pflücken. Justine, die sie oft am Warenhaus, in dem sie bereits arbeitete, vorübergehen sah, sagte einmal zu Germain: »Weißt du, ich bin ganz gerührt, wenn ich diese Jungen sehe, wie sie mit ihren großen Pranken Blumen binden und Girlanden flechten.«
Germain betrachtete seine eigenen breiten Hände voller Schrammen und Brandnarben. Kleinlaut gab er zu: »Ich wollte auch mitmachen. Aber die anderen haben gesagt: ›Du mit deinen riesigen Pranken... Wenn du irgendwas anfaßt, werfen wir dich in den See.‹ Sie wollten nicht einmal, daß die Frauen ihnen helfen.«
Justine tat so, als bemerkte sie die Männer nicht, die in den Laden kamen, sie verstohlen musterten und sich dann an Noël Letourneur oder seine Frau wandten und Parfüm, Küchengerät oder Geschenkpapier verlangten.
Nicht alles wurde auf der Insel eingekauft. Drei Bergleute waren mit dem Kanu nach Saint-Georges gefahren. Sie hatten eine Liste und Umschläge mit Geld bei sich, das ihnen die Kameraden anvertraut hatten.

Mersch und der alte Samuel kamen am Vorabend. Die Vogelscheuche schwitzte in ihrem schönen Anzug und beschwerte sich ständig über die summenden und stechenden Insekten. Samuel beschimpfte Mersch unablässig; es war zu einer Art Ritual geworden. Er erhob dabei nicht einmal die Stimme. Mersch hatte einen großen grauen Sack mitgebracht, in dem man rechteckige Dosen vermuten konnte. Landry errötete und tat, als hätte er nichts bemerkt.

Und dann war der Tag der Hochzeit da. Die Robillards hatten das Geschäft geschlossen. Der Schuster, dem es von Tag zu Tag besser ging, hatte die Krücken gegen zwei Spazierstöcke ausgetauscht. Catherine trug ein sehr elegantes Kleid, das am Kragen, an Manschetten und Saum mit Spitzen besetzt war. Ihr Hut war so groß, daß sie ihn beim leisesten Lufthauch festhalten mußte. Steph, der sich gerade verlobt hatte, hatte seinen blauen Anzug angezogen. Seine Braut und seine Schwester trugen Kleider mit Glockenröcken. Sogar Raoul, der Verrückte des Nordens, war gekommen. Er hatte dieselben Kleider an, die er auch in den Wäldern trug. Sie kamen mit der *Wanze*, begleitet vom Geistlichen aus Saint-Georges, der sehr stolz darauf war, schon mehrere Paare getraut zu haben. Er hatte darauf bestanden, die Zeremonie gemeinsam mit dem Mümmler vorzunehmen.

Aus Bourg-le-Rouge waren nur ein paar Freunde von Jordan eingeladen worden sowie der Blinde und Bastringue mit seinem Musikapparat. Die ›Tante‹ des Wirts, die vor kurzem angekommen war, war zu Hause geblieben und überwachte das Etablissement, das

am Samstagabend schließlich nicht geschlossen werden konnte.
Der Ingenieur hatte eine echte Bergmannsidee gehabt. Er hatte die übliche Sprengung verschoben und die Sprengmeister gebeten, unten zu bleiben.
Mit Ausnahme der Windenleute, der Wachen und der Sprengmeister hatten sich alle in der Kantine eingefunden. Goldenes Licht flutete in den Raum. Es herrschte eine Hitze, die auch von den leichten Windstößen, die vom Wald herüberkamen, nicht gelindert wurde.
Im Hintergrund des Saals, vor den Schaltern der Küche, die man mit Laken verhängt hatte, war ein Altar errichtet worden. Überall waren Blumen, Zweige und lange Bänder angebracht und hier und da weiße Spruchbänder mit der Aufschrift ›Ein Hoch den Frischvermählten‹. Die Köche hatten herzförmige Brote zwischen die Girlanden gehängt.
Nach und nach kehrte Ruhe ein. Die beiden Priester mit ihren Stolen warteten. Die Brautleute warteten. Die Bergleute warteten.
Schließlich ertönte die Explosion. Wegen der vorangegangenen Stille schien sie lauter denn je. Der Boden zitterte und die Fenster klirrten. Im selben Augenblick begannen die Alarmglocken zu läuten, diesmal jedoch nicht, um Gefahr oder Tod anzuzeigen, sondern Freude und das Leben.
Die Sprengmeister und Windenführer traten ein. Die Zeremonie konnte beginnen.
Als der Blinde mit tiefer Stimme zu singen anfing, beugte sich Germain zu Justine und flüsterte: »Er

wollte sich umbringen . . . Das Mädchen, das er liebte, hatte ihn verlassen . . .«

Justine grub ihre Nägel in Germains riesige Hand. Sie sah ihn an und bemerkte eine Träne, die ihm über die gebräunte Wange lief.

Die Verteilung der Geschenke fand nach der Trauung im Freien statt, damit das Küchenpersonal Gelegenheit hatte, die Tische für das Essen wieder an Ort und Stelle zu rücken. Es ging zu wie in einem Bazar. Ausrufe der Bewunderung, Geschrei, Gelächter, Umarmungen, Momente der Rührung.

Dann folgte das Essen. Es zog sich unendlich lange hin. Immer wieder wurde es von Gesang unterbrochen. Ukrainer, Polen und ein Spanier mit verführerischer Stimme trugen Lieder aus ihrer Heimat vor. Zum Schluß kam Bastringue mit seinen Instrumenten und spielte zum Tanz auf.

Der Ball war noch nicht zu Ende, als die Jungvermählten den verrauchten Saal verließen, in dem man sich kaum noch sehen konnte.

Der Dunst über dem See mischte sich mit dem ersten Morgenlicht. Wie ein Schleier hing er in den Bäumen. Justine und Germain gingen Seite an Seite. Der stämmige Ehemann trug ein schwarzes Jackett, das Mersch ihm in Quebec gekauft hatte. Es war ein bißchen zu eng geraten. Die junge Braut trug ein weißes Kleid ohne Schleppe. Octavie Letourneur hatte es aus dem Baumwollstoff genäht, den Catherine Robillard Justine geschenkt hatte.

Vor ihrem Haus blieb Landry stehen.

»Komm her«, sagte er.

Er hob seine Frau auf und trug sie über die Schwelle.
In diesem Moment hörte man ein Krachen.
»Was ist das?« fragte sie erschreckt.
Mit zerknirschter Miene stellte er Justine sanft auf den Boden und drehte sich um. Seine neue Jacke war vom Kragen bis zur Hüfte aufgerissen.
In ihr Schweigen hinein erklang das spöttische Lachen einer Eule.

39

Nach der Trauung hatte der Priester einen Gruß an alle Ehepaare gerichtet, die bereits in der Bergarbeitersiedlung der Insel lebten, und hatte allen zahlreiche Kinder gewünscht. Natürlich hatte er dabei an seine Gemeinde gedacht, als er den Himmel bat, die Siedlung und Bourg-le-Rouge zu Städten voller Leben heranwachsen zu lassen.
Der Sommerhimmel erhörte ihn.
In den folgenden Monaten wuchs Bourg-le-Rouge auf doppelte Größe an. Die *Wanze*, eine Vielzahl von Kanus und ein paar schwerfällig knatternde Motorbarken waren unablässig im Einsatz. Auch auf der Insel nahm die Bewohnerzahl zu. An wie mit der Schnur gezogenen Straßen reihten sich Holzhäuser nach den Plänen von Nicolas Maclin aneinander, von denen eines wie das andere aussah. Jetzt waren es nicht mehr nur Bergleute, die in ihrer Freizeit bauten. Eine Truppe von Berufszimmerleuten war angekommen. Bald hatte der

Ingenieur sein eigenes Haus und auch Jordan, der in dem seinen ein Zimmer für den langen Mersch bereithielt. Die Vogelscheuche verbrachte inzwischen fast ebensoviel Zeit auf der Insel wie in der Stadt und kümmerte sich um die wirtschaftlichen Angelegenheiten. Der alte Samuel prüfte die Zahlen nach und besah sich das Mineral aus der Nähe. Allein schon der Anblick ließ ihm das Wasser im Mund zusammenlaufen.

Ende August entstand ein Problem: Unerklärlicherweise entsprach der Ertrag nicht mehr den Voraussagen der Labors. Untersuchungen wurden angestellt, und es gab heftige Auseinandersetzungen. Plötzlich kam der Ingenieur auf den Gedanken, das Gehäuse der Gestängemühle abzunehmen. Im Inneren klebte eine Unmenge Goldklumpen an den Metallwänden. Man veränderte den Aufbau der Maschinen und nahm die Produktion verstärkt wieder auf.

Mersch und Jordan triumphierten: Sie hatten recht gehabt, als sie es ablehnten, den Fonds der großen Gesellschaften beizutreten. Sie steckten selbst, zusammen mit dem alten Samuel und ein paar kleinen Aktionären, den Gewinn ein. Viele Goldgräber, die ihre Entdekkung verkauft und nur noch Geschäftsführer ihrer Mine waren, beneideten sie. Die Ausbeutung aller Claims der Gegend, die nicht aufgegeben worden waren, wurde aus der Ferne von unsichtbaren Mächten in den großen Städten finanziert und geleitet.

Auch der Staat war in Erscheinung getreten. Ein Polizeioffizier hatte sich mit drei Männern auf halber Strecke zwischen der Kirche und dem Freudenhaus in Bourg-le-Rouge niedergelassen. Ein Gemeinderat wur-

de eingesetzt. Der Präsident war ein Holzhändler, zu den Mitgliedern gehörten René Jonquet, einige Minenangestellte und Geschäftsleute. Läden waren eröffnet worden, die teilweise den Geschäften der Robillards Konkurrenz machten. Es wurde gemunkelt, daß die Stadt mit gestohlenem Geld gebaut wurde. Die Frage, woher all die Mittel kamen, war tatsächlich berechtigt. Jordan wollte Herr über sein Gebiet bleiben und tat daher alles, um die Gründung eines Gemeinderates zu verhindern. Im Prinzip gehörte die Insel zur Gemeinde von Bourg-le-Rouge, tatsächlich war sie völlig autonom. Jordan bezahlte lieber eigene Wachen, als zuzulassen, daß sich Regierungspolizei bei ihm niederließ. Sie stand ohnehin in Verdacht, den Schmuggel zu dekken und sich schmieren zu lassen. Der lange Mersch hatte die Einstellung neuer Leute unter sich. Er besaß feste Prinzipien und eine untrügliche Nase.
»Der beste Weg, gut mit der Regierung zurechtzukommen, ohne sie dauernd am Bein zu haben, ist, ehemalige Polizisten einzustellen. Wenn du nicht zufrieden bist, kannst du sie rausschmeißen. Es ist erstaunlich, wie sie das mit einem Schlag ehrlich werden läßt.«
Es stand den Bergleuten frei, in Bourg-le-Rouge zu wohnen. Wer lieber in der Stadt wohnte, mußte im Sommer für die Überfahrt bezahlen.
Auch bei Bastringue hatte es eine Neuanstellung gegeben. Eine lange, knochige Frau mit Husarenhaltung war eingetroffen. Im Gesicht hatte sie außer dem Anflug eines Schnurrbarts ein seltsames Mal. Bei einer Schlägerei hatte ihr ein unglücklicher Tritt mit dem Stiefel die rechte Wange aufgerissen und den Kiefer

nach links verschoben. Sie sprach sehr merkwürdig mit ihrem schiefen Mund.
Mitleidlose Kunden hatten sie Schiefmaul genannt. Ihr Name war Flora. Sie vertrug eine Menge Alkohol, und obgleich sie noch häßlicher war als die kleine Mado, verdiente sie eine Stange Geld.
»Sie ist eine Goldmine«, verkündete Bastringue. Er war auch sehr froh über die Anwesenheit seiner ›Tante‹, die sich gut aufs Beaufsichtigen der Mädchen verstand.
Tante Elsa war klein und mager. Sie war überall zugleich, und wenn sie ihre Befehle gab, klang es wie das Bellen eines Hundes. Sie besaß nur noch drei Schneidezähne, was ihr Lächeln zu einer bedrohlichen Grimasse werden ließ.
Laster kostet Geld. Es wurde weiterhin überall Gold gestohlen, in Jordans Mine wie anderswo.
»Du läßt dich an der Nase herumführen«, sagte Maclin. »Im Moment ist es vielleicht noch sehr wenig, aber warum sollten sie damit aufhören, solange du dem keinen Riegel vorschiebst.«
Der Ingenieur war dazu übergegangen, bei jeder Schicht, die heraufkam, die Frühstücksdosen untersuchen zu lassen. Anschließend wurde Ausziehen und Duschen zur Pflicht. All das änderte jedoch nichts. Die geheimen Schmelzereien am Rand der Stadt hatten weiterhin zu tun, die Schwarzhändler ebenso. Von Zeit zu Zeit nahm die Polizei einen von ihnen fest, allerdings wußte nie jemand, aus welcher Mine das Metall gekommen war, noch auf welchem Wege.
Der Ingenieur geriet in Rage. Er lief kilometerweit, um

sich mit Kollegen von anderen Minen zu treffen und zu besprechen. Alle waren in der gleichen Lage, keine Überwachung hatte Erfolg.
Seit sich ein Arzt in Bourg-le-Rouge niedergelassen hatte, der Gesundheitskontrollen bei den Prostituierten durchführte, war Maclin recht häufig bei Bastringue anzutreffen. Eines Tages verkündete er triumphierend, die kleine Mado wüßte, wer die Diebe waren. Sie wollte aber ihr Wissen nur Jordan selbst verkaufen.
»Darauf lasse ich mich nicht ein«, sagte Maxime. »Wenn sie wirklich etwas weiß, wird die Polizei sie schon zum Reden bringen.«
»Du weißt nicht, was du willst. Du hast nie eine andere Polizei zugelassen als deine eigene. Also gib der Regierungspolizei keinen Anlaß, herzukommen.«
»Ich bin nicht der einzige, der an der Sache interessiert ist.«
»Sie will aber nur mit dir reden.«
Die beiden Männer gerieten ziemlich hart aneinander. Schließlich gab Jordan nach. Noch am selben Nachmittag ging er zu Bastringue, wo ihn die Rothaarige sofort in ihr Zimmer zog.
Sie setzte sich aufs Bett und fragte: »Was trinkst du?«
»Ich bin nicht zum Trinken hier.«
»Aber, aber! Wenn du nicht höflicher bist, behalte ich das, was ich weiß, für mich, und du behältst deinen Zaster.«
»Ich bin bereit zu zahlen, aber ich habe keinen Durst.«
Er war stehen geblieben. Sie stand auf, sah ihm spöttisch in die Augen und sagte: »Zweihundert Dollar!«
»Das ist nicht gerade wenig.«

»Das ist der Preis.«
Er zog ein Bündel Geldscheine aus der Tasche und fing an zu zählen.
»Ich sehe, du hattest einen höheren Preis erwartet.«
Jordan antwortete nicht. Er legte die Scheine auf den Tisch, ließ aber seine Hand darauf liegen.
»Wenn dein Tip nichts taugt, hole ich mir alles zurück.«
»Er taugt etwas. Du wirst aus allen Wolken fallen.«
»Rede.«
»Wenn die Leute in der Mine die Schienenschwellen auswechseln, bringen sie sie dann mit nach oben?«
»Sicher.«
»Und sie nehmen sie dann mit, um sie zu verbrennen?«
»Ja.«
»Na also. In diesen Schwellen bringen sie das Gold rauf. Sie bohren ein Loch hinein, stopfen es voll und verschließen es mit einem Zapfen. Und der gute Jordan schaut in die Röhre.«
»Verdammte Scheiße«, rutschte es ihm heraus.
»Einer von deinen Leuten hat es mir erzählt, als er besoffen wie ein Stier war. Chollet heißt er.«
»Chollet? Das hätte ich nie gedacht.«
»Seine ganze Mannschaft macht das, hat er gesagt.«
Jordan holte tief Luft. Er zog die Hand von den Geldscheinen zurück. Er schien die Gegenwart des Mädchens vergessen zu haben.
Als er langsam zu Tür ging, fragte Mado: »Bist du zufrieden?«
Er drehte sich zu ihr um. Er sah aus, als käme er von weit her. Mit einem Lächeln, das sie hätte mißtrauisch

machen sollen, fragte er: »Ist dieser Preis nicht eine kleine Draufgabe wert?«
Strahlend kam sie auf ihn zu. Mit zärtlicher Stimme murmelte sie: »Das hättest du schon lange haben können.«
Er stieß sie zurück. »Miststück. Das meine ich nicht. Die Typen zu verraten, von denen du lebst! Pfui Teufel! Für zweihundert Piepen darf ich dir in die Fresse spucken.«
Er traf sie mitten ins Gesicht. Sie gab es ihm sofort zurück, aber darauf war er vorbereitet. Er wich aus. Der Speichel des Mädchens landete auf einer Jacke, die an der Wand hing, und Jordans Hand traf sie am Hals. Sie verlor das Gleichgewicht und fiel halb betäubt mit verdrehten Augen aufs Bett. Blut tropfte von der aufgebissenen Lippe.
»Karpfengesicht«, schleuderte Jordan ihr entgegen, »wirklich ein passender Name.«
Zurück in der Mine, ging er sofort in sein Büro, wo er Maclin vorfand. Er erzählte ihm, was er erfahren hatte. Der Blick des Ingenieurs hellte sich auf. Sein spitzes Kinn wurde noch länger, als es schon war. Er rieb sich die Hände und ging auf und ab.
»Raffiniert! Sehr gerissen! Wir müssen diesen Chollet kommen lassen. Das trifft sich gut, er ist in der Nachtschicht. Wir müssen sie alle rauswerfen. An Arbeitskräften fehlt es hier ja wirklich nicht.«
Jordan ließ ihn reden. Als er aufgehört hatte, sagte er ruhig: »Ich werde mit ihm reden.«
»Mit ihm reden? Mit Dieben redet man nicht. Man liefert sie der Justiz aus.«

Jordan mußte sich große Mühe geben, Ruhe zu bewahren. Er baute sich vor Maclin auf, den er um einen Kopf überragte. Beherrscht sagte er: »Ich regle das. Du verziehst dich für eine Stunde. Im Vorbeigehen sagst du, man soll mir Chollet schicken.«
Maclin wollte noch einmal protestieren, aber Jordan schob ihn hinaus.
Wütend entfernte sich Maclin. Er schimpfte und drohte, die Mine zu verlassen.
Chollet kam schnell. Er war ein kleiner, kräftiger, etwa dreißigjähriger Mann. Erst seit drei Monaten war er in der Mine. Er hatte begonnen, auf der Insel ein Haus zu bauen, damit er seine Frau und seine zwei Kinder nachkommen lassen konnte. Unsicher lächelnd trat er ein.
»Der Ingenieur hat gesagt, du willst mich sprechen? Er scheint ziemlich wütend zu sein.«
»Das vergeht... Du schuldest mir zweihundert Dollar.«
Der Bergmann machte einen Satz. Sein Gesichtsausdruck schwankte zwischen Lachen und Zorn. Er runzelte die dicken Brauen und fragte: »Machst du Witze?«
»Ganz und gar nicht. Ich rede nicht von dem gestohlenen Gold. Das ist schwer zu beziffern. Die zweihundert Piepen sind nur das, was ich bezahlt habe, um zu erfahren, wie du es herausbringst.«
Chollet war plötzlich weiß geworden.
Unbeirrt fügte Jordan hinzu: »Gar nicht schlecht, der Trick mit den Schwellen. Nur, wenn man so etwas macht, darf man sich nicht besaufen. Man darf nicht das Risiko eingehen, mit jedem x-beliebigen zu reden.«
Der Bursche war den Tränen nahe. Mit kleiner Stimme

flehte er: »Um Gottes willen, Jordan. Ich gebe dir das Geld. Ich schwöre, ich tue es nicht wieder. Ich habe mit dem Bauen angefangen... Ich hatte Schulden... Wenn ich sie nicht bezahlt hätte, könnte meine Frau nicht kommen.«

»Wenn man Schulden hat, geht man nicht in den Puff.«

Der Mann wurde feuerrot. »Im Puff! Ich war nur ein einziges Mal dort.«

»Einmal zuviel.«

Sie schwiegen. Der Bergmann hatte die Stirn in tiefe Falten gelegt. Er dachte angestrengt nach.

»Sieht so aus, als zweigte deine ganze Mannschaft Gold ab«, sagte Jordan.

Chollets Gesicht verschloß sich.

»Weiß ich nicht.«

»Bist du auf die Idee mit den Schwellen gekommen?«

»Typen aus Noranda haben so etwas erzählt. Wenn du willst, schmeiß mich raus, Jordan. Von den anderen weiß ich nichts. Absolut gar nicht.«

Noch immer war er ziemlich blaß. Jordan ging zu einem kleinen Wandschrank und nahm eine Flasche Gin und ein Glas heraus.

»Hier, trink das. Und setz dich.«

Der Mann gehorchte. Nach und nach kehrte Farbe in sein Gesicht zurück.

»Ich hasse Verräter«, sagte Jordan. »Und ich wechsele nicht gern mein Personal. Aber ich will keinen Diebstahl in meiner Mine. Arrangier dich mit deinen Kameraden... Für die zweihundert Piepen würde ich an deiner Stelle keine Kollekte veranstalten. Ich würde sie mir lieber von dem Karpfen zurückholen, der sie eingesackt hat.«

»Alle Wetter«, sagte der Bergmann wütend und ballte die Fäuste. »Ich habe es gar nicht glauben wollen... Verdammt nochmal.«

Sein vor Zorn erstarrtes Gesicht erhellte sich plötzlich. Er stand auf und stellte sich vor Jordan. Zögernd fragte er: »Ich kann also bleiben? Ich kann mein Haus fertigbauen? Ich kann meine Frau kommen lassen?«

»Je eher, desto besser. Sie wird dich daran hindern, Blödsinn zu machen.«

»Du bist ein toller Kerl, Jordan... Du bist wirklich ein toller Kerl.«

Seine Stimme zitterte, und die Augen waren ihm feucht geworden. Er rannte hinaus. Auf der Schwelle drehte er sich um und rief: »Ich hole dir dein Geld zurück. Auf der Stelle gehe ich hin.«

»Nimm sie nicht zu hart ran«, rief ihm Jordan nach. »Ich habe ihr schon eine kleine Abreibung verpaßt!«

Der Bergmann rannte zum Anlegesteg hinunter. Die Sonne schien. Von der rechten Seite der Insel war Baulärm zu hören. Chollets Kameraden bauten ihre Häuser, damit ihre Familien noch vor dem ersten Schnee kommen konnten.

40

Das gestohlene Gold blieb nicht an Ort und Stelle. Überall entstanden Schleichwege. Noch bevor der kleinste Barren die Gießerei verlassen konnte, hatten sich die Brocken oft schon in geheimen Schmelztiegeln verflüssigt.

Die kleinen Schmelzer machten gemeinsame Sache mit Schwarzhändlern. Einige der Polizisten verfolgten sie. Auf einen Geschnappten kamen zehn Entkommene. Andere Polizisten gehörten selbst zu diesem feinverzweigten Netz, das bis in die Tresorkeller der großen Banken reichte. Von der Dunkelheit der Erde bis zur Dunkelheit der Stahlkammern, vom einsamen Waldläufer mit seinem Fischerboot bis zum Transatlantikflieger, vom Hundeschlitten bis zum Automobil, das eine Kamelkarawane kreuzt, wanderte das Gold.

Ob es nun aus dem eisigen hohen Norden oder glühendheißen Cañons kam, das Gold zog immer denselben verrückten Weg. Überall gab es erfinderische Menschen, die ihm neue Formen verliehen, um es zu verbergen, zu verändern, verschwinden zu lassen.

Aus dem Stiefel des eleganten Herrn mit Diplomatenkoffer wanderte es unter eine Soutane, in die Corsage einer schönen Frau und in das Koppel eines Generals. Seine Herrschaft erstreckte sich über den gesamten Planeten. Jeder konnte irgendwann zum Schmuggler werden.

Den bärtigen, über Retorten gebeugten Alchimisten folgten Wissenschaftler, die es sich in den Kopf gesetzt hatten, Gold herzustellen. Astronomen beobachteten ferne Gestirne in der geheimen Hoffnung, von ihnen fielen eines Tages Goldbrocken herab.
Auf seiner geheimnisvollen Reise war keine Art des Goldes schmutziger oder sauberer als die andere, gleichgültig, ob es sich um gestohlenes Gold, Gold aus dunklen Labyrinthen oder der Unterwelt handelte. Ob es nun mit Wissen der Zöllner im Umlauf war oder nicht, es endete stets als geprägter Barren in den Banken.
Die Menschen, die in der Wildnis mit dem Gold zu tun hatten, träumten gern von unermeßlichem Reichtum. Jeder von ihnen wußte von einer sagenhaften Entdekkung zu berichten, einem ungeheuren Lager, irgendeinem Plan. Das Gold, das sie unter Einsatz ihres Lebens gefördert hatten, verlor auf seiner Reise in die Zivilisation seinen Reiz, doch über die Männer wehte weiter der Fieberwind des Abenteuers.

41

Seit er geheiratet hatte, nahm Landry seine Mahlzeiten nicht mehr in der Kantine ein. Er aß zu Hause bei seiner Frau, die gern kochte. Er roch es schon beim Hereinkommen, wenn es Schweinefleisch mit dicken Bohnen gab. Der Duft des auf kleiner Flamme gekochten Fleischs ließ ihm das Wasser im Mund zusammen-

laufen. Germain war sicher, die beste Köchin der ganzen Provinz Quebec heimgeführt zu haben. Gäste, die er manchmal einlud, bestätigten es ihm. Wenn der alte Samuel auf die Insel kam, wollte er nur bei Germain essen. Für eine Mahlzeit bei den beiden brachte er Lebensmittel für eine ganze Woche mit. Auch der lange Mersch und Jordan genossen eine solche Einladung.
Sogar der Mümmler lobte Justines Kochkunst. Seit er erfahren hatte, daß sie schwanger war, betrachtete er sie fast ehrfürchtig mit seinen großen, kurzsichtigen Augen.
»Du hast dich ganz schön rangehalten«, meinte Jordan zu Germain.
Der Priester drückte es anders aus: »Der Himmel hat sich sehr beeilt, eure Verbindung zu segnen. Für mich ist das ein glückliches Zeichen.«
Landry las seiner Frau jeden Wunsch von den Augen ab. Besorgt wie eine Glucke um ihr Küken sagte er immer wieder: »Paß auf, daß du dir nicht den Bauch anstößt. Dieses Haus ist so eng.«
Dabei war er es, der sich in der winzigen Küche ständig am Spülbecken oder am Herd stieß. Hier aßen sie auch, an einem Tisch, der an der Holzwand unter dem Fenster stand. Von hier aus konnten sie zwischen den Stämmen einer Reihe von Balsampappeln hindurch auf den See hinuntersehen. Der Blick auf das Wasser bot ständig neue Eindrücke. Über dem Wald und dem im Licht glitzernden Wasser spannte sich ein bewegter Himmel.
»Ich muß Pfähle für einen Zaun zurechtschneiden«, sagte Germain eines Tages.

»Einen Zaun?« fragte seine Frau erstaunt. »Hast du Angst vor Dieben?«
»Aber nein! Ich will nur nicht, daß mein Junge eines Tages ins Wasser fällt.«
Justine lachte laut auf.
»Also, mein Alter, du hast noch Zeit für deine Zaunpfähle, bis der Bengel laufen kann.«
»Mach du nur Witze. Das geht schneller, als du glaubst.«
Sie waren glücklich, und sie arbeiteten viel.
Eines Mittags im September, als sie gerade fertig gegessen hatten, war ein ungewöhnliches Geräusch zu hören. Sie runzelten die Stirn und sahen sich fragend an. Der Himmel war klar. Ein leichter Westwind ließ das Laub erzittern. Der Lärm der Mine war so sehr Teil ihres Alltags geworden, daß sie ihn schon lange nicht mehr wahrnahmen. Aber dieses Grollen war neu. Es stammte weder von einer Fördermaschine noch von einer Gesteinsmühle, weder von der *Wanze* noch von einem anderen Boot.
Sie standen auf. Germain ging zur Tür und stieß dabei zwei Stühle um.
»Renn nicht. Paß auf deinen Bauch auf«, sagte er.
Draußen riefen die Menschen durcheinander. Alles strömte aus den Häusern. Ein Kind rannte ihnen über den Weg und schrie: »Ein Flugzeug! Ein Flugzeug! Ein Flugzeug!«
Ein glänzender Pfeil ging hinter den Pappeln nieder, schwebte kurz über seinem Schatten, dem er sich immer weiter näherte, bis er in einer leuchtenden Fontäne die Wasserfläche berührte. Dann glitt das Flugzeug

brummend über das Wasser. Landry hielt seine Frau am Arm fest, damit sie nicht mit den Leuten des Dorfes, die zum Ufer stürzten, mitlaufen konnte.
»Wir brauchen nicht näher hinzugehen. Man kann nie wissen«, meinte er.
»Was sollte uns denn passieren? Es wird uns schon nicht auf den Kopf fliegen.«
»Ich sage dir doch, man kann nie wissen. Es gibt Frauen, die haben vor Schreck eine Fehlgeburt gehabt.«
Er meinte es ernst. Seine riesige Pranke hielt Justine fest am Arm. Sie zuckte resigniert mit den Schultern.
Der große weiß-rote Vogel zog eine Schleife und kam am Ende des langen Holzpontons, den Landry zusammen mit den Polen gebaut hatte, zum Stehen. Der Damm, der mit dem Minenabraum aufgeschüttet worden war, ging jetzt schon weit über die Landungsbrükke hinaus.
Jordan kam angerannt und rief: »Nicht da drauf, ihr brecht ein!«
Kinder und Erwachsene waren auf die Brücke gelaufen, deren Längsträger sich unter dem Gewicht bogen.
Die Menschen wichen zurück.
»Vom Damm aus seht ihr besser«, rief Jordan ihnen zu.
»Von hier aus sieht man genauso gut«, sagte Landry zu Justine. »Sollen sie sich doch gegenseitig herumschubsen.«
Kaum war die Maschine zwei Schwimmzüge von der Spitze des Pontons entfernt zum Stehen gekommen, da öffnete sich auch schon die Tür unterhalb der Tragfläche. Der Motor stieß eine letzte blaue Rauchwolke

aus, als der lange Mersch ausstieg und einen Schritt auf den Schwimmer machte.
»Das wundert mich nicht im geringsten!« rief Landry mißbilligend und bewundernd zugleich.
»Wirf eine Leine rüber«, schrie die Vogelscheuche.
Jordan trat vor und warf ihm ein Tau zu. Vorsichtig zog er die Maschine bis an die Planken. Mersch sprang herüber. Hinter ihm tauchte ein Fremder in fahlgelbem Lederblouson, Reithosen und Lederstiefeln auf. Er ergriff das Tau und machte es an der Strebe des Schwimmers fest.
Mersch drehte sich zu ihm um. »Komm!«
Bevor auch er auf den Steg sprang, fragte der Pilot: »Ist hier jemand, der aufpassen kann?«
Seine schneidende Stimme paßte zu dem kantigen Gesicht, das durch einen schmalen schwarzen Schnurrbart wie zweigeteilt schien. Das pomadisierte, exakt in der Mitte gescheitelte Haar war ebenso schwarz wie die äußerst lebhaften Augen.
»Es kommt jemand«, sagte Jordan und rief einen der Wächter, die neugierig herumstanden.
Mersch erklärte: »Das ist Gilles Grandmaison. Er ist Pilot.«
Jordan lachte. »Es ist mir schon klar, daß du nicht selbst geflogen bist.«
»Dummkopf«, entgegnete die Vogelscheuche. »Ich will ja nur sagen, daß er Pilot ist und ihm das Flugzeug gehört. Er betreibt ein Lufttaxi. Er ist super, weißt du. Er war im Krieg. Sieben Deutsche hat er runtergeholt.«
Jordan hatte sich in Bewegung gesetzt. Plötzlich blieb

er stehen und fragte: »Hast du das große Los gezogen, daß du dir so ein Taxi leisten kannst?«
Statt Mersch antwortete der Pilot: »Ich mußte amerikanische Geologen zum Malartic-See bringen. Ich hatte Edouard vorgeschlagen, ihn auf dem Rückweg hier abzusetzen.«
Sie waren an Land angekommen. Schüchtern kamen Kinder und Erwachsene näher und bildeten einen Halbkreis um sie.
Der Pilot sah sich mit strengem Blick um. Dann sagte er zu Jordan: »Ich wollte dich kennlernen, Max. Man spricht viel von dir in Montreal. Ich habe eine Schwäche für das Ungewöhnliche.«
Wortlos ging Jordan zu seinem Haus. Die Neugierigen kehrten zum Damm zurück, um sich in Ruhe das Wasserflugzeug anzusehen. Nicht einmal die Männer, die im Krieg in Europa gewesen waren, hatten so etwas schon gesehen. Eine längliche, glänzende Kiste mit Fenstern wie an einem Haus. Breite Tragflächen und Schwimmer, die wie kleine, geschlossene Kanus aussahen.
Als sie in Jordans Haus waren, zog der Pilot ein flaches Fläschchen aus der Tasche, das bis zum Hals in einem eleganten Gehäuse aus ziseliertem Silber steckte.
»Ich habe, was ich brauche«, sagte Jordan.
»Da bin ich ganz sicher. Aber ich möchte, daß du das hier probierst.«
Sie tranken und sprachen vom Alkohol. Jordan musterte Grandmaison eingehend. Er hatte eine lange, violette Narbe, die vom linken Kiefer über die Wange bis zum Haaransatz reichte.

»Das war eine Granate«, erklärte der Mann. »Nicht der Rede wert.«
Mersch erzählte, was er vom Flugzeug aus gesehen hatte.
»Stell dir vor, drei Stunden bis hier anstatt drei Tage!«
Der Pilot hatte vor, einen Liniendienst für den Norden einzurichten. Mit mehreren Flugzeugen.
Jordan hörte schweigend zu. Als Grandmaison seinen Plan in allen Einzelheiten dargelegt hatte, gab Jordan zu: »Das ist sicher ein zukunftsträchtiger Gedanke.«
»Willst du einen Rundflug machen?« fragte der Pilot.
Jordan winkte lächelnd ab. »Für mich wird die Zeit für so einen Rundflug schon noch kommen. Dann fliege ich mit dir nach Montreal.«
»Wir werden uns bestimmt verstehen«, meinte der Pilot und stand auf.
Mersch und Jordan begleiteten ihn zur Spitze der Landungsbrücke und beobachteten seinen Start im goldenen Licht über dem stillen Wasser des Sees.

Schwarze Blüten

42

Das Gold brachte dem Land Nutzen. Der gesamte Norden und auch der Rest des Kontinents lebten in Glück und Überfluß. Sogar der Himmel begünstigte den Reichtum. Die Jahreszeiten gaben ihr Bestes, und die Jahre reihten sich gleichförmig aneinander. Sie glichen den saftigen Früchten aus einem reichen Füllhorn. Die Landwirtschaft wurde nach und nach motorisiert, und in den weiten Ebenen stiegen im Sommer schwarz-goldene Wolken über den Mähdreschern auf. Industrie, Bergbau, Sägewerke, Forstwirtschaft rivalisierten mit Fischerei und Fellhandel in der Anhäufung von Geld und Gold in den unterirdischen Tresorräumen der Banken.
Es schien, als zählten im ganzen Land nur die Reichen. Arbeitsfieber und Gewinnsucht beherrschten Land und Städte.
Im nördlichen Bereich, dessen Reichtum in den Bodenschätzen und den riesigen Wäldern lag, waren diejenigen König, die zuerst gekommen waren. In ihren Händen lag nicht nur die Förderung der Bodenschätze, sondern auch das Transportwesen und der Handel.
Das Flugzeug symbolisierte die Kluft zwischen Arm und Reich. Die einen zogen noch immer wie Abenteurer durch Schlamm und Schnee, die anderen bedienten sich der bequemen Verkehrsverbindungen, die die Piloten eingerichtet hatten. Das Flugzeug war das Trans-

portmittel der Direktoren und Ingenieure von Minen und Fabriken, der Agenten von großen Gesellschaften, von einigen reichen Schürfern, den gerissensten Prostituierten und den erfolgreichsten Geschäftsleuten. Sie trieb es von einem Ort zum anderen, vor allem zu den großen Städten und den Männern mit ihren Aktentaschen.

Bald hatte der lange Mersch Maxime in der von Gilles gesteuerten Maschine mit nach Montreal genommen.

In dieser großen Stadt hatte Jordan zunächst einmal das Gefühl zu ersticken. Es schien ihm, als sei alles enger und schmutziger geworden.

Als sie den Platz mit der Statue von Maisonneuve überquert hatten, zögerte Jordan einen Augenblick, bevor er seinem Partner in das Bankgebäude folgte. Im Eingang drehte sich Maxime um und zeigte auf Notre-Dame. »Nicht das dort drüben ist die Kathedrale, sondern dieses Gebäude!« Dann ging er hinein. Dieser Bau aus rosa und grünem Marmor war beeindruckend mit seinen schweren, schimmernden Säulen, glänzenden Wänden und der Decke, die in Gold- und Mauvetönen gehalten war. Hinter spiegelnden Schaltern sah man über Akten gebeugte Menschen, die sehr darauf bedacht waren, die Stille nicht zu durchbrechen.

Die Direktoren dieses Tempels, in dem die Erträge seiner Mine landeten, begrüßten Jordan mit großem Respekt. Er begann, ein Gefühl für das Ausmaß seiner Macht zu bekommen. Er hatte sich nie die Zeit genommen, darüber nachzudenken, daß ihn seine Arbeit zusammen mit Merschs finanziellem Geschick und Samuels guter Nase zu einem Phänomen gemacht hatte.

Die Blicke richteten sich voller Neugier und Neid auf den einzigen Schürfer des Landes, dem es gelungen war, seine Mine in eigener Hand zu behalten. Allen gierigen Interessenten zum Trotz war sie sein Eigentum geblieben.

Da er mit den Bergleuten vor Ort gearbeitet hatte, wußte er, was ihre Arbeit wert war. Er bezahlte sie so gut, daß er immer die besten halten konnte. Zugleich war er seinem Vorsatz treu geblieben, allen Verführern, die ihm den Ankauf von Aktien anboten, zu widerstehen.

Auch Mersch war reich geworden. Nicht im selben Maße wie Jordan, der mit Abstand die Majorität besaß, aber immerhin! Nach und nach hatte die Vogelscheuche sich an einen gewissen Wohlstand gewöhnt. Dennoch war es immer wieder erstaunlich, wie es Mersch gelang, seine Anzüge schon beim allerersten Tragen alt und abgewetzt aussehen zu lassen. Er aß für drei, erweckte jedoch stets den Eindruck, dem Hungertod nahe zu sein.

Auch Gilles Grandmaison war zu Wohlstand gekommen. Inzwischen besaß er vier Maschinen, die kreuz und quer über das Land flogen. Menschen, die denselben Weg zum Erfolg eingeschlagen haben, schließen sich oft zusammen, verstehen sich. Gilles hatte sich mit Jordan angefreundet. Er flog auch weiterhin soviel wie seine Piloten und kam daher häufig zum Ouanaka-See. Oft besuchten er und Jordan Bastringues Kneipe. Auch der Musiker befand sich auf der Straße des Erfolgs und hatte eine gewisse Berühmtheit erlangt. Seine Leidenschaft für das Theater hatte ihn veranlaßt, sein

Etablissement zu vergrößern. Er hatte auf der linken Seite des Saals angebaut und dort eine Bühne errichtet, auf der er eine Revue mit viel nackter Haut und Federrequisiten aufführen ließ. Drei Musiker wirkten mit, drei Tänzerinnen und an die zehn Prostituierte, die sich jetzt Animierdamen nannten.
In seiner neuen Kirche predigte der kurzsichtige Priester noch immer gegen Laster und Glücksspiel und rief seine Schäflein weiterhin zur Errichtung einer Stadt auf, die dem lieben Gott ein Zuhause sein konnte.
Nach und nach war auf der Jordaninsel eine durchorganisierte Arbeitswelt entstanden. Im Bergarbeiterdorf lebten alle in gutem Einvernehmen miteinander. Die Bergleute waren zufrieden, weil sie gut verdienten, dafür taten sie bereitwillig die schwere Arbeit. Viele lebten recht abgeschlossen von der Außenwelt in ihrem Wohlstand. Es bildeten sich Gruppen, die sich zu gemütlichem abendlichen Zusammensein trafen. Man besuchte sich gegenseitig.
Von allen, die von Anfang an dabei waren, war vielleicht Landry der Glücklichste. Nicht in erster Linie wegen der Dividenden, die er bezog, sondern weil seine Frau ihm im zehnten Monat ihrer Ehe einen strammen Jungen geschenkt hatte. Sie tauften ihn Maxime nach seinem Paten. Die Patin war Catherine Robillard. Auch sie war froh, Jordan vertraut zu haben. Ihre Aktien wie auch ihr Geschäft auf der Insel brachten ihr eine ausgezeichnete Rendite. Dennoch blieb die Beziehung zwischen dieser harten, autoritären Frau und Mersch und seinem Partner gespannt.
Gilles Grandmaison bewunderte die Landrys etwa so,

wie ein Mitglied der eleganten Welt einen Bauern bewundern mochte. Wenn er von den beiden sprach, sagte er: »Die beiden Stiere bilden ein schönes Paar. Ja, sicher, er ist ein männliches und sie ein weibliches Tier, aber trotzdem sind sie Stiere, und man hat noch nie erlebt, daß zwei Stiere Junge kriegen.«

Justine mit ihrem breiten, lachenden Gesicht und den Schultern eines Möbelpackers war tatsächlich eine imposante Erscheinung. Sie strahlte zugleich Güte und Kraft aus. Ihre gewissermaßen animalische Schönheit wirkte auf viele Männer. Aber sie nahm die begehrlichen Blicke, die auf ihren Körper fielen, kaum zur Kenntnis. Da sie nicht nur für ihren Haushalt, sondern auch für die Wäscherei verantwortlich war, umgab sie stets ein Duft von Sauberkeit.

Ihr Sohn war bereits fünf Jahre alt, als sie eine Tochter zur Welt brachte.

»Jetzt gibst du die Wäscherei auf«, entschied Germain. »Ich verdiene genug, und wir haben auch einiges auf der hohen Kante.«

Die Frau eines Polen nahm Justines Platz ein; Catherine Robillard hatte Justine jedoch gebeten, weiterhin die Aufsicht zu behalten.

»In gewisser Weise seid ihr beide Chefs«, spottete Jordan. »Zu guter Letzt verdient ihr noch mehr als ich!«

Es stimmte schon. Die Landrys waren wichtige Leute geworden. Sie verließen die Insel so gut wie nie. Daher hielt man sie in diesem abgeschlossenen Bereich der Mine für viele Dinge für verantwortlich. Jordan dagegen flog ab und zu nach Montreal oder Toronto.

Ihr zweites Kind hieß Etiennette. Sie wurde in der Kirche von Bourg-le-Rouge getauft; die Paten waren Adelaïde und Ambroise Primont, die nächsten Nachbarn der Landrys. Die Frauen beugten sich mit gerührtem Blick über die Holzwiege mit dem blonden, pausbäckigen Baby. Die Männer dagegen wußten plötzlich nicht wohin mit ihren großen, rauhen Händen. Diejenigen, die schon den kleinen Max von Geburt an erlebt hatten, sagten: »Sie hat genau denselben Kopf wie ihr Bruder. Man könnte sie für einen Jungen halten.«

Justine war glücklich, eine Tochter zu haben.

»Jedenfalls kann ihr Vater sie nicht dazu bringen, sich mit Ruß und Schmieröl zu schminken!« meinte sie lachend.

Germain gab darauf keine Antwort. Er wiegte den Kopf hin und her und verzog ein wenig den Mund. Jordan allerdings vertraute er an: »Wenn mein Sohn an Motoren ein ebenso großes Interesse hat wie ich, werde ich alles daransetzen, ihn zu einem hervorragenden Mechaniker zu machen.«

Von Jahr zu Jahr spielten sich die Dinge mehr ein. Das Leben auf der Insel war angenehm geworden. Alles war so organisiert, daß es dauern konnte, solange die Erde ihr Gold hergab.

Im Lauf der Jahre bildeten sich überall im Reich des Nordens kleine Welten, die genauso schnell wieder verfielen, wie sie entstanden waren. Anders am Jordan-See, in Bourg-le-Rouge und Saint-Georges-d'Harricana. Hier schienen sich die Wurzeln tiefer in die fruchtbare Erde einzugraben. Sie gab den Bäumen die Kraft, den Stürmen zu trotzen.

43

Als Jordan und der Ingenieur am Ende des Hauptstollens angekommen waren, sahen sie Ambroise Primont, seinen Sohn Louis und zwei andere Bergleute auf einem Stapel Traversen sitzen. Müde standen die Männer auf. Primont sagte wütend: »Wir vergeuden hier unser Geld.«

Der Ingenieur gab zurück: »Ich habe euch gesagt, euer Bonus wird euch so hoch wie möglich angerechnet.«

Mit einem etwas schrill klingenden Lachen fügte Jordan hinzu: »Wir werden das dem Ingenieur von seinem Gehalt abziehen.«

»Das ist mir immer noch lieber als ein Unfall.«

In Maclins Stimme war schlecht beherrschter Zorn zu hören. Als die Männer ihnen folgten, drehte er sich zu ihnen um. In schneidendem Ton befahl er: »Bleibt, wo ihr seid. Nur Primont kommt mit.«

Die Bergleute zuckten mit den Schultern und ließen sich wieder auf den Traversen nieder. Mit dem Blick folgten sie den dreien, die in einem noch schmaleren und niedrigeren Streb verschwanden. Sein schwarzer Rachen tat sich in einer Entfernung von zwanzig Metern vor ihnen auf.

Im Stollen beleuchteten ein paar Glühbirnen die Schienen und vereinzelten Pfützen. Als sie ihn verließen, zündeten Jordan und seine beiden Begleiter ihre

Lampen an. Ihre Stiefel machten im Schlamm schmatzende Geräusche. Vom Gewölbe tropfte das Wasser, rann die grünlichen Wände herunter, über die Lichtreflexe huschten.

»Das ist ja der reinste Wasserfall«, brummte Maclin. »Wirklich beunruhigend.«

Ambroise Primont, ein kleiner, spröder Mann von fünfundvierzig Jahren, meinte spöttisch: »Man könnte glauben, das ist Ihre erste Mine, M'sieur Maclin.«

»Nein, aber ich kenne meinen Job.«

»Ich auch.«

»Du warst aber noch nie in einer Mine unter einem See.«

»Haltet den Mund«, fuhr Jordan dazwischen. »Wir müssen sehen, wie es weitergeht, das ist alles.«

Die Stille wurde nun nur noch unterbrochen vom Geräusch der Schritte und der Wassertropfen, die auf dem Boden, den Schutzhelmen und der Gummikleidung der Männer auftrafen.

Je weiter der Streb anstieg, desto niedriger wurde er. Die Männer gingen nun langsamer und in gebückter Haltung. Bald hatten sie das Ende der Schienen erreicht. Dann ging es auf Blechplatten weiter, die man direkt auf den Boden gelegt hatte. Unter den Schritten machten sie ein dumpfes Geräusch. Die Abbaufront mit ihren Bruchstellen, weißlichen Adern und Rinnsalen war erreicht.

Der Bergmann hatte seinen Stoßbohrer ergriffen und klopfte mit ihm das Gestein ab.

»Das geht so brüchig weiter ...« sagte er.

Der Ingenieur sah nach oben und leuchtete die Decke

an, dann meinte er: »Irgendwie ist das verdammt zweifelhaft.«
Jordan hob eine Eisenstange auf und sondierte ringsum das Gestein. Bei jedem Klopfen horchte er auf die Resonanz. Nicht auf den Ingenieur, sondern auf den alten Bergmann mit dem mageren, schweißnassen Gesicht richtete sich sein fragender Blick.
»Sechsundzwanzig Jahre bin ich im Berg, Maxime. Ich habe noch nie erlebt, daß aus so einem Grund der Abbau aufgegeben wurde. Ich kenne den Klang des Felsens, das kannst du mir glauben, und dieser hier klingt gar nicht schlecht.«
»Wir hören sofort auf«, sagte der Ingenieur, und seine Worte klangen wie Hammerschläge. »Ich will keine Toten auf dem Gewissen haben ...«
Jordan schnitt ihm das Wort ab: »Es ist gut. Wir unterbrechen im Moment. Ich will mir die Pläne noch einmal ansehen.«
Er drehte sich zu dem Bergmann um, der mit den Schultern zuckte und in Maclins Richtung eine Grimasse schnitt, und ordnete an: »Geh zum Vorarbeiter, er wird dich und deine Jungen bis zum Ende der Schicht anderswo einsetzen. Danach wird man euch Bescheid sagen.«
Jordan machte sich als erster auf den Rückweg. Ihm folgte der Ingenieur. Den Schluß bildete der alte Bergmann, der noch immer vor sich hin schimpfte. Er sprach nicht zu Maclin, sondern eher zu sich selbst in einer endlosen Litanei: »Ich habe tonnenweise Gestein abgebaut. Auch verdammt morsches Gestein ... Nach sechsundzwanzig Jahren unter Tage braucht man

keinen Felsen mehr zu sondieren, da spürst du ihn auf zehn Meter Entfernung. Wenn du deinen Jungen mit in der Mine hast und drei weitere oben, wirst du wohl kaum den Neunmalklugen spielen ...«

Er hätte wohl noch Stunden so weiterreden können.

Als sie im großen Stollen angelangt waren, fragte er in verändertem Ton, bevor Jordan und Maclin weitergehen konnten: »Und das Material? Was sollen wir damit machen?«

»Das solltet ihr ...«

Jordan unterbrach den Ingenieur: »Laßt alles an Ort und Stelle.«

Maclin drehte sich auf dem Absatz um und ging davon. Jordan folgte ihm, versuchte aber nicht, ihn einzuholen. In dem Käfig, der sie nach oben brachte, standen sie sich wieder gegenüber. Sie sahen sich einen Augenblick schweigend an. Dann sagte Maclin mit Traurigkeit in seinem langen, spitzen Gesicht, aber ohne Zorn: »Es wäre wirklich zu blöd.«

Jordan seufzte. »Wir werden sehen«, sagte er. »Ich bin sicher, du irrst dich.«

Es schien, als wäre etwas Neues zwischen ihnen entstanden, etwas, das sich noch nicht beschreiben ließ, das sich dennoch bereits zwischen sie gestellt hatte.

44

Sie traten ein, und Jordan ließ die Tür rasch ins Schloß fallen, um das Wetter auszusperren. Feine Schneeflokken wirbelten zwischen dem Windenhaus und dem neu errichteten Bürogebäude.
Im Gang roch es noch nach Farbe. Sie traten stampfend auf dem braun-gelben Linoleum mit Fischgrätmuster auf, um den Schnee von den Stiefeln zu klopfen. Hinter einer Trennwand klapperte eine Schreibmaschine.
Nach vier Schritten betraten sie Maclins Büro. Ein Zeichentisch stand unter dem Fenster, das auf einen Gitterzaun hinausging. Dahinter konnte man im Schneegestöber die Häuser des Bergarbeiterdorfs vermuten. An einem anderen Tisch saß ein Mann von fünfundzwanzig Jahren. Es war der Franzose Roger Dureau, ein Bergbauingenieur und Geologe, den Mersch vor achtzehn Monaten eingestellt hatte. Er stand auf, als Jordan und Maclin eintrafen. Er war kräftig gebaut und hatte ein schönes, noch etwas kindliches Gesicht. Als Arbeitersohn verstand er sich gut mit den Bergleuten. Sie zogen ihn dem stets distanzierten Maclin vor.
Jordan und Maclin gingen zum Zeichentisch, auf dem eine Schnittzeichnung der Mine ausgebreitet lag. Die Linien und Beschriftungen waren blau, schwarz und rot. Der Hauptschacht, das Belüftungssystem, Rampen, Abbau- und Erkundungsstollen, Stützpfeiler und

Traversestrecken, sogar die Aufenthaltsräume in jeder Sohle waren eingezeichnet.
Der Ingenieur zeigte mit der Spitze seines Bleistifts auf eine Linie in der Nähe eines Bogens, der den Grund des Sees bedeutete.
»Hier sind wir.«
Seine Stimme vibrierte, und der Bleistift in seiner Hand zitterte leicht. Der junge Franzose hatte sich neben Jordan gestellt. Er streckte den Arm aus, bezeichnete mit seinem Federhalter eine Stelle zwei Finger breit unterhalb der vorherigen und sagte ruhig: »Wir sind erst hier. Ich habe alle Berechnungen neu gemacht.«
Er holte ein von oben bis unten mit Zahlen bedecktes Blatt Papier von seinem Tisch und legte es Jordan vor. Dieser schob es zur Seite.
»Deine Zahlen ... gut und schön.«
Einen Augenblick lang vertiefte er sich in die Betrachtung des Plans.
»Ich sehe hier zwei Dinge«, sagte er schließlich. »Wir sind an einer Ader, deren Gehalt zunimmt, je weiter sie ansteigt. Die erfahrensten Bergleute sind sich ihrer Sache sicher. Hätten sie auch nur die geringsten Zweifel, würde ich zögern. Hier aber ...«
»Du redest Blödsinn, Jordan. Du siehst nur den hohen Gehalt. Das macht dich blind ...«
Jordan drehte sich auf dem Absatz um und sah Maclin ins Gesicht. Maclin machte einen Schritt zurück. Sie fixierten einander einen Moment. Dann fuhr der Ingenieur in aller Ruhe fort: »Hör zu, Jordan. Wir wollen uns nicht in die Haare geraten. Ich verstehe, daß du weitermachen willst. Ich weiß auch, daß diese Ader

sehr vielversprechend ist. Deshalb schlage ich folgendes vor: Wir brechen die Arbeit an den anderen Stellen in der Nähe ab. Wir machen den Notschacht fertig, und wir lassen nur zwei Freiwillige die Arbeit an dieser Ader fortführen. Ich werde bei ihnen bleiben.«

Er hatte bei diesen Worten nicht gezögert. Sein Adamsapfel hüpfte auf und nieder, als wollte er einen Kieselstein hinunterschlucken.

Der Franzose lachte. »Da gibt es nichts abzubrechen«, meinte er. »Ich bin bereit, sogar bei einer Sekundärsprengung unten zu bleiben.«

»Davon kann keine Rede sein!« Maclin hatte die Stimme erhoben.

Jordan hatte sich wieder zum Zeichentisch umgedreht, aber diesmal sah er nach draußen in die Ferne, durch die Puderschicht hindurch, in der allmählich der gefrorene See, die Pappeln und die Häuser der Bergleute versanken. Nach und nach gingen die Lichter in den Häusern an.

Maclin hatte sich beruhigt und fuhr fort: »Die Mine bringt seit über drei Jahren gute Erträge, Jordan. Du hast noch enorme Reserven. Das beweisen alle Sondierungen. Bei einem Wassereinbruch kannst du deine Mine vergessen. Du wirst doch nicht das Risiko eingehen, alles zu verlieren... Du wirst doch nicht das Leben der Männer aufs Spiel setzen...«

»Laß mich in Ruhe. Ich habe hier das Sagen. Ich mache, was ich will. Mit mir werden die Männer einfahren.«

»Du wist keine zehn finden...«

Jordan fuhr fort, als hätte er nicht zugehört: »Ich werde eine Extraprämie aussetzen. Du kannst inzwischen auf deinem Hintern sitzen bleiben.«
Das angespannte Gesicht des Ingenieurs war blaß geworden. Dann wurde es schlagartig feuerrot. Mit zitternden Händen und nervösem Zucken im Gesicht schrie er: »Ich bleibe keine Sekunde länger auf einem Schiff, das ein völlig übergeschnappter Mensch direkt auf ein Riff steuert. Wenn du dich nicht sofort dazu entschließt, diesen Stollen zu betonieren, haue ich ab. Und es gibt eine Reihe von Jungen, die mit mir gehen werden. Ich werde ihnen Bescheid sagen.«
»Ich bin nicht auf dich angewiesen, Maclin! Ich werde mit ihnen sprechen. Diejenigen, die nicht einfahren wollen, können gehen. An Arbeitskräften fehlt es mir nicht.«
Der Ingenieur war nahe daran, sich auf Jordan zu stürzen. Stotternd vor Erregung schleuderte er ihm entgegen: »Für ein paar Kröten läßt du die Männer draufgehen... Männer, die dich bewundern... Du hast dich verändert...«
Noch hatte Jordan sich unter Kontrolle. Langsam ging er auf Maclin zu.
»Hau ab! Und geh an der Kasse vorbei... Ich bin nicht unfair, Nicolas. Wenn du nachgedacht hast, kannst du zurückkommen, wenn du willst. Dann vergessen wir das hier.«
Maclin machte eine halbe Drehung und ging zur Tür. Dort wandte er sich um und rief dem Franzosen zu: »Du kannst stolz auf deine Berechnungen sein.« Mit höhnischem Lachen fügte er hinzu: »Wenn ich mich

geirrt haben sollte, wirst du meinen Platz einnehmen ...«
Jordan ging einen Schritt auf ihn zu, und der Ingenieur schloß die Tür hinter sich. Seine Schritte entfernten sich. Weder Jordan noch Dureau hatte bemerkt, daß die Schreibmaschine im angrenzenden Büro aufgehört hatte zu klappern. Jetzt setzte sie wieder ein.
»Schade, er ist kein übler Kerl«, seufzte Jordan.

45

Jordan nutzte die Stunde vor dem Abendessen, um mit den Leuten zu reden. Einige Männer der Tagschicht waren beim Verlassen der Duschen von der Zusammenkunft unterrichtet worden. Sie teilten es den anderen mit. Diejenigen, die im Dorf wohnten und zu Hause aßen, wurden von den Wächtern benachrichtigt. Der Rest erschien ohnehin zum Abendessen.
Sie waren alle in den Speisesaal gekommen, vom jüngsten Lehrling bis zum ältesten Gruppenführer. Einige saßen rittlings auf den Bänken, andere mit einer Gesäßhälfte auf der Tischkante. Wieder andere waren, an die Wand gelehnt, stehen geblieben.
Mit dem Rücken zum Küchenschalter, von wo aus ihnen das Küchenpersonal zusah, standen Maxime Jordan, Germain Landry, Ambroise Primont und der junge Ingenieur regungslos vor den Männer. Die Luft im Saal war bereits dick vom Rauch wie Novembernebel. Als die Türen sich geschlossen hatten, ließ der Boß seinen

Blick über die Menge gleiten, betrachtete die von Arbeit gezeichneten Gesichter. Selbst die Jüngsten hatten so ernste Züge, wie man sie selten bei jungen Menschen findet.

Er pfiff laut auf zwei Fingern. Sofort kehrte Ruhe ein. Das Scharren der Füße und ersticktes Husten verstummten.

»Ich nehme an, es sind jetzt alle da.«

Jordan nahm sich Zeit bei der Wahl seiner Worte. Er rieb sich die breiten, harten Hände und begann dann mit fester Stimme: »Also, vorhin ist eine Maschine der Fluggesellschaft Grandmaison gestartet. In ihr befand sich Maclin.«

Er machte eine Pause. Es schien, als wüßte bereits jeder Bescheid. Aus dem hinteren Teil des Saales war eine laute Stimme zu hören: »Red nicht lange um den heißen Brei. Sag lieber gleich, worauf du hinaus willst.«

Jordan hatte Hubert Joly erkannt, einen der Leute, die, abgesehen von den ersten Polen, am längsten da waren.

»Ich möchte es euch aber erklären«, gab er zurück.

Er erzählte, was passiert war. Er sprach von Dureaus Berechnungen, die im Gegensatz zu denen von Maclin standen. Und er fügte hinzu: »Wenn ich den Abbau jetzt stoppe, glauben die Aktionäre, wir seien am Ende. Dann sitzen wir doppelt in der Scheiße. Aber ich will auch niemanden zwingen, ein Risiko einzugehen. Ambroise Primont und seine Mannschaft wollen weitermachen. Landry geht mit ihnen. Sie werden die Tagschicht übernehmen. Selbstverständlich werden keine Sekundärsprengungen gemacht. Dureau tritt an die

Stelle von Maclin. Auch er wird oft unten sein. Ich übernehme mit einer zweiten Mannschaft die Nachtschicht ...«

Ein paar Hände erhoben sich, und Stimmen wurden laut: »Ich! Ich!«

Wladek Boreski kam durch die Menge nach vorn.

»Meine Mannschaft!«

Er fügte etwas auf Polnisch hinzu. Der Dolmetscher kam zu ihnen und übersetzte: »Er sagt, seine Mannschaft war als erste da. Sie hat das Vorrecht.«

Alle beugten sich ihm. Stolz stellte sich Wladki neben Primont.

»Ausgezeichnet«, sagte Jordan. »Wir haben als Mannschaftsführer zwei alte Maulwürfe, die unter Tage besser sehen als über Tage.«

Allgemeines Gelächter. Jemand rief: »Über Tage trinken sie zuviel!«

»Ich kann euch nur sagen, daß Ambroise und ich nichts getrunken hatten, als wir die Decke sondiert haben. In der Gegend dort gibt es keine Kneipe.«

»Man sollte Bastringue vorschlagen, eine aufzumachen!«

Überall wurden Witze gemacht, und Jordan war nicht unglücklich darüber. Er ließ sie eine Weile miteinander reden. Nachdem wieder Ruhe eingekehrt war, fuhr er fort: »Ihr wißt, ich gehöre nicht zu den Leuten, die euch einfahren lassen, wenn ich es für riskant halte.«

Da er einen Moment gezögert hatte, warf ein Mann aus der ersten Reihe ein: »Risiken gibt es immer. Das weiß man, und sonst gäbe es auch keine Prämien!«

»Diejenigen, die nicht hinunter wollen, können die

Arbeit unterbrechen und jederzeit wieder anfangen. Den andern werden die Prämien erhöht, bis die Ader nicht weiter ansteigt.«
Einige applaudierten. Andere sagten, sie wünschten, sie stiege bis zum Seeufer.
Es gab ein kurzes Durcheinander, als ihnen der junge Ingenieur ein paar Zahlen und technische Überlegungen mit wissenschaftlichen Ausdrücken erklären wollte, um ihnen Sicherheit zu geben. Die Bergleute meinten, Maclin sei immer ein wenig ängstlich gewesen. Durch sein Zögern, seine zehnmal nachgeprüften Berechnungen hätten sie viel Zeit verloren.
Als er noch da war, hatte scheinbar niemand Grund zur Klage gehabt. Jetzt schien dieser ruhige, arbeitsame und menschliche Mann nur noch aus Fehlern zu bestehen.
Ein wenig irritiert ging Jordan hinaus. In Begleitung von Roger Dureau kehrte er ins Bürogebäude zurück. Dureau wollte die letzten Analysenberichte eintragen.
»Wir haben noch weiter nach Osten Oberflächensondierungen vorgenommen. Wie Sie angeordnet hatten, haben wir den großen Diamant-Drillbohrer auf das Eis gezogen.«
»Ich habe es gesehen. Und?«
»Es ist sehr gut gegangen. Die Bohrkerne machten einen guten Eindruck.«
Jordan sah sich noch einmal die Produktionszahlen an, dann sagte er: »Geh schlafen, Kleiner.«
Der Junge ging hinaus. Jordan ging in sein eigenes Büro hinüber und vertauschte seine Kleidung mit einem blauen Arbeitsoverall. Darüber zog er eine Lederjacke

und verließ das einsam daliegende Gebäude. Er ließ die einzige Lampe im Eingang brennen, schloß zweimal ab und steckte den Schlüssel in die Tasche seines Overalls. Dann ging er zur Kantine, wo die Nachtschicht bereits an den Ausgabeschaltern wartete. Jordan reihte sich in die Schlange ein, die sich durch die gesamte Länge des Raumes zog.

Ein junger Bergmann vor ihm drehte sich um und sagte: »Das ist prima, M'sieur Jordan, daß Sie mit uns einfahren.«

»Nicht ich fahre mit euch ein, sondern ihr mit mir.«

Ein vierzigjähriger Mann, der nach Jordan gekommen war, rief dem Jungen zu: »Wenn du erst so oft unten warst wie er, wundert dich gar nichts mehr.«

»Salut, Victor. Wo bist du im Moment?«

Der Mann erklärte: »Wir sind Nachbarn. Ich bin genau unter dir. Durch den Lüftungsschacht könnte ich dich sehen.«

Ein anderer Bergmann hinter Victor begrüßte Jordan ebenfalls. Er sagte: »Weißt du, woran mich das erinnert hat, als du vorhin zu uns gesprochen hast?«

»Nein.«

»An den Krieg. Als der Offizier uns gesagt hat, daß wir angreifen würden.«

»Das hier ist weniger riskant.«

»Bei Vimy war das Essen schlechter, und der Bonus bestand aus einem Holzkreuz, wenn man deine Leiche überhaupt fand.«

Auch andere ehemalige Kriegsteilnehmer dachten an die Front. Jordan hörte zu, ohne jedoch wirklich auf ihre Erzählungen zu achten. Er hatte die Schemazeichnung vor Augen und ganz besonders deutlich das Ende dieser Ader, die zum Boden des Sees hin anstieg. Einen Augenblick lang drängte sich ihm die Vision von Wassermassen auf, die, vermischt mit zähem Schlick, in die Stollen einbrachen. Er schüttelte sie ab. Dummkopf! So leicht durchdringt man nicht die obere Sohle einer Mine. Selbst wenn es einem Drillbohrer gelänge, dann dränge das Wasser nur durch ein Loch von Armstärke ein. Das passierte häufig genug bei unterirdischen Wasseradern. Dafür gab es ja Pumpen.

Jordan nahm die Frühstücksdose und die Feldflasche mit Tee entgegen, die ihm der Koch reichte, und ging zusammen mit den anderen zu dem Gebäude hinüber, in dem das Geräusch des Windenmotors zu hören war. Der Hof, in dem noch immer ein paar weiße Flocken herumwirbelten, war von starken elektrischen Lampen erhellt. Zwischen den Gebäuden hindurch pfiff der Wind von allen Seiten. Hinter der Winde schnaubten die Kompressoren, die das Belüftungssystem betrieben, die Vorschlaghammer mit Preßluft versorgten und die Energie für das Licht und sonstige Maschinen lieferten. Das alles wirkte wie immer sehr vertraut und beruhigend.

Vor diesen perfekt angeordneten Aggregaten sah Jordan einen Moment lang Maclin vorüberziehen, der all das organisiert hatte. Dann sah er ihn allein in den Straßen von Montreal, wo er inzwischen angekommen sein mußte, in einer Welt, die er ebensowenig liebte wie Jordan selbst.

46

An einer Kordel, die an einem Haken mit seinem Namen hing, ließ Jordan seinen wasserdichten Overall von der Decke herunter. Er zog ihn an, schloß den Reißverschluß und stieg in die schweren Stiefel. Nachdem er die Batterien geprüft hatte, befestigte er seine Lampe am Schutzhelm.

Ein paar Schritte weiter zog sich der alte Wladki an. Er plauderte mit den anderen Polen. Ein Bergmann kam mit seinem jüngeren Bruder zu Maxime herüber.

»Salut, Jordan.«

»Salut, Joannes.«

»Ich muß an die Anfangszeit denken, als wir die Schachtwände gegossen haben. Einhundertzwölf Stunden in drei Viererschichten. Wir mußten uns ablösen, ohne die Verschalung dabei zu lockern, damit im Beton keine Risse entstanden.«

»Mir haben die Hände geblutet«, erinnerte sich Jordan.

»Uns allen ... Trotzdem, es hat niemand losgelassen.« Mit einer Kopfbewegung zu seinem Bruder hin fügte er hinzu: »Wenn ich ihm das erzähle, lacht er nur.«

»Sicher, ich finde das komisch«, sagte der Jüngere. »Man könnte meinen, du hättest eine Kathedrale gebaut!«

»Die Jugend hat vor nichts mehr Respekt«, seufzte Joannes, als sie zusammen hinausgingen.

Im Förderkorb warteten bereits etwa zwanzig Männer. Auf der ersten Sohle stiegen Jordan, seine Polen und zwei weitere Mannschaften sowie zwei Zimmerleute und vier Gehilfen aus.

Als der Käfig weiter abwärts fuhr, rief ihnen jemand zu: »Pinkelt uns nicht auf den Kopf!«

Jordan suchte Joannes' Blick. »Sie haben wohl doch alle den Gedanken im Hinterkopf, daß es nachgeben könnte.«

Der Bergmann zuckte mit den Schultern. »Hauptsache, sie fahren ein.«

Die Männer betraten eine kleine Blechhütte, in der zwei Bänke und ein Tisch standen. Sie legten ihre Frühstücksdosen auf den Tisch.

»Wir treffen uns zum Essen?« fragte Joannes.

Jordan nickte. Er wandte sich an Wladki: »Ist Mitternacht in Ordnung?«

»Ist gut«, antwortete der alte Mann.

Sie gingen in den Stollen hinein, in dem noch der knoblauchartige Geruch von Dynamit hing. Obgleich die Temperatur normal war, trieb die hohe Luftfeuchtigkeit den Männern schnell den Schweiß auf die Stirn. Der Gang stieg leicht an. Er war hoch und breit und in regelmäßigen Abständen stabil verzimmert. Auf dem aufgeweichten Boden waren Schienen und Rohre verlegt. Das Licht der Glühbirnen spiegelte sich in den Pfützen.

Rechts und links öffneten sich kleine Strebe, in denen jeweils ein Bergmann mit seinem Gehilfen verschwand. Die letzte dieser Zweiergruppen bildeten Joannes und sein jüngerer Bruder.

Jordan war nun mit seinen zwei Polen allein. Als sie an ihrem Arbeitsplatz angekommen waren, legten sie sich das Werkzeug zurecht: Bohrer, Hacken und Brechstangen. Wladkis Gehilfe kümmerte sich um die Rohre. Er sprach noch weniger französisch als Wladki. Sein kantiges Gesicht war ausdruckslos. Als Jordan ihm bei der Arbeit zusah, versuchte Wladki zu erklären: »Guter Helper. Nie was anderes. Er immer nur Helper... Immer bei mir... Nicht viel da (er zeigte auf seinen Kopf), aber viel da (er zeigte auf seinen Bizeps).«

Sie knipsten ihre Lampen an und gingen in den Abbaustreb. Hier war das Summen der Ventilatoren kaum mehr zu hören. Die Luft war schwer und noch feuchter. Als sie am Kopf des Strebs angelangt waren, leuchteten sie die Wände ab. Besonderes Augenmerk richteten sie auf die Decke.

»Noch dasselbe«, sagte Wladki und lachte. Er zeigte auf das Gestein, das auf den Blechen lag, und meinte: »Nicht viel Mineral. Drei Löcher. Drei.«

Er hob drei Finger der rechten Hand hoch, um daran zu erinnern, daß sie der Ingenieur am Tag zuvor gestoppt hatte, als sie gerade drei Sprenglöcher gebohrt hatten.

»Du bekommst trotzdem deine Prämie«, sagte Jordan. Der Gehilfe hatte sich schon darangemacht, Wasser auf den Schotter zu gießen, um den Dynamitgeruch zu dämpfen, der einem schnell die Luft nahm und Kopfschmerzen verursachte. Als er damit fertig war, schoben sie einen Grubenwagen heran. Da sie wegen der Enge nicht zu dritt schaufeln konnten, beschloß Jordan, nach den Arbeiten in den anderen Streben der Sohle zu sehen. Alle verrichteten ihre Aufgaben wie gewohnt. Sie schafften das von der Tagschicht gesprengte Gestein in Grubenwagen fort, legten neue Bodenbleche aus, brachten Traversen heran, verlängerten Schienen und Rohre und richteten Diamantbohrer und Hacken her.

Und alle Bergarbeiter lächelten ihm zu.

Ein Junge, der erst kurz zuvor eingestellt worden war, sagte: »Man hatte mir versprochen, daß ich hier unten Fische zu sehen bekäme, aber bis jetzt habe ich noch nicht einmal einen Fischschwanz endecken können!«

Um Mitternacht fanden sich alle Männer dieser Sohle in der Blechbaracke ein. Tropfen trommelten auf das Dach. Sie aßen. Die Polen kauten ihre Knoblauchzehen, und es stank wie nach einer Sprengung. Sie tranken Tee und rauchten schlecht gedrehte Zigaretten oder Pfeifen mit scharf riechendem Tabak. Keiner erwähnte auch nur mit einem Wort die Gefahr.

Jordan genoß diesen Augenblick. Er rechnete sich aus, daß es schon drei Jahre her war, seit er das letzte Mal eine solche Mahlzeit unter Tage eingenommen hatte. Drei Jahre, in denen er nicht mehr als Bergmann, sondern nur noch als Chef nach unten gefahren war. Er hatte den Ellbogen aufgestützt. Zwischen den erdverkrusteten Fingern hielt er einen glimmenden Zigarettenstummel. Für einen Augenblick hatte er das verschwommene Gefühl, als stünde er am Rande der Unendlichkeit, als verharrten sie für alle Ewigkeit in diesem stillen Glücksgefühl.

47

Die morgendliche Sprengung fand stets gegen halb fünf statt. Sie ließ die Insel zu einer Zeit erzittern, in der die meisten Bergleute der Nachtschicht nach Hause kamen. Die anderen schliefen noch. Dieses dumpfe Grollen weckte sie schon lange nicht mehr. Manche spürten es unbewußt im Schlaf.
Germain Landry arbeitete schon seit Monaten über Tage und hatte daher einen anderen Tagesablauf. Aber genaugenommen war seine Arbeitszeit überhaupt nicht festgelegt. Er organisierte sämtliche Transporte, und es kam vor, daß er sich fünfzehn Stunden ununterbrochen mit seinen Wartungsmechanikern über einen defekten Motor beugte.
An diesem Morgen riß ihn Justine aus dem Schlaf. Sie war sehr viel früher aufgestanden als sonst.
»Was ist los?« fragte Germain.
Im selben Augenblick begann das Baby zu weinen.
»Die Sprengung!«
»Und?«
»Germain, ich will nicht, daß du hinunterfährst. Das ist nicht dein Job. Du hast da unten nichts zu suchen!«
Auch er stand jetzt in der Dunkelheit auf. Er zündete ein Streichholz am Eisenpfosten seines Bettes an. Justine reichte ihm die Lampe; den Glaszylinder behielt sie in der zitternden Hand. Als Germain die Flamme

eingestellt hatte, setzte er mürrisch den Zylinder auf die Lampe.
»Verdammter Jordan! Immer wieder sagt er, er ließe einen anderen Generator kommen, damit wir Strom im Dorf bekommen. Aber für ihn gibt es nur die Mine.«
Justine hatte ihre Tochter aufgenommen. Das Mädchen hatte schnell die große weiße Brust unter dem Spitzenhemd gefunden und fing an zu saugen.
»Was ist nur mit dir los?« fragte Landry. »Ich habe jede Menge Zeit. Ich fahre erst um acht Uhr ein.«
Er stellte die Lampe auf den Nachttisch und zog sich die Hose an.
Mit verhaltener Stimme – sie wollte den Säugling nicht stören und ihren Sohn nicht wecken – wiederholte Justine: »Du hast da unten nichts zu suchen!«
»Aber was hast du nur? Man könnte fast glauben, ich sei noch nie unter Tage gewesen.«
Die Kleine war schon wieder eingeschlafen. Sie hatte die Brustwarze losgelassen, an deren Spitze ein weißlicher Tropfen hing. Justine legte das Kind in die Wiege am Fußende ihres Bettes zurück und deckte es sorgfältig zu. Sie streifte eine dicke schwarze Wolljacke über ihr Nachthemd und zog die Decke über die Schultern des Jungen, der an der Wand in einem Bett schlief, das ihm der Vater gebaut hatte. Dann folgte sie ihrem Mann in die Küche.
Als sie die Tür geschlossen hatte, wiederholte sie noch einmal: »Germain, ich will nicht, daß du hinunterfährst. Ich habe meine Gründe.«
»Du mußt dich wirklich nicht aufregen.«
Germain fachte gerade das Feuer an. Justine stand re-

gungslos hinter ihm. Mit ihren molligen Händen hielt sie die Jacke zusammen. Sie wartete, bis er sich umdrehte. Dann ließ sie die Jacke los und faßte ihren Mann am Arm.

Mit flehender Stimme sagte sie: »Mach dich nicht lustig, Germain. Ich hatte einen bösen Traum.«

»Was hast du geträumt?«

»Ich weiß nicht... Kann es nicht erzählen... Eine schlimme Ahnung. Mit einem schwarzen Tier, das deinen Weg kreuzte...« Sie konnte nicht weitersprechen. Von Schluchzen geschüttelt lehnte sie sich gegen die Brust ihres Mannes.

Er drückte sie fest an sich und murmelte: »Du bist doch wirklich gar zu närrisch.«

»Entsetzlich... Ich ganz allein mit den Kleinen.«

Er schüttelte sie sanft. »Also, weißt du, wenn alle Bergarbeiterfrauen so wären wie du, gäbe es bald keine Minen mehr!«

Sie weinte noch immer. Germains riesige Hand liebkoste ihr offenes braunes Haar.

Justine murmelte noch einmal: »Ich will nicht, daß du einfährst. Ich will es nicht.«

Aber sie hatte schon resigniert. Langsam löste sie sich von ihm und trocknete sich mit einem Hemdzipfel die Augen. Ein Schauer fuhr ihr über den Rücken. Sie füllte die Kaffeemühle, setzte sich dann, um sie zwischen die Schenkel zu klemmen und die Kurbel zu drehen. Germain, der ein Holzscheit aufgelegt und den Zug des Ofens reguliert hatte, ging zu ihr.

»Gib her.«

Er nahm die hölzerne Mühle in eine Hand und mahlte

gleich im Stehen. Das Knirschen war für einen Moment das einzige Geräusch im Raum.
Justine zog die kleine Schublade mit dem duftenden schwarzen Pulver heraus und schüttete es in einen braunen Tonfilter.
Mit einer Stimme, die ihr nicht zu gehören schien, fragte sie: »Mit wem arbeitest du zusammen?«
»Das habe ich dir doch schon gesagt: mit Ambroise Primont und seinem Jungen. Du glaubst doch nicht, Ambroise würde seinen Loulet mitnehmen, wenn er das Gefühl hätte, es könnte gefährlich sein?«
Justine stellte zwei große weiße Schalen, einen Milchkrug, einen Marmeladentopf und eine Zuckerdose auf den Tisch und legte zwei Messer dazu.
»Es war gut, daß du mich geweckt hast. So habe ich genug Zeit, mich über Tage noch ein wenig umzusehen, bevor ich einfahre. Wenn ich meinen Maschinen nicht Guten Morgen sage, fehlt mir etwas.«
Sie aßen schweigend, Germain wie immer mit erstaunlichem Appetit. Später, lange vor Tagesanbruch, sah sie ihm nach, wie er über den gefrorenen Schnee davonging. Das Licht, das aus den Fenstern auf den Boden fiel, zeichnete metallische Reflexe. Auch in anderen Häusern bereiteten sich Männer auf ihre Schicht unter Tage vor.

48

Angst nistet sich in jedem Winkel der Mine ein. Über Tage wie unter Tage. Sie lauert in jedem Schacht und jedem Stollen. Selbst wenn sie sich nicht offen zeigt, selbst wenn die, auf die sie wartet, ihr den Rücken kehren und die Augen verschließen, versteht sie es, sich hinter sie zu schleichen und ihnen auf dem Fuß zu folgen. Sie ist die ewige Begleiterin des Bergarbeiters, ist Teil seines Lebens. Sie verläßt ihn nie.
Die Frauen versorgen den Haushalt, waschen Wäsche und verrichten schwere Arbeiten, als wären sie allein. Aber sie sind es nie. Sobald ihr Mann aus dem Haus ist, sobald seine Schritte am Ende der Straße verhallt sind, erwacht die Angst in ihrem Herzen. Sie breitet sich aus und ist allgegenwärtig. Sie folgt den Frauen wie ein treuer Hund bis zu dem Augenblick, in dem die Erde unter der Gewalt des Sprengstoffs erbebt.
Die Sprengung beruhigt sie. Sie ist das Zeichen dafür, daß alle wieder oben sind.
Das ist der Lebensrhythmus des Bergmanns: ein Rhythmus, bestimmt von der Angst.
Die einzige Zeit, in der sie sich verbirgt, sind die Augenblicke der Stille zwischen der Abendsprengung und der Einfahrt der Nachtschicht und der Morgensprengung und der Einfahrt der Tagschicht. In diesen wenigen Stunden muß sie sich wie ein Tier in seiner Höhle verkriechen. Mit halbgeschlossenen Augen

wartet sie darauf, ihre Tätigkeit wiederaufnehmen zu können.
Der hohe Verdienst und die Prämien, auf die man nicht mehr verzichten möchte, sind stärker als die Todesangst. Männer beruhigen ihre Frauen und versichern ihnen, die Arbeit unter Tage sei nicht gefährlicher als Holzfällen, Lastwagen- oder Fuhrwerkfahren.
Zu den Jungen, denen die Furcht manchmal im Gesicht steht, reden die Alten genauso. Sie sprechen vom sechsten Sinn, der sich nach Monaten der Arbeit unter Tage einstellt und der den Menschen eine Vorahnung für Gefahren vermittelt. Und wenn nach all diesen Argumenten noch immer eine Ängstlichkeit geblieben ist, übernimmt Fatalimus den Rest: Ob über Tage oder unter Tage, wenn dein Stündlein geschlagen hat...
Diejenigen, die nicht gleich am Anfang der Angst nachgeben, nehmen sehr bald mit Leidenschaft den Kampf gegen den Felsen auf. Jeder ist stolz auf sein Spezialgebiet, Schachtarbeiter, Zimmerleute, Sprengmeister. Sie alle hängen an diesem aufreibenden Beruf. Sie alle entwickeln schließlich eine gewisse Zärtlichkeit für diese Angst, die ihnen auf Schritt und Tritt folgt, für dieses unermüdlich herumschleichende, katzenähnliche Tier, das sie verfolgt, bis sie sich zur Ruhe setzen. Wenn der Tod sie nicht schon vorher geholt hat.
Dasselbe Tier wird auch den Sohn verfolgen. Denn der Sohn wird den Beruf des Vaters ergreifen.

49

Jordan war um vier Uhr ausgefahren und hatte wenig geschlafen. Um sieben ging er im Büro vorbei. In Begleitung des jungen Ingenieurs fuhr er hinunter, um nach den Männern der Tagschicht zu sehen.
Fröhlich rief ihm Landry entgegen, der ebenso hart wie Primont arbeitete: »Deine verdammte Ader fällt wieder ab.«
Der alte Bergmann fügte hinzu: »Da hätten wir viel Wind um nichts gemacht. Germain kann wieder rauf.«
Jordan untersuchte das Gestein, das die Männer bereits gebrochen hatten. Mit einer Brechstange klopfte er es ab. »Im Moment machen wir vorsichtig weiter. Keine Sekundärsprengung.«
»Mich würde es auch wundern, wenn wir die bräuchten«, meinte Ambroise. »Es ist immer noch recht weich.« Dann drehte er sich zu Landry um und sagte: »Außerdem ist Germain mit einem Vorschlaghammer genausoviel wert wie ein paar Kilo Pulver!«
Jordan fuhr wieder hinauf, während der junge Ingenieur zu den tiefergelegenen Sohlen hinunterfuhr. Nachdem er in der Kantine Tee getrunken und ein paar Pfannkuchen mit Ahornsirup gegessen hatte, ging er zum Büro und bat die Sekretärin, ihn rufen zu lassen, falls er bis zum Mittag nicht wieder aufgewacht war.
Auf dem Weg nach Hause sah er Justine in ihrer Tür stehen.

»Komm her!« rief sie. Ihre Stimme klang verzweifelt.
Jordan beschleunigte seine Schritte.
»Was ist los? Ist die Kleine krank?«
Erstaunt fragte sie: »Warum?«
»Ich weiß nicht. Du wirkst ganz durcheinander.«
»Ich habe auch allen Grund.«
Jordan trat ein. Sofort stürzte sich der Junge auf ihn und rief: »Nimm mich hoch!«
Jordan ergriff ihn und ließ ihn auf seinen Schultern reiten. Das Kind lachte.
Justine stand vor einer weißen Anrichte mit zwei Türen. Über den Türen befand sich eine halb geöffnete Schublade. Sie ging ein wenig beiseite und sagte: »Schau her.«
Ihr Zeigefinger war vom Wäschewaschen rot und aufgequollen. Er deutete auf eine große Taschenuhr mit Kette, die in einer Ecke der Schublade lag.
Automatisch zog Jordan seine eigene Uhr heraus und verglich die Zeit.
»Was hast du denn, sie geht doch.«
»Herrgott noch einmal! Begreifst du denn nicht? Wenn Germain seine Uhr zu Hause gelassen hat, dann bedeutet das, daß er fürchtet, nicht wieder raufzukommen. Das ist ihm noch nie passiert. Er hat sie auch unter Tage immer mitgenommen.«
»Ich habe deinen Germain gerade gesehen. Beruhige dich. Er wird um vier Uhr hier sein.«
Er erklärte ihr, wie die Dinge lagen. Justine seufzte und schob die Schublade zu.
»Immerhin, es war doch ziemlich riskant!«
»Ich weiß nicht, ob Gefahr bestanden hat, aber ich

weiß, daß es eine Menge Gestein fortzuschaffen gab. Du solltest deinem Dicken für nachher eine kräftige Mahlzeit zubereiten.«

Jordan schlief bis Mittag. Als er wieder zur Mine kam, hörte er ein Flugzeug. Wenig später sah er es hinter den entlaubten Pappeln auf dem Eis niedergehen. Es war sehr kalt, aber der Wind hatte sich gelegt. Am Himmel zogen graue, blaue und weiße Wolken schnell vorüber. Manchmal ließ er bereits einen frühlingshaften Schimmer erkennen, wenn auch der Winter sich noch mit aller Kraft zu halten versuchte.

Jordan war im Büro des jungen Ingenieurs, als Gilles Grandmaison eintrat. Er trug einen Winterblouson mit schwarzem Lammfellkragen und eine sehr elegante Pelzkappe. Er fiel gleich mit der Tür ins Haus: »Es scheint, als markiertest du neuerdings den Herrn über Himmel und Erde?«

»Was erzählst du da für einen Mist?«

Gilles kam näher, schüttelte den beiden die Hand und sagte: »Ich bin an Stelle eines meiner Piloten gekommen. Es hat mich beunruhigt, was der, der Maclin geflogen hat, erzählte.«

Jordan berichtete, was geschehen war. Der Pilot war erleichtert.

»Dieser Miesepeter von Ingenieur erzählt überall herum, daß du geradewegs in eine Katastrophe rennst. Ich hoffe nur, du hast nicht gleich die Presse am Hals.«

»Sollen sie sich ruhig die Mühe machen. Das bringt den Flugverkehr in Schwung.«

Sie ließen Roger Dureau zurück und gingen in die Kantine. Hier aßen die Leute aus der Gesteinsmühle, die Mechaniker und Elektriker sowie das Büropersonal gerade zu Mittag. Auch Jordan und Grandmaison setzten sich zum Essen. Jordan hörte seinem Freund zu, aber er achtete auch darauf, was an den anderen Tischen gesprochen wurde. Eine Sekretärin erzählte, was sie am Sonntag gemacht hatte, und ein paar Arbeiter sprachen von einem Trapper, der nach einem Streit in einer Taverne von der Polizei festgenommen worden war. Nirgends war auch nur eine Spur von Unruhe zu erkennen.

»Ich bleibe heute abend hier«, sagte Grandmaison. »Gehen wir zu Bastringue?«

»Geht leider nicht. Ich fahre mit der Nachtschicht ein.«

»Aber wenn doch keine Gefahr mehr besteht?«

»Ich mache das noch zwei Nächte. Wenn die Ader weiter abfällt, ist es gut.«

Der Pilot drängte ihn nicht weiter. Es war nicht das erste Mal, daß er eine Nacht bei Bastringue verbrachte. Wenn er gebraucht wurde, wußte man, wo er zu finden war.

Am Nachmittag um vier, als die Mannschaften der Tagschicht ausfuhren, ging Jordan zu den Umkleideräumen. Einige Männer zogen sich aus, um zu duschen, andere waren bereits fertig.

Germain berichtete knapp: »Es ist alles in Ordnung.«

»Um so besser«, entgegnete Jordan. »Und vergiß morgen deine Uhr nicht, du Witzbold. Ihr Ticktack macht Justine nervös. Das schadet ihrer Milch!«

50

Als Jordan nach seiner zweiten Nacht in der Mine nach Hause kam, brannte in seinem Gästezimmer Licht. Grandmaison lag auf dem Bett und rauchte eine riesige Zigarre. Er hatte die Schuhe ausgezogen, aber die Reithose und das weiße Hemd mit gestärktem Kragen und Manschetten anbehalten. Neben ihm lagen Zeitungen, und auf dem Nachttisch stand eine Flasche echter Scotch mit einem Glas. Das Feuer fauchte im Ofen. Es war angenehm warm.

»Was ist denn mit dir los?«

Der Pilot richtete sich auf und lehnte sich gegen die Kissen am Kopfteil des Betts.

»Unmöglich! Bald kann man überhaupt nicht mehr zu Bastringue gehen. Da treiben sich ekelhafte, völlig abgebrannte Typen herum. Ewig pöbeln sie einen an. Ich bin gegen Mitternacht zurückgekommen.«

Jordan hatte sich gesetzt, um die Stiefel auszuziehen. Sein Freund blies einen dünnen Rauchfaden aus, der zuerst gerade aufstieg und sich dann kurz unterhalb der Deckenlatten zu kräuseln begann.

»Hör zu«, sagte er. »Ich habe nachgedacht. Du fängst an, Geld zu machen, und ich auch. Wir werden einen richtigen Nachtclub eröffnen. Ein Lokal, in dem man die Kundschaft auswählt.«

Jordan lachte spöttisch. »Du und ich werden die einzigen Gäste sein.«

»Unsinn! Ich kenne solche Lokale in Paris. Im Krieg...«
Jordan unterbrach ihn: »Entschuldige bitte, Gilles. Ich möchte mich gern ein paar Stunden aufs Ohr legen.«
Gilles streckte sich wieder aus. »Und dein Stollen?« fragte er.
»Das geht schon. Wenn er weiter abfällt, gibt es keine Probleme mehr.«
Grandmaison drückte seine Zigarre in einer Untertasse aus, in der bereits eine ganze Menge speicheldurchtränkter Kippen lag. Mersch mußte kürzlich dagewesen sein.
Bevor Jordan die Tür hinter sich schloß, fragte er: »Um wieviel Uhr startest du?«
»Um zwölf. Ich habe vier Schürfer für Ottawa und zwei Nutten für Montreal.«
Jordan ging in sein Zimmer. Es war nach fünf.
Um die Häuser des Dorfes und die Gebäude der Mine wehte ein heftiger Westwind. Die Windenmotoren standen still. Sie wurden gerade von zwei Mechanikern geschmiert. Ein Elektriker beaufsichtigte das Lüftungssystem, das auch zwischen den Schichten in Betrieb war, um die Explosionsgase abzusaugen.
Jetzt schlief fast das gesamte Dorf. In dieser Nacht lag Justine regungslos an den kräftigen Körper ihres Mannes gepreßt. Sie hatte ihren nackten Arm über seine Brust gelegt. Germain atmete laut, wie eine gut geölte, große Maschine. Seine Frau kämpfte gegen den Schlaf. Sie hatte Angst, der Alptraum könnte sich wiederholen. Sie wollte ihn nicht an sich herankommen lassen. Sie fragte sich, ob die Frauen der Männer, die immer

unter Tage arbeiteten, dieselben Ängste hatten. Am Abend zuvor hatte sie mit ein paar Frauen zusammengesessen, aber sie hatte nicht gewagt, danach zu fragen. Ihre Männer arbeiteten zur gleichen Zeit unten wie ihrer. Sie schienen nicht besorgter zu sein als sonst: die dicke Charlotte Pinguet, deren Mann zehn Jahre lang in einem Bergwerk in Ontario gearbeitet hatte; die stets liebenswerte Louise Boucher; Marie Simard, die sich unablässig fragte, ob ihrem Mann auch schmecken würde, was sie gekocht hatte.

Justine drückte Germains massigen Körper fest an ihre Brust. Immer wieder sagte sie sich, sie würde niemals eine richtige Bergmannsfrau werden. Ihr Mann würde nur noch dieses eine Mal einfahren, danach wäre es vorbei. Er würde dann seine Arbeit über Tage wiederaufnehmen, das war schließlich seine Leidenschaft. Sie sah ihn vor sich, wie er sich abends, den Kopf in die Hände gestützt und mit gerunzelter Stirn, über komplizierte Konstruktionspläne von Maschinen beugte. Es fiel ihm schwer, diese Dinge zu verstehen, aber er liebte sie.

Schon lange vor acht Uhr war Landry bei den Pumpen und Ventilatoren und versicherte sich, daß alles in Ordnung war. Danach fuhr er mit den beiden Primonts ein. Loulet war gerade sechzehn, und wegen seiner Magerkeit und seiner langen Beine wurde er manchmal ›Weberknecht‹ genannt. Er bewunderte Germains Kraft.

Landry sagte ihm immer wieder: »Du mußt viel Suppe essen und viel Kuchen. Dann wirst du wie ich.«

Als die drei an ihrem Arbeitsplatz ankamen, sahen sie, daß die Explosion einen riesigen Felsbrocken abgesprengt hatte.
Ambroise Primont untersuchte ihn und stellte fest: »Von Hand ist das ein schönes Stück Arbeit! Ich würde ihm eine kleine Ladung in die Mitte verpassen...«
»Kommt nicht in Frage. Maxime hat es vorhin noch einmal gesagt.«
Der alte Bergmann zuckte mit den Schultern.
»Wie du willst. Ich bin sicher, es kann nichts passieren.«
Er machte sich daran, das lose Geröll zu beseitigen, während Landry den Vorschlaghammer ergriff und auf den riesigen Stein einschlug. Er war härter als das übrige Gestein in diesem Bereich. Der kleine Loulet schob einen Grubenwagen heran und belud ihn.
Sie arbeiteten schweigend. Jeder ging seiner Aufgabe nach. Nur der Junge hörte ab und zu mit dem Schaufeln auf, um Landry zu beobachten, dessen Hammerschläge die Kraft und Gleichmäßigkeit einer Dampframme hatten.
Etwa eine Stunde hatten sie so gearbeitet. Plötzlich sah der Junge auf. Sein Atem stockte. Mit offenem Mund stand er da. Dann ein heiserer Schrei: »Da! Da! Da!«
Er hob die Hand. Direkt über dem vorderen Ende des Stollens schob sich eine Gesteinsplatte langsam über eine andere. Glänzender Schlamm brach ein.
Die beiden Männer hatten kaum den Kopf gehoben, da beschleunigte sich diese Bewegung auch schon. Der riesige Felsbrocken fing an zu schwanken. Schlamm spritzte auf.

»Schnell, um Gottes willen!«
Landry ergriff den Jungen, hob ihn fast hoch und schubste ihn in den Stollen hinein. Als Ambroise zögerte, stieß er ihn hinterher. Er hatte seinen Vorschlaghammer nicht losgelassen. Jetzt hieb er wie ein Wilder gegen die unteren Enden der Stützpfosten, um sie loszuschlagen.
»Haut ab! Und gebt Alarm!«
Vater und Sohn riefen schon in den großen Stollen hinein.
Plötzlich ein Krachen, dann ein dumpfes Rollen. Ein kalter Lufthauch umgibt Landry. Die Flut bricht herein. Vor sich her schiebt sie das Geröll. Sie überrollt den Grubenwagen und schiebt die Stützen beiseite, die Landry in der Hoffnung, den Tunnel auf diese Weise verschließen zu können, weggeschlagen hat. Nun läßt er das überflüssige Gerät fallen und rennt los.
Im großen Stollen haben die Männer das Geschrei gehört und sind zum Ausstiegsschacht gelaufen. Hier jedoch wird der Strom nicht mehr von Schlamm und Geröll aufgehalten. Jedes Hindernis war aus dem Tunnel geräumt worden. Das Wasser tobt mit unvorstellbarer Gewalt heran. Das unermeßliche Gewicht des Ouanaka-Sees liegt auf diesem Loch. Die Wassermassen drohen alles zu verschlingen.
Landry hat Ambroise Primont eingeholt, der wegen einer alten Knieverletzung hinkt. Sein Sohn versucht, ihm zu helfen.
»Hau ab! Hau ab!«
Die Stimme überschlägt sich. Das tosende Wasser ist nur noch zehn Schritte entfernt. Jetzt ist es da. Eine

Stütze kommt auf der eisigen Flut auf sie zu. Die drei Männer stürzen. Landry steht wieder auf. Er hält den Jungen am Arm. Der Vater versucht mühsam, auf die Beine zu kommen. Wieder stürzt er, und wieder steht er auf. Und noch einmal fällt er.

Landry rennt. Das Wasser steht ihm bis zu den Knien, bis zur Taille. Der Junge schreit. Landry zerrt ihn mit. Dann ein Krachen. Die Lampen im Stollen erlöschen. Weit vor ihnen tanzen kleine Lichtpunkte. Es sind die Lampen an den Schutzhelmen der Kameraden, die gehetzt flüchten und sich ab und zu umdrehen, um zu sehen, wie weit der Strom schon gekommen ist.

In den Armen von Landry, der Mühe hat, auf den Beinen zu bleiben, schreit der Junge: »Papa! Papa!«

Von dem alten Bergmann ist nichts mehr zu sehen. Er muß vor ihnen sein, vorangetrieben wie die aus der Verzimmerung gerissenen Pfosten und Balken.

Eine Strebe schlägt gegen Landrys Bein. Die Lampen an ihren Schutzhelmen sind ausgegangen, als sie stürzten. Sie können sich nur noch an den Lampen der Kameraden weit vor ihnen orientieren.

Männer tauchen aus einem Seitenstollen auf. Sie zögern, als sie das Wasser sehen. Landry schreit ihnen entgegen: »Die Leiter!«

Er sieht, wie sie zum Notausstieg rennen. Sie haben noch etwa hundert Schritte Vorsprung vor dem Wasser.

Andere Männer sind in Seitengänge zurückgeflüchtet. Landry steht das Wasser noch immer bis zur Taille. Es ist eisig, trotzdem schwitzt er. Er fixiert die kleinen Lichtpunkte, die sich tanzend entfernen. Er müßte

rennen, kommt aber kaum einen Schritt voran. Seine gesamte Energie, all seine Kraft verbraucht er im Kampf gegen das Wasser, das ihn überrollen will, unter sich begraben.
Das Schreien des Jungen, der sich an ihn klammert, ist zu einem schneidenden Ton geworden. Er schmerzt in seinen Ohren und übertönt das Tosen des Wassers. Die Lichtpunkte sind verschwunden. Nichts mehr. Völliges Schwarz. Nur eines kann ihn noch leiten: die Strömung des Wassers. Die Gewalt dieses Stroms, der ihn in den Abgrund zu ziehen droht. Plötzlich liegt der Schacht vor ihnen. Fährt der Förderkorb noch? Soll er weiterlaufen oder sich hier festklammern? Einen Zwischenstollen suchen oder den Notausstieg? Um ihn her nur Dunkelheit. Absolute Dunkelheit.
Landry preßt den Jungen an sich und ruft so laut er kann: »Hallo! . . . Hierher . . . Ich bin es!«
Der Aufprall ist entsetzlich. Ein Balken, den das Wasser mitgerissen hat, trifft Landry im Kreuz. Er geht in die Knie. Er krallt sich in die Kleider des Jungen, dessen Schreien aufgehört hat, im Wasser erstickt. Es ist sinnlos, noch zu kämpfen. Bilder ziehen vor Germains innerem Auge vorüber, schneller als der Strom, der die beiden davonträgt. Sein ganzes Leben in einem einzigen Augenblick. Ein paar seltsam leuchtende Akzente werden sichtbar: Seine Mutter. Der Hafen von Quebec. Justine. Die Hochzeit und der Einzug in ihr Haus. Klein-Max, aus dem er so gern einen Ingenieur gemacht hätte. Sein Sohn. Er hat seine Figur. Und dann, schmerzhaft, Etiennette mit ihrem pausbäckigen Gesichtchen und den blonden Locken.

Landry taucht noch dreimal aus dem Wasser auf. Der Junge ist seinen Armen entglitten. Instinktiv versucht Landry zu schwimmen, gegen den Strom anzukämpfen, doch die Flut ist stärker. Die unsichtbare Erde zieht ihn in ihre eisigen und schlammigen unterirdischen Fluten. Die ungewöhnliche und nun so nutzlose Kraft dieses Mannes endet in einer Reihe krampfhafter Zuckungen, die schließlich in der Kälte erlahmen. Zwischen Balken und Trägern hört er auf zu kämpfen.

51

Da die Leitungen gerissen waren, ging überall zugleich das Licht aus. Die schlammigen Fluten schieben Grubenwagen aus Eisen und Holz vor sich her, als wären es Streichholzschachteln. Das Getöse wird immer lauter und übertönt das Schreien der Menschen. Sie wirbeln vorwärts, begleitet von eisigem Todeshauch.

Die Verzimmerungen brechen zusammen, die gewölbten Decken der Gänge stürzen ein. Aber all das reicht nicht für einen Wall aus, der die Fluten wenigstens bremsen könnte.

Als sie den Alarm hören, stürzen die Männer in den tiefergelegenen Sohlen zum Förderkorb. Andere rennen zu den Notausstiegen. Einige werden wohl nach oben gelangen. Der überlastete Käfig steigt nur langsam. Er befindet sich noch mehr als hundert Fuß unterhalb der obersten Sohle, als das Wasser den Schacht erreicht. Die eingezwängten Männer fangen an zu

schreien. Steine und Holzbalken fallen auf sie herab wie Bomben. Noch steigt der schwere Käfig. Dann wird er langsamer und bleibt schließlich stehen. Panik bricht aus. Machtlosigkeit.
Die Drahtseile dehnen sich. Der eiserne Käfig mit der Ladung schreiender Menschen verkantet sich im Schacht. Bald hat das Wasser die Schreie erstickt.
Oben schneit es, und ein kalter Wind spielt mit den Flocken. Er trägt den unheilverkündenden Klang der Alarmglocken und Sirenen davon. Im Dorf und in Bourg-le-Rouge öffnen sich die Haustüren. Man fragt. Man zieht sich hastig Kleider und Schuhe an. Auf der Eisfläche des Sees und in den Straßen drängen sich die Menschen. Es ist kurz vor zehn. Die Männer der Nachtschicht werden aus dem ersten Schlaf gerissen.
Jordan springt aus dem Bett. Er betritt im gleichen Augenblick die Küche wie Grandmaison. Wortlos sehen sie sich an. Jordan zieht sich eilig die Stiefel an.
Der Pilot sagt: »Keine Panik ... Das kann auch nur eine Kleinigkeit sein.«
»Halt deine Maschine bereit, vielleicht müssen Verletzte weggebracht werden.«
Der Pilot zieht sich an. Jordan geht hinaus. Er rennt durch die Straßen wie die anderen. Frauen, Männer und Kinder. Die Kinder sind schneller als die Erwachsenen. Als Jordan Landrys Frau überholt, schluchzt sie: »Großer Gott! ... Großer Gott! ... Ich hab's gewußt ...«
Mit zusammengebissenen Zähnen und einer Wut, die ihm das Innere gefrieren läßt, stürzt Jordan vorwärts. Er antwortet auf keinen Zuruf. Er sieht niemanden.
Die Wächter stehen an den Eingängen der Gebäude.

Sie hindern die Neugierigen aus Bourg-le-Rouge und die Frauen daran, einzudringen. Nur Bergleuten ist es erlaubt, bis zu den Winden vorzudringen, deren Motoren noch immer knirschen.
»Stoppt die Sirenen! Dieser Lärm macht noch das ganze Land verrückt.«
Die Windenführer berichten Jordan, daß außer sieben Bergleuten, die die Notausstiege erreicht haben, keiner herausgekommen ist.
Man mußte sich nur das Rauschen des Wassers im Schacht anhören, um zu wissen, daß jede Hilfe zu spät kam. Der ganze See, der unerschöpfliche See, gespeist von mehreren Flüssen, ergießt sich in die Mine. Das würde erst aufhören, wenn der Wasserstand innen und außen gleich war.
Das ist Jordan in wenigen Augenblicken klar.
Ein alter Bergmann sagt ruhig: »Sicher sind noch Kameraden in Luftblasen eingeschlossen. Da wird die Luft komprimiert und hindert das Wasser, weiter zu steigen. Da können sie eine Weile aushalten.«
»Wo ist Dureau?« fragte Jordan.
»Er ist gerade eingefahren.«
Einer der Bergleute sagt: »Er war sich seiner Sache so sicher.«
Ein anderer entgegnet: »Niemand konnte das ahnen. Niemand!«
Die Männer, die über die Notausstiege entkommen konnten, sind totenblaß. Man gibt ihnen Alkohol zu trinken. Den einen hatten Kameraden noch aus dem Strom ziehen können. Seine Kleidung ist voller Schlamm. Ein irres Lachen schüttelt ihn.

»Gibt es Verletzte?« fragt Jordan.
»Keine.«
»Sicher die Männer in den Luftblasen. Wenn man nur wüßte, wo man bohren muß...«
»Wir müssen in den Plänen nachsehen«, sagt Jordan.
Er geht. Es scheint ihm, als wollte er vor allem diesem unendlich lastenden Gefühl der Ohnmacht entkommen, das alle erdrückt. Die Menge macht eine Gasse frei. Ein paar Frauen halten ihn einen Augenblick lang fest.
»M'sieur Jordan! Was ist passiert?«
»Wir werden Rettungsaktionen organisieren.«
»Werden Sie sie rausholen?«
»Aber sicher.«
»Das war doch vorauszusehen.«
»Ich wollte nicht, daß meiner runtergeht.«
Hinter den Tränen ist Wut zu spüren. Zwei Wächter begleiten Jordan, der anordnet: »Achtet darauf, daß keiner ins Büro kommt.«
Er geht schnell hinein. Die Wärme überfällt ihn. Eine Sekretärin ist da. Schmächtig steht sie im Eingang.
»Was ist zu tun?« fragt sie.
Jordan zögert. Er fühlt sich völlig allein. Er sieht Maclins Gesicht vor sich. Dann Landrys.
Um Himmels willen. Das darf nicht wahr sein!
Zur Sekretärin sagt er: »Ich sehe in den Plänen nach.«
Er schließt sich im Büro des Ingenieurs ein. Der Ofen faucht. Es ist warm. Es wäre schön, jetzt arbeiten zu können. Die Schnittzeichnung der Mine und der Grundriß liegen auf Maclins Zeichentisch. Jordan starrt sie an, ohne sie zu sehen. Die Linien tanzen vor

seinen Augen. Sein Blick wandert zur Personaltafel. Er will nachrechnen, wie viele Männer unten sind. Er müßte es wissen. Er weiß es, aber es fällt ihm nicht ein. Draußen sind jetzt Drohungen zu hören. Die Menge ist aufgebracht. Alles wird übertönt von den schneidenden Schreien der Frauen.
Die Tür geht auf. Jordan hat fast Angst. Es ist Grandmaison. Mit angespanntem Gesicht geht er auf Jordan zu und befiehlt: »Du mußt gehen, Maxime. Es ist vorbei.«
»Vorbei?«
»Alles. Die Mine, die Männer. Alles. Die Leute toben. Es war schwer, herzukommen. Der Motor ist schon vorgewärmt. Jordan, du mußt gehen.«
»Du spinnst. Sie allein lassen...«
Der Pilot faßt ihn am Arm und schüttelt ihn.
»Wach auf, du Narr! Sie werden dich in Stücke reißen. Was haben sie zu verlieren? Du kannst nichts mehr für sie tun, Jordan. Du hast keine Mine mehr.«
Im Eingang geht klirrend eine Scheibe zu Bruch. Man hört die Rufe der Wachen und das Geschrei der Leute. Jordan geht ein paar Schritte vor, jedoch nicht bis in den Gang. Durch die zerbrochene Scheibe sieht er die Menge. Geballte Fäuste strecken sich ihm entgegen. In den Blicken der Leute liegen Verzweiflung und Haß.
»Nimm dein Geld!« ruft ihm der Pilot zu.
Jordan überlegt nicht länger. Er geht zum Schreibtisch, zieht mit zitternder Hand seine Schlüssel aus der Tasche und öffnet eine schwere Kassette. Er nimmt die gebündelten Geldscheine heraus und stopft sie sich in die Taschen. Die beiden kleinen Goldbarren nimmt er

ebenfalls mit. Grandmaison hat schon das Fenster geöffnet, das nach hinten hinaus geht. Er springt hinaus.

»Beeil dich. Hier ist keine Menschenseele.«

Auch Jordan springt. Sein Kopf ist leer, doch seine Muskeln funktionieren. Die Angst hat ein gehorsames Tier aus ihm gemacht.

Der Schnee knirscht unter ihren Füßen, als sie am Bürogebäude und an der Kantine entlangschleichen. Es schneit jetzt dichter. Das bietet ihnen Schutz.

Um zum Ausgang zu gelangen, müssen sie den Weg überqueren, der zur Maschinenwerkstatt führt. Die Menschen, die ihnen begegnen, achten nicht auf sie. Am Tor sind keine Wachen mehr. Alle wollen das Bürogebäude schützen, in dem sie ihren Chef vermuten. Das Geschrei der Menge wird immer lauter. Die Wachhunde am Sprengstofflager bellen wie wild. Ab und zu trägt ein Windstoß den Lärm des Belüftungssystems herüber. Als ob noch Hoffnung bestünde, daß ein Mensch unter diesen Schlammassen atmet!

Immer dichter fällt der schwere, nasse Schnee. Er bildet eine weiße Schicht, die auf dem gefrorenen Boden sofort fest wird.

Sie befinden sich jetzt auf dem Eis. Der Umriß des Flugzeugs zeigt ihnen den Weg.

»Wirst du starten können?«

»Wir müssen um jeden Preis aus dieser Scheiße heraus.«

Mit seiner Schutzhülle auf der Nase sieht das Flugzeug aus wie ein dickes Tier, das sein einziges Horn in den Himmel reckt. Flink wie eine Katze springt

Grandmaison hoch und zerrt mit ausgreifenden Bewegungen das Segeltuch herunter.
»Nimm den Vorwärmer weg!« ruft er.
Jordan zieht den kleinen Petroleumofen beiseite, den der Pilot unter der Schutzhülle angezündet hatte, um den Motor vorzuwärmen.
»Das Zeug lassen wir hier!« ruft ihm Gilles durch den Schneesturm zu. Das Segeltuch liegt neben dem Ofen auf dem Eis. Der Pilot ist schon in die Kabine geklettert. Die Blechtür schlägt im Wind. Während Grandmaison sich hinter den Steuerknüppel setzt, ergreift Jordan die riesige Kurbel, die rechts in der Seite der Motorhaube steckt, und dreht kräftig. Der Motor hustet. Ein unangenehmer Geruch weht vorüber. Noch ein Schluckauf, dann heftiges Knattern. Der Propeller beginnt sich zu drehen. Die Kufen knirschen über das Eis. Langsam gleitet die Maschine vorwärts. Jordan ergreift die Spannseile und zieht sich in die Kabine hoch. Die Kurbel wirft er hinter sich. Das Motorengeräusch nimmt zu. Die Sicht beträgt weniger als zwanzig Meter, aber Grandmaison kennt das Gelände. Er weiß, er hat die gesamte Fläche des Sees vor sich.

52

Der Motor brummte wie ein gefangener Dämon. Der Rumpf des Eindeckers vibrierte. Der Scheibenwischer kam nur mühsam gegen den Schnee an, der vom Fahrtwind in Schwaden über die schräge Scheibe wehte.

Jordan starrte auf die Pelzmütze des Piloten. Er hatte die Hände in die Seiten seines Sitzes gekrallt. Die Außenwelt floß in wahnsinniger Geschwindigkeit an ihm vorüber. Zugleich sah er einen anderen Fluß vor sich, einen Fluß, der in der Tiefe der Stollen dahinströmte und Menschen und Material mit sich forttrug.
Die Maschine hob nur schwer ab. Sie flog knapp über den Baumkronen.
»Die Temperatur sinkt«, rief der Pilot. »Es wird sich ganz schön was festsetzen.«
Jordan wußte, was Vereisung bedeutete. Wenn die Tragflächen und der Rumpf zu schwer wurden, konnte das den Absturz bedeuten. Der Gedanke an sein Ende durchschoß ihn. Er empfand ihn wie eine Befreiung.
»Krepieren, dann hat alles ein Ende!«
Grandmaison beugte sich mit angespannten Zügen vor und sah unter sich die Spitzen der Rottannen und Fichten vorüberziehen. Nur wenige Fuß trennten sie von den höchsten Bäumen. Der Wind rüttelte unbarmherzig an der Maschine.
»Halt dich fest!« schrie der Pilot.
Er betätigte gleichzeitig mit den Füßen das Seitenruder und mit den Händen den Steuerknüppel. Er versuchte so, den nassen, gefrierenden Schnee von den Tragflächen abzuschütteln.
»Nichts zu machen ... Wir müssen runter.«
»Bist du verrückt?«
Das Flugzeug neigte sich leicht nach links, dann wieder nach rechts. Kleine Lücken im Schneegestöber erlaubten einen Blick in die Tiefe. Überall Wald. Das Grau der Nadelbäume schien näherzukommen. Das Eis hat-

te den Scheibenwischer blockiert. Der Pilot konnte nur noch durch das Seitenfenster nach draußen sehen.

»Zieh hoch, um Himmels willen!« schrie Jordan.

»Schieb doch am Heck an!«

Plötzlich schien eine riesige Hand den Rumpf nach unten zu drücken. Die Maschine sank. Es folgte ein fast geräuschloser Gleitflug. Unter ihnen und seitlich flog das Weiß in rasender Geschwindigkeit vorüber. Dann ein Stoß, heftiger als bei einer normalen Landung. Doch die Maschine blieb, leicht nach links geneigt, stehen. In aller Ruhe stellte Gilles den Motor ab und sagte: »Ich habe wohl eine Stütze angeknickt ... Ist nicht schlimm, das kommt vom Gewicht.«

Er öffnete die Tür und sprang aufs Eis. Jordan folgte ihm. Sie gingen um das Flugzeug herum. Das linke, vordere Bein, an dem die Kufe befestigt war, war leicht verbogen.

»Glück gehabt, daß es nicht gebrochen ist bei dieser Kälte ... Das hindert uns nicht, wieder zu starten.«

Der Schnee war jetzt sehr fein. Er wurde fast waagerecht über das Land geweht, als wollte er es nicht berühren.

Grandmaison richtete sich auf und schlug mit der Faust gegen die Vorderkante der Tragfläche. Eine lange Eiskruste löste sich und zersplitterte auf dem Boden.

»Beim ersten Sonnenstrahl schmilzt das Eis, und wir hauen ab.«

Jordan schwieg. Alles, was er hier sah und hörte, spielte sich auf einer untergeordneten Ebene ab. Das Schwarz der Mine war stärker als das vorüberziehende Weiß.

Er folgte dem Piloten und stieg wieder ins Flugzeug. Der Wind heulte und rüttelte mit schweren Stößen an der Maschine.
Deutlicher als Gilles' ruhiges Gesicht sah Jordan das von Justine vor sich. Der pummelige Max, seine kleine Schwester.
Hatte er Justine vor seiner Flucht gesehen, als er durch die Menge zu seinem Büro ging? War ihre Stimme unter denen gewesen, die ängstlich fragten, was er tun werde? Und die anderen? Wie viele Frauen? Wie viele Kinder? ... Wie viele Bergleute in der Mine?
Germain war mit Ambroise Primont zusammengewesen. Mit Ambroise und seinem Jungen, den sie ›Weberknecht‹ nannten. Sie waren nicht zurückgekommen. Das wußte er. Für einen Augenblick sah er die Gesichter der Männer vor sich, die dem Inferno entkommen waren.
»Sicher sind noch Kameraden in Luftblasen eingeschlossen«, sagte eine Stimme.
Dann eine andere: »Man müßte bohren ... aber wo?«
Grandmaison schüttelte sich und klopfte den Schnee von seinem Mantel. Aus der Tasche zog er die hübsche flache Flasche mit ihrem Gehäuse aus ziseliertem Silber. Er schraubte den Verschluß ab und hielt sie Jordan entgegen.
»Trink. Du bist leichenblaß.«
Jordan nahm einen langen Zug. Die wohltuende Wärme des Whiskys erfüllte ihn. Er gab Gilles die Flasche zurück und seufzte: »Das ist doch unmöglich ... Großer Gott, das ist doch unmöglich!«
»Pech«, sagte der Pilot, bevor er selbst trank.

»Ich hatte ihnen verboten, in dem Bereich Sekundärsprengungen zu machen. Vielleicht haben sie es doch getan ... Immer wollen sie es besser wissen ...«
Eine Bö hatte das Flugzeug von der Seite erfaßt und drehte es langsam auf dem Eis. Der Pilot beugte sich vor und sah auf das Instrumentenbrett.
»Der Wind dreht auf Süd. Die Temperatur steigt... Bleib hier.«
Er öffnete die Tür, stieg aus und schloß sie wieder.
Jordan starrte auf die schräge Scheibe, über die nun kleine Platten aus Eis und Schnee glitten. Vor seinem inneren Auge sah er überall Leichen in einem bodenlosen Abgrund. Ein See, unendlich viel größer als der Ouanaka-See, ergoß sich in die Minenschächte, aus denen grauenhafte Schreie heraufdrangen. Es waren gesichts- und namenlose Bergleute. Es waren Verdammte, die nicht sterben wollten, Eingeschlossene, die verzweifelt um Hilfe schrien. Tote mit Lungen voller Schlamm, die markerschütternde Schreie ausstießen.

53

»Wir können starten.«
Wie aus tiefstem Schlaf gerissen, sieht Jordan nach draußen. Die Sonne hat die Scheiben getrocknet. Die Oberfläche des kleinen Sees glitzert.
Jordan ist für einen Augenblick wie gelähmt. Dann sagt er mit fremder Stimme: »Wir müssen zurück.«
»Was?«

»Zurück zur Mine.«
Der Pilot richtet sich in seinem Sitz auf und tippt sich mit dem Zeigefinger an die Stirn.
»Das ist doch nicht dein Ernst!« sagt er höhnisch.
Maximes Gesicht drückt jetzt Entschlossenheit aus.
»Bring mich zur Mine zurück. Ich bin abgehauen wie ein Schweinehund.«
»Du bist einer. Du hast sie für Prämien hinuntergeschickt. Jetzt zählt nur noch eins: deine Haut zu retten. Mit dem Rest wirst du schon klarkommen. Du sagst dir einfach, diese Idioten von Bergleuten haben mit Dynamit gearbeitet, wo du es ihnen verboten hattest! Schließlich bist du selbst davon überzeugt, daß dich keine Schuld trifft!«
Er behält seinen höhnischen Ton bei, und das gibt Jordan einen Stich. Zitternd vor Zorn schreit er: »Bring mich zur Mine zurück!«
»Du hast keine Mine mehr!«
»Ist mir egal. Ich sage, du sollst mich zurückbringen!«
»Du Narr! Hast du noch nie eine wütende Menschenmenge erlebt? Hast du noch nie erlebt, wie Frauen ihre Krallen ausstrecken?«
Jordan steht auf. Mit unsicheren Bewegungen setzt er sich die Mütze auf und knöpft seinen Mantel zu.
»Wenn du mich nicht hinbringen willst, gehe ich zu Fuß. Es ist nicht weit.«
Der Pilot springt auf und stellt sich mit dem Rücken vor die Tür. Er greift in seinen Mantel und zieht einen schweren Trommelrevolver heraus. Er spannt ihn mit einer Bewegung, die Routine beweist. Der Hahn klickt. Die Kanone zeigt auf den Boden. Mit eisiger

Stimme sagt er: »Ich schieß dir lieber ins Bein und bring dich ins Krankenhaus.«
Sein Blick ist hart, die Lippen unter dem schmalen Schnurrbart verkniffener denn je.
»Laß mich vorbei, Gilles. Es war schon eine Schweinerei, daß du mich überredet hast, abzuhauen. Ich bin kein Feigling ...«
»Nein, du bist ein Dummkopf. Ich habe deine Haut einmal gerettet. Ich schieße dir ins Knie, um dich ein zweites Mal zu retten.«
»Laß mich raus, sage ich dir!«
Jordan schrie. Er zitterte.
»Du bist stärker als ich, Jordan, aber nicht stärker als das Pulver!«
Jordan macht eine Handbewegung. Ein Schuß geht los. Die Kugel durchschlägt seinen pelzgefütterten Mantel kaum einen Finger breit neben seinem Schenkel und bleibt in der steifen Leinwand des Flugzeugs stecken. Bevor Grandmaison den Hahn erneut spannen kann, trifft ihn die Faust seines Gegenübers in der Magengrube. Er schnappt nach Luft. Er öffnet die Augen, und der erste Atemzug klingt wie ein fernes Echo des Schusses. Er läßt die Waffe fallen. Jordan setzt seinen Fuß darauf. Überflüssig.
Hinter dem Piloten, der sich zusammengekrümmt den Bauch hält, gibt die Tür nach. Der Mann stürzt rückwärts, mit dem Genick voraus, auf das Eis. Ein Aufprall. Dann Stille. Jordan geht zu ihm. Er beugt sich über den Piloten, der mit angezogenen Knien, das Kinn auf der Brust, auf der rechten Seite liegt.
»Gilles! Um Gottes willen! Gilles!«

Er zieht ihn ein paar Schritte von der Want fort, neben der der Schädel beim Sturz aufgeschlagen war, und dreht ihn auf den Rücken. Ein Arm fällt schlaff auf das Eis. In den weit aufgerissenen Augen steht das Entsetzen. Sie reagieren nicht.

»Gilles! Gilles!«

Der Wind trägt seinen Schrei davon.

Jordan ohrfeigt den Piloten, dann sucht er nach der Flasche mit dem Whisky. Mit zitternden Händen schraubt er sie auf. Er richtet Gilles' Oberkörper auf, doch der Kopf fällt nach vorn. Er legt ihn wieder hin und versucht, ihm den Whisky zwischen die Lippen laufen zu lassen.

Der Mann ist tot.

Jordan läßt die offene Flasche fallen. Der Inhalt fließt in den Schnee. Einen Moment lang bleibt Jordan wie erstarrt im Wind stehen, der in den Haaren des Piloten spielt. Er sieht ihn an. Zugleich sieht er auch die toten Bergleute. All diese Toten...

Plötzlich kommt ihm der Revolver in den Sinn. Er zögert. Unbewußt greift er in seine Taschen und berührt die Geldscheine und die beiden Goldbarren. Seine Hände fahren zurück, als hätten sie Feuer oder ein Reptil berührt. Er sieht den Mann zu seinen Füßen an, aber er nimmt ihn schon nicht mehr wahr.

Seinem Instinkt folgend, macht er sich in nördlicher Richtung auf den Weg.

Hinter ihm läßt der wütende Sturm die Tür des Flugzeugs schlagen. Der feine Schnee treibt im sinkenden Licht über die Oberfläche des Sees. Leicht häuft er sich an Grandmaisons regungslosem Körper auf. Die aufgerichteten Haare seines Pelzes zittern, so daß es aussieht, als würde der Tote hin und wieder von einem Schauer erfaßt.

54

Jeden Winter starben Piloten im Schnee. Diese Männer waren zumeist im Krieg gewesen, und ihre Mißachtung jeder Gefahr war ihr ganzer Stolz. Sie fürchteten sich vor gar nichts. Wer sich geweigert hätte, aus Angst vor einem Unwetter zu starten, wäre für immer entehrt gewesen.
Für Geld oder um einen Verletzten zu retten, um ein krankes Kind ins Krankenhaus zu bringen, um der Ehre willen und manchmal auch nur zum Vergnügen setzten die Buschpiloten, wie man sie nannte, ihr Leben aufs Spiel.
Hatten sie Post zuzustellen und konnten nicht landen, warfen sie die Postsäcke an Fallschirmen ab. Der Zeitplan war heilig. Der Geschäftsbrief, der Liebesbrief, Gesteinsproben für die Labors, die Analysen, auf die der Schürfer wartete, oder das Medikament, das ein Arzt benötigte – all dies war es ihnen wert, daß sie die Gefahren in Kauf nahmen.
Die ersten Flugzeuge waren nicht teuer. Verbogenes Eisen hier und da, ein bißchen zerrissene Leinwand, da fragte man sich, wie ein solcher Apparat sich überhaupt in der Luft halten konnte. Sobald auch Personen transportiert werden mußten, kauften die Väter dieses

ersten Flugnetzes im Norden geschlossene Maschinen, die widerstandsfähiger und bequemer waren. Ausgerüstet waren sie mit Wasp-Motoren von hundertzehn PS. Diese Eindecker konnte über sechstausend Kilo laden und flogen mit einer Geschwindigkeit von hundertdreißig Meilen pro Stunde in Höhen bis fünfzehntausend Fuß. Dennoch blieb jeder Flug hier oben im Norden, wo der Himmel je nach Laune bis zu zwanzigmal am Tag das Gesicht wechselt, immer ein Abenteuer.
Bald regierten Motor und Propeller über Ontario, dem Temiscaming- und Abitibigebiet sowie über Labrador. Diese verrückten Flieger, die Männer der Luft, sie nutzten denen, die Metalle aus der Tiefe förderten. Ihre Ankunft war stets eine Attraktion für die Kinder, die davon träumten, auf den Schwingen dieser seltsamen Vögel davonzufliegen. Manche nannten sie auch fliegende Särge.
Manchmal verschwanden sie mit Ladung und Passagieren. Der Zorn des Nordwindes, westliche Stürme, Wirbelstürme über den Wäldern und Herbsttornados konnten den Flugzeugen ebenso zum Verhängnis werden wie ein plötzlicher Temperatursturz. Es war ein ewiges Spiel zwischen diesen Männern ohne Angst und dem Himmel. Der Einsatz war ihr Leben.
Die winzigen Maschinen gingen in den Wäldern ebenso leicht verloren wie ein kleines Fischerboot auf hoher See. Andere Flugzeuge machten sich auf die Suche. Ganze Tage flogen die Piloten die Strecken ab und suchten nach den geringsten Anzeichen in der Hoffnung, ihr Kamerad sei noch am Leben. Entdeckten sie Rauch im Wald, gingen sie tiefer, um nachzusehen.

Meistens handelte es sich nur um das Zelt eines Fallenstellers oder um ein Indianerlager.
Im Frühjahr entdeckte man dann die Wracks mit Piloten und Schürfern, die abgestürzt und verletzt, verhungert oder erfroren waren. Der Himmel hatte sie im Stich gelassen.
Die Flugzeuge wurden immer besser, und die Piloten mehr und mehr mit dem rauhen Klima des Nordens vertraut.
Niemand stürzte mehr beim Brummen eines Motors vor die Tür. Nur die Kinder spitzten noch die Ohren. Die meisten Jungen konnten den Flugzeugtyp am Motorengeräusch erkennen. Mit dem Flugzeug begann ein neues Zeitalter, das vielleicht von neuen Menschen bevölkert würde.

55

Jordan verließ sich wie ein Tier auf seinen Instinkt, der ihn geradewegs zur Mine führte. Die sinkende Sonne warf lange, violette Schatten vom Wald her auf den schneebedeckten See.
Solange er auf dem Eis war, konnte Jordan gut ausschreiten. Die Schneeschicht war zu dünn, um ihn zu behindern. Im Wald wurde es mühsamer. Der geschmolzene und wieder gefrorene Schnee, auf dem der Wind hier und da pulverige Schneewehen zusammengetragen hatte, machte das Vorwärtskommen besonders anstrengend.

Jordan trug noch immer die Gummistiefel, die er beim Alarm angezogen hatte. Er wollte ja in die Mine hinunter. Er schwitzte am ganzen Körper, dennoch spürte er sehr bald die Kälte an seinen Füßen. Sobald es der Boden zuließ, begann er zu rennen.
Selbst zwischen den Bäumen, oder wenn er eine zu hohe Schneewehe umgehen mußte, wußte er, daß er genau in nördlicher Richtung ging.
Vor ihm zogen Bilder in einer Geschwindigkeit vorüber, die der seiner Schritte entsprach. Sie jagten einander, überlagerten Bäume und Hindernisse auf seinem Weg.
Das wichtigste war die Mine.
Die lebende Mine. Die Mine im Todeskampf.
Germain begleitete ihn auf dem mühsamen Weg durch den Wald bis zur Insel.
Einen Augenblick lang war er ganz sicher, er bräuchte sich nur umzudrehen, um Landry zu sehen, der den Schlitten mit Werkzeug und Lebensmitteln hinter sich her zog. Das Gefühl war so stark, daß er sich tatsächlich umdrehte.
Eine Spur im Schnee. Die Spur eines einzigen Menschen. Ruhe begleitete ihn für eine Weile: die Gewißheit seines Endes und das tiefe, heitere Gefühl, daß nichts mehr von Bedeutung war. Er war in dieses Land gekommen, um zu sterben, und alle anderen ebenso. Der Tod stand unausweichlich am Ende des Abenteuers. Daran war nichts zu ändern.
Selbst die kleine, pausbäckige Etiennette, die an ihren pummeligen Fingerchen lutschte, ging schon diesem Ende entgegen.

Einen Moment lang hatte Jordan das Bedürfnis, sich in den Schnee fallen zu lassen und auf die Nacht zu warten. Dann rechnete er aus, daß es noch drei Stunden lang hell sein würde. Bestimmt waren es noch vier Stunden bis zum Ouanaka-See. Ouanaka! Viele Jahre lang hatte er diesen Namen in sich getragen.
Ouanaka, Insel des Reichtums!
Plötzlich war die Sonne verschwunden. Schnee- und Graupelschauer prasselten auf ihn herab. Mit gesenktem Kopf und halb blind ging Jordan mit beinahe unvermindertem Tempo weiter. Er schlug den Kragen hoch und knöpfte ihn zu. Handschuhe hatte er keine. Er vergrub die Hände in seinen Taschen mit den Geldscheinen und den beiden Goldbarren. Unwillkürlich fing er an, utopische Berechnungen anzustellen. Wie viele tote Bergleute? Wie viele Witwen und Waisen? Wieviel Geld brauchten diese Menschen zum Leben?
Die Mine? Verloren. Für immer unter den Fluten begraben. Das war am schwersten zu fassen. Dennoch war es ihm ganz klar. Man kann kein Netz von Schächten und Stollen auspumpen, wenn es im selben Moment von einem darüberliegenden, unerschöpflichen See wieder aufgefüllt wird.
Regen hatte sich unter den Schnee gemischt. Dann ein plötzliches Aufleuchten. Ein Loch in der dichten Wolkendecke. Alles glitzerte.
Jordan suchte verzweifelt nach Namen. Nur Gesichter konnte er erkennen. Polen, Ukrainer, alte Flößer aus Mont-Laurier, die das Spiel der kürzesten Lunte gespielt hatten.
Er rutschte einen kleinen Hang hinunter. Seine Füße

spürte er nicht mehr. In den Stiefeln steckten nur noch zwei taube Klumpen, auf denen er lief.
Er kam zu einem kleinen See. Er kannte ihn; auf der Suche nach dem Gold war er tausendmal an ihm vorbeigekommen.
Bevor er ihn betrat, setzte er sich auf einen blanken Felsen, zog Stiefel und Socken aus und massierte sich die Füße mit Schnee. Der Schmerz kam, wurde zu einem einzigen Brennen. Aber es tat gut. Er konnte die Zehen wieder bewegen. Er trocknete die Füße mit dem Saum seines Mantels und zog Strümpfe und Stiefel wieder an. Dann ging er in gerader Linie über den See. Von links kam ein kräftiger grauer Schauer auf ihn zu. Er traf ihn wie ein Schlag. Der Graupel fiel so dicht, daß Jordan fast zu ersticken glaubte. Mit vorgebeugtem Oberkörper ging er weiter und versuchte, dem schneidenden Wind stets den Rücken zuzuwenden. Als der Sturm kurz nachließ, stellte er fest, daß er einen Bogen nach rechts gemacht hatte. Er korrigierte die Richtung.
Rings um ihn war schlammiges Wasser. Es kam von allen Seiten. Landrys Gesicht war von einem endlosen, lautlosen Schrei verzerrt. Selbst im Vorüberziehen der anderen Bilder blieb dieses Gesicht gegenwärtig, dieses breite, naive und gute Gesicht voller Liebe für seine Kinder. Lächelnd und fürchterlich zugleich. Glücklich und wie verwandelt vom Schmerz.
War ihnen Zeit geblieben, um Angst zu haben? Wie hatte der Einbruch passieren können? Hatte Ambroise entgegen seiner Anordnung doch gesprengt?
Das Hohngelächter des Piloten kam ihm wieder in den

Sinn. »Schließlich bist du selbst davon überzeugt, daß dich keine Schuld trifft!«
Unter dem Wechsel von kurzem Sonnenschein und Schauern setzte Jordan seinen Weg fort. Seine Füße waren wieder zu schmerzenden Klumpen geworden. Mit einer Art wilder Freude nahm er diesen Schmerz an. Er ging weiter, fort von einem Freund, den er getötet hatte, hin zu anderen, die durch ihn gestorben waren.

56

Als die Menschen, die zwischen dem Windenhaus und dem Bürogebäude warteten, das Flugzeug starten hörten, breitete sich eine allgemeine Unruhe aus, die bald zu lautem Geschrei wurde.
»Das ist er! Das ist er!«
Schnell waren ein paar Männer um das Gebäude gelaufen und hatten das offene Fenster entdeckt. Fäuste wurden zum unsichtbaren Himmel gereckt, wo sich das Motorengeräusch verlor.
»Mörder!«
Die Wachen hatten aufgegeben. Sie waren überrannt worden. Niemand kümmerte sich um Schnee und eisigen Wind. Die einen waren in die Büros eingedrungen und begannen, die Möbel zu zerschlagen. Die anderen waren zum Schachteingang zurückgekehrt.
Die Tatsache, daß der gesamte Pöbel von Bourg-le-Rouge sich unter die Menschen der Mine gemischt hatte, hatte das Bild des großen Schmerzes verändert.

Während viele weinende Frauen auf die Knie gefallen waren, um den Himmel zu beschwören, gab es Menschen, die um des Schreiens willen schrien. Sie schrien nach Rache. Man suchte umsonst nach Schuldigen, die man bestrafen konnte.

Jordan war mit der Kasse davongeflogen, die anderen lagen in der Mine begraben.

Die Frauen wurden hierhin und dorthin geschoben, ohne es zu bemerken. Wie gelähmt betrachtete ihr leerer Blick diese Gebäude, in denen die Maschinen noch in Betrieb waren. Sie sahen auf das Gewirr von Blech und Balken. Noch immer hofften sie, ihren Mann daraus auftauchen zu sehen, voller Schlamm vielleicht, verletzt, mit gebrochenen Gliedern und starr vor Kälte, aber lebend.

Dem kurzsichtigen Geistlichen flatterte die Soutane um den Körper. Er versuchte, die einen zu beruhigen, und forderte die anderen zum Gebet auf. Er sprach vom lieben Gott und dem ewigen Licht. Er erkannte niemanden, sprach aber zu allen.

Der Arzt und seine Frau, die Krankenschwester, folgten den Männern, die eine junge, ohnmächtig gewordene Schwangere in die Kantine trugen.

Alle Bergleute, die nicht in der Mine waren, hatten ihre Arbeitskleidung angezogen, um ihren Kameraden unten helfen zu können. Die meisten waren in der Nähe des Schachtes, wo die ausgekuppelten Motoren noch arbeiteten. Ein Vorarbeiter gab dem Maschinisten die Anweisung: »Versuch, vorsichtig wieder einzukuppeln.«

Der Mann griff nach dem Hebel und löste langsam die

Feder des Handgriffs. Gleichmäßig und mit verhaltener Kraft schob er den Hebel vor. Das Getriebe knirschte, und das Motorengeräusch wurde lauter. Es herrschte große Spannung. Alle dachten an den Käfig voll ertrunkener Männer. Das Drahtseil quietschte. Aus der Sicherheitstrommel stieg blauer Rauch auf und der Geruch von verbranntem Schmieröl.

»Schneller!« rief der Vorarbeiter.

Der Mann beschleunigte. Dann ein Krachen. Das dikke Seil hing um die Windentrommel wie eine tote Schlange.

»Stop!«

Der Motor heulte auf. Dann drehte er langsamer und blieb schließlich ganz stehen.

Die Stille war unerträglich. Sie lastete wie Blei auf den Menschen. In dieser Stille schien nur noch ein Geräusch eine Berechtigung zu haben: das der Pumpen. Ein quälender metallischer Lärm, an den sich noch immer die Hoffnung auf Überlebende klammerte.

Die Pumpen arbeiteten auf Hochtouren und förderten schlammiges Wasser nach oben, das die Rohre in die Überlaufvorrichtung spien. In breitem Strom floß es zum See. Das gelbliche Wasser breitete sich auf dem Eis aus, wo es langsam gefror.

Manche sagten: »Man müßte den See auspumpen.«

»Den See, den Harricana, alles . . .«

Andere wollten noch immer den großen Diamantbohrer einsetzen, in der Hoffnung, eine Luftblase zu treffen, in die sich ihre Kameraden vielleicht geflüchtet hatten. Eine Mannschaft zog die riesige Maschine bereits aus ihrer Halle. Sogar Frauen schoben mit. Auch

die Kinder wollten helfen, aber sie waren nur im Weg. Eine alte Frau fiel hin, und eines der Räder unter dieser Tonnenlast von Stahl kam zwei Fingerbreit vor ihrem Kopf zum Stehen.
Befehle und Gegenbefehle von allen Seiten. Der Angst war eine Explosion des Hasses gefolgt. Da der Haß aber kein Ziel gefunden hatte, gegen das er sich richten konnte, schlug er um in Geschäftigkeit. Alle wollten teilhaben an den Rettungsaktionen, deren Vergeblichkeit jedem bewußt war. Einige Frauen vermißter Bergleute rannten mit unbedecktem Kopf, die nackten Füße in Holzschuhen oder Gummistiefeln, in den eisigen Schauern zwischen den Männern mit Overalls und Schutzhelmen herum. Immer wieder riefen sie denselben Namen.
Andere klammerten sich an die Vorarbeiter und flehten: »Sie müssen ihn mir raufholen, meinen Robert.«
»Sie gehen ihn doch holen, meinen Mann? Den Paul Vernier, den kennen Sie doch?«
»Meiner ist nicht tot... Das weiß ich. Das fühle ich. Er ruft. Das höre ich hier drinnen...« Sie klopfte gegen ihre Brust.
Unter diesen Frauen war auch Justine Landry. Eine Nachbarin, deren Mann in Sicherheit war, paßte auf ihre Kleinen auf. Justine Landry verspürte keinen Zorn. Mit monotoner Stimme wiederholte sie nur immer wieder: »Ich wollte nicht, daß er runtergeht... Ich wollte es nicht... Das war nicht sein Platz.«
Fast ohne Widerstand ließ sie sich schließlich, unter ihrem dünnen Schultertuch zitternd, von Octavie Letourneur fortführen, die leise immer wieder sagte:

»Das hilft nicht mehr... Die Kleinen brauchen dich. Tiennette braucht deine Milch... Mein Noël bleibt hier. Wenn es etwas Neues gibt, sagt er uns Bescheid... Komm...«
Auf dem ganzen Weg murmelte die dicke Octavie irgendwelche beschwörenden Worte vor sich hin, als bete sie einen Rosenkranz.
Bei den Maschinen dachten sich die Männer immer neue Rettungsmöglichkeiten aus, deren Sinnlosigkeit doch jedem bewußt war.
»Wenn die Stempel halten, können sich Leute in die Abbaukammern geflüchtet haben.«
»Da können sie tagelang aushalten.«
Ein paar Hartnäckige hatten in dem verwüsteten Büro die Grundrisse und Schnittzeichnungen der Mine gefunden. Sie wurden zerrissen, als alle zugleich einen Blick darauf werfen wollten. Die Vorarbeiter konnten sich nicht mehr durchsetzen. Jeder wollte an einer anderen Stelle bohren. Die Maschine wurde hin- und hergeschoben.
Ein paar Männer hatten schon Feuer unter dem Kessel gemacht, der den Diamantbohrer mit Dampf versorgen sollte. Aber nur Maclin konnte richtig mit diesem Gerät umgehen.
»Dieser Mistkerl von Ingenieur hat sich davongemacht.«
»Nein. Er hat uns gewarnt.«
»Er hätte nicht aufgeben dürfen.«
»Was hätte er gegen diesen anderen Verrückten ausrichten können?«
»Und das alles für ein paar Goldbarren.«

»Das hat es uns eingebracht.«
Jeder sagte sich: Ich hätte auch dabeisein können. Es hätte genausogut in der Nachtschicht passieren können. Jedesmal, wenn sie das Gesicht eines Freundes sahen, dachten sie, daß das Schicksal seine Wahl getroffen hatte und daß sie davongekommen waren.
Als Justine und Octavie in dem Holzhaus angekommen waren, das Germain mit so viel Liebe gebaut hatte, ließ sich Justine neben der Wiege nieder, in der das Baby schlief. Max schmiegte sich schweigend an sie.
Eine Polin, die kein Wort französisch sprach, war hereingekommen. Sie und Octavie wechselten stumme Blicke.
Justine streichelte die Schulter des kleinen Max, der einmal so stämmig sein würde wie sein Vater. Dann fing sie an, lautlos zu weinen. Etiennettes Gesicht verschwamm vor ihren Augen. Justine bewegte die Lippen. »Hätte ich doch nur an seiner Stelle gehen können... Hätte ich doch nur...« murmelte sie.
Germains Gesicht hatte sich vor das des Säuglings geschoben, ein Gesicht, das nicht sterben wollte.

57

Am Horizont hinter den Wäldern liegt in der Dämmerung noch ein purpurroter und schwefelgelber Streifen. Der Wind ist kälter geworden. Immer dichtere Schauer peitschen über die Fichten und Rottannen. Hoch wirbelt der Schnee auf, bevor er schwer herab-

sinkt. Schlägt er einem ins Gesicht, so sind seine Flokken schärfer als Sandkörner.
Jordan geht nicht mehr, er rennt. Er wird verfolgt von der hereinbrechenden Nacht und auch von den erstaunten Augen des Piloten.
Er rennt hundert Schritte, dann bleibt er atemlos eine Minute stehen. Er geht hundert Schritte und fängt dann wieder an zu rennen. Er stolpert.
Die Nacht kreist ihn ein. Ein Schneeschauer fegt über den Boden. Er sieht aus wie ein Netz, das sich am Boden eines Flusses verfangen hat. Unter sich begräbt er den Rest von Tageslicht, löscht die letzte Abendröte.
Jordan bleibt stehen. Er befindet sich auf einem See. Es ist der vierte oder fünfte, den er überquert hat, seit er vom Flugzeug aufgebrochen ist. Als er im letzten Tageslicht das Ufer erreicht hat, glaubte er, ihn wiederzuerkennen. Jenseits des Sees müßte eine kleine Jagdhütte stehen, wo er trockenes Holz, einen Ofen und sogar Proviant finden würde.
In seinem Kopf dreht es sich. Trunken. Leer.
Jetzt fällt der Schnee in winzigen, eisigen Flocken. Das Vorankommen wird immer schwieriger. Er muß sich mit aller Kraft gegen den Sturm stemmen. Er ist schweißgebadet. Bliebe er stehen, würde der Schweiß sofort zu einer Hülle aus Eis gefrieren.
Die Temperatur muß mindestens um sechs oder sieben Grad gefallen sein seit Anbruch der Nacht. Wenn dieser Schauer vorüber ist und der Mond aufgeht, wird er leichter vorankommen. Er wird schneller gehen können, denn der hartgefrorene Boden trägt besser.

Wenn er an der Mine angekommen ist, wird man ihm die Füße abnehmen müssen.
Instinktiv hat sich Jordan im Schutz des Waldes gehalten. Am Ufer stößt er an einen Felsen. Von seinen Zehen, die er schon für unempfindlich gehalten hat, steigt ihm der Schmerz bis in die Magengrube. Er heult auf wie ein Tier. Er fällt. Erst als der Schmerz in seinem Fuß nachläßt, spürt er den Schmerz in seinem Kopf und seinen Armen. Er steht auf. Eine knappe Minute der Reglosigkeit hat den Schweiß gefrieren lassen.
Der Sturm hat sich verstärkt. Nicht einmal am Wind kann er sich mehr orientieren, denn er bricht in Wirbeln aus allen Richtungen über ihn herein. Er weiß, er muß um jeden Preis weitergehen, auch auf die Gefahr hin, im Kreis zu laufen. Plötzlich kommt ihm die Erinnerung an den Blinden im Bordell. Und an Pierrette.
Die Pistole, die im Flugzeug auf den Boden gefallen ist. Mit Sicherheit bringt man sich nicht durch einen Schuß in die Schläfe um, sondern in den Mund.
Die Kälte des Metalls an seinem Gaumen. Ein leichter Druck mit dem Zeigefinger auf den Abzug, und alles ist vorbei.
Aber Grandmaisons Waffe ist weit. Dort, bei ihm. Sinnlos. Brauche keine Waffe zum Töten. Brauche keine Waffe zum Sterben.
Die Nacht ist ebenso undurchdringlich wie die Dunkelheit im Stollen, wenn die Karbidlampen ausgehen.
Und was ist oben los?
Will man immer noch seinen Kopf?
Er steckt die Hände in die Taschen. Die Rechte fühlt

die Scheine kaum noch. Die Linke klammert sich um die Goldbarren.
Damit den Leuten von der Mine helfen? Ein Tropfen auf den heißen Stein. Aber er könnte fortgehen. Anderswohin. Neu anfangen.
Wenn er einen Bogen nach rechts macht, umgeht er die Mine. Dann kommt er zur Eisenbahn. Er kann den Zug nehmen. Nach Westen abhauen.
Einen Augenblick lang hat er das Gefühl, als würde die Sonne sein umnebeltes Gehirn, das keine Entfernungen mehr einordnen kann, durchfluten. Er versucht nachzudenken. In drei Tagen müßte er die Eisenbahnstrecke zu Fuß erreichen können.
Er biegt nach rechts ab. Dann bleibt er stehen. Drei Tage so gehen? Aussichtslos. Das Flugzeug ist näher. Dort würde er ein Notpaket an Nahrungsmitteln finden. Eine Decke. Vielleicht Stiefel. Er zögert. Gilles' gefütterte Stiefel. Der Pilot braucht nichts mehr.
Als er die Richtung wechselt, stößt er wieder gegen ein Hindernis. Er stürzt, steht auf. Er weiß nicht mehr, in welche Richtung er gehen muß. Da ist ein Geräusch. Ein Knacken. Wie von brechenden Ästen. Er geht dem Geräusch nach. Er tastet mit dem Fuß. Der Boden steigt an. Wald umgibt ihn. Seine Musik ist wie Sphärenklang in seinen Ohren. Sträucher greifen nach ihm. Ob den Eingeschlossenen, den Gefangenen des Wassers, die sich in Luftblasen retten konnten, wohl schon die Lampen ausgehen? Stille umgibt sie. Für einen Augenblick ist Jordan froh, den Wind zu hören.
Der Wald muß hier sehr dicht sein. Er schützt ihn. Jordan denkt: Wenn es mir gelingt, Feuer zu machen,

könnte ich durchhalten. Aber er hat die kleine Blechdose mit Streichhölzern und dem Fläschchen Petroleum, die ihn in den Zeiten seiner Goldsuche begleitet hat, nicht mehr bei sich. Nur ein Feuerzeug hat er.
Mit steifen Händen versucht er, die unteren Zweige einer Rottanne abzubrechen. Er zieht ein Messer aus der Tasche. Es fällt ihm aus der Hand, bevor er es öffnen kann. Seine Finger sind so starr vor Kälte, daß ihm auch das Feuerzeug entgleitet. Er flucht. Er verwünscht den Wind und die Nacht und den Tod, den er ganz nahe fühlt mit seiner eisigen Klaue.
Plötzlich erstarrt er. Lichter schimmern dort drüben in der Ferne. Er hat das Ufer seines Sees erreicht. Es ist seine Insel, die er dort sieht. Er macht sich wieder auf den Weg, läuft gegen einen Baum. Die Lichter sind jetzt an einer anderen Stelle. Sie sind rechts. Nein, er ist es, der eine Vierteldrehung gemacht hat. Er geht weiter. Nach drei Schritten sind die Lichter links von ihm. Sie tanzen zwischen den Baumstämmen. Mal verschwimmen sie, mal sind sie ganz deutlich. Etwas verfolgt sie, holt sie ein, verschlingt sie. Eine Schlammflut hat die Lampen der Bergleute auf ihrer hoffnungslosen Flucht eingeholt.
Er stößt einen Schrei aus, der zu schallendem Gelächter wird. Er lehnt sich an einen Baumstamm. Er schließt die Augen. Die Lichter sind wieder da. Unbeweglich. Winzig. Unverändert. Es sind Goldplättchen im Stein. Die Lampe an Jordans Helm hat sie aus ewiger Dunkelheit geholt.
Er schüttelt sich. Ein unbekannter Schmerz zieht durch seine Brust.

Der Wind hat sich gelegt. Nun liegt die Kälte wie eine starre Decke über der Nacht. Die Luft verdichtet sich. Wie Wasser, das zu gefrieren beginnt.
Die Glieder des Mannes werden schwer. Er ist aus dem Wald auf eine Lichtung hinausgegangen. Sein Körper bewegt sich schwerfällig, doch der Geist ist wieder klar. Diesmal ist er nicht Opfer einer Illusion. Es sind doch Lichter, die er dort sieht. Seine Insel. Etwas weiter links Bourg-le-Rouge. Er kann sich nicht irren. Er möchte in diese Richtung laufen, doch sein Schwung bricht sich an der Leere wie eine Welle am Riff.
In der Tiefe seiner Brust sucht er nach einem Ruf: »Hallo! Hallo!«
Kaum hörbar kommt der Ruf über seine Lippen, dennoch glaubt er, er würde über die Weite getragen.
Er macht ein paar Schritte. Plötzlich fühlt er lange, glühende Nadeln durch das Eis brechen und seine Sohlen durchbohren. Sie wandern durch seine Muskeln und Eingeweide bis in die Brust.
Er fällt auf die Knie. Er will noch schreien, doch nur ein Seufzer steigt in ihm auf. Tausend Klauen greifen nach ihm. Er wird umgestoßen, mit Füßen getreten. Die eisige Nacht fällt wie eine Furie über ihn her und drückt ihn zu Boden.
Er versucht aufzustehen. Er sieht zu den Lichtern hinüber. Der Frost fängt an, seine Augen zu lähmen, aber noch kann er sehen. Er ist sicher, daß er sich nicht täuscht. Nie war seine Wahrnehmung so klar.
Aber die Menge will ihn vernichten. Er fällt mit dem Gesicht in den Schnee. Zusammengekrümmt rollt er sich auf die Seite.

»Halt! Ich bringe euch Gold.«
Er steckt die halb erfrorenen Hände in die Taschen und zieht sie wieder heraus. Die eine umklammert ein Bündel Geldscheine, die andere zwei Barren des kostbaren Metalls.
In der Ferne verlöschen die Lichter. Jordans linke Hand umschließt noch immer die kleinen Metallblökke. Die Rechte öffnet sich halb. Der Nordwind entreißt ihm die Scheine und weht sie über das Eis. Feiner Schnee fällt in seinen Nacken.
Jordan spürt die Kälte nicht mehr.
Der Wind nimmt plötzlich wieder zu, erhebt sich über den Wald und zerreißt eine Wolke. Im Quarz des Himmels schimmern drei goldene Sprenkel.